DU TEMPS QU'ON EXISTAIT

Le premier roman de Marien Defalvard (né à Paris en 1992), *Du temps qu'on existait*, qu'il écrivit à quinze ans, a obtenu en 2011 le prix de Flore et le prix du Premier Roman.

MARIEN DEFALVARD

Du temps qu'on existait

ROMAN

GRASSET

ISBN : 978-2-253-16457-9 – 1re publication LGF

Au mois de mars 1909, il y a cinquante-trois ans, un punt descendait la Tamise, à Oxford; le jeune homme qui poussait son bateau y mettait tant d'énergie que sa perche demeura engravée dans le fond; il y resta suspendu, pendant que le punt continuait sa route... Ce jeune homme, c'était moi. Ainsi continue le cours du temps, alors que je reste seul, suspendu dans le vide, avant de tomber dans l'eau.

Paul MORAND,
Le Nouveau Londres.

Coucy

(2009)

Ça commence à Coucy. Coucy-le-Château-Auffrique. Dans l'Aisne, aux derniers renseignements, en Picardie. Donc, ça a commencé là-bas, dans la beauté de son écrin. Le ciel n'était pas roux, pas gris, pas noir, mais bleu, un grand bleu de fiançailles. Dix-sept heures, poussivement, venaient au pas ; les guérets, les bocages, la France qui était bien belle allait commencer la mastication du soleil et la lune, pointe de lumière écaillée, plus fine qu'un ongle, attendait son tour dans un coin, esseulée. J'avais le regard qui partait vers l'est, immobile que je me trouvais sur le chemin de ronde, un peu au-dessus du clocher. Devant moi, le paysage ne bougeait pas du tout ; les champs, les bois, les forêts, les prés, les villages, les collines, les plateaux s'empilaient, s'emboîtant et s'éloignant, et au loin, dans une douce pénombre, on devinait à force d'yeux les champs de patates, de betteraves et de haricots.

Naguère, dans le sol de Coucy, s'enracinaient des arbres. Du château, un suzerain balayait du regard son ancien état de lieux, recadrait son monde. Des oiseaux s'astreignaient à de fainéants allers-retours, des étangs aux nuages. Des étangs aux nuages. A l'infini. C'était la ruée dans l'air houleux, blanchi. Les envolées du ciel ; les paniers garnis de la terre.

Le chemin de ronde montait sur le bord de l'église. Moi, je suis arrivé dans le bolide qui brillait, dans la limousine, et le grognement du moteur, sorti de l'extravagante carrosserie noire, n'a même pas réveillé Coucy. J'ai fait le tour de la place, j'ai pris l'impasse vers l'église, je me suis garé devant le porche. L'air se distinguait du monde, on voyait presque précisément les formes transparentes qui se blottissent dans l'atmosphère, tordues et malformées comme des fœtus, avec des parois flottantes et une consistance invisible.

Figurez-vous qu'il y en avait une, de plaque bulleuse et vide, voletante, devant le panneau d'entrée de la ville, en bas du château : « Coucy », avec un ectoplasme devant qui vous souriait. Inoubliable. L'air, le village, la vue : inoubliables. Le bar aussi, vers lequel j'ai marché, le bistroquet du carrefour central avec la terrasse et le parapet ; inoubliable. Tout cela était inoubliable.

Je suis entré dans le bar, avec le sourire narquois et le front du même genre. Je me suis assis en face du patron, et j'ai bu pour un euro trente une boisson. Au fond, il y avait une terrasse bondée et dedans, il n'y avait personne sur les chaises, pas un chat sur les bancs, pas un chat sur la moleskine des banquettes. Le très gros patron respirait grassement dans sa barbe, faisait sauter sa moustache, et renvoyait à intervalles réguliers une mèche de cheveux gris qui pendouillait, en soufflant vers elle un peu de bouffées. Cela semblait l'occuper.

Moi, je n'étais pas blanc, loin de là. Je couvais mon aigreur, mon envie, mes haines, je les soignais, je les sauvais de leurs blessures, je les dorlotais, je les promenais en badinant, dans le creux de mes bras, je les avais engendrées, nourries, éduquées, je les amusais et les entretenais, je les levais le matin sous leurs couvertures, dans leurs draps sales, et je les bordais le soir, très vicieuses et sanguines, échaudées, tellement échaudées, comme autant d'astronautes en partance pour la Lune : « bonne nuit. »

Je n'avais plus de fierté et plus beaucoup de classe, j'étais rongé comme un homme, je cherchais le silence et la nuit pour m'aider, sans succès. Mon existence, disons-le comme on le pense, n'était pas mal. Pourtant, quelle insuffisance en vérité, quelle volonté d'un monde plus aride et de rêves plus doux. Le ratage m'envahissait avec les années, et avec l'échec, le lot des frustrations et le pompon des haines, trimballés.

Le patron non plus n'était pas une réussite. Son encroûtement, son pactole d'empâtement pataud, trottaient derrière lui comme chiens derrière jambons. Il n'en était pas fier. Plusieurs fois par mois, il se berçait de suicide, de disparition, d'ensevelissement, mais il lui manquait du courage, de la distinction et de la droiture, c'était un pauvre lâche, un bougre assez honnête, un dindon, un blaireau, un mariole, un poulet, une huître, une pitié, un zéro, un rien du tout. Il se congelait dans l'étouffant du bar, il se mariait bien, très bien, avec les poussières qui nageaient dans les abats de lumière. La boisson, je l'ai vidée comme un arsouille. Le patron, je ne le regardais pas. Dites-moi, madame, si le Seigneur chantait là-haut.

Les fenêtres étaient closes, l'appareil chromatique de l'ombre pas d'une grande richesse : deux teintes, au plus. La radio et la terrasse bruyante, enquiquineuse. Il n'y avait plus en moi de sensations d'angoisse ou de malaise ; peut-être parce que la neurasthénie avait tout gagné, peut-être parce qu'il faisait beau comme avant. C'est à l'instant où j'ai senti que de vieux sentiments me gagnaient, avec la tranquille assurance des vieilles gloires de votre cœur, que je suis ressorti et, en voyant la Chrysler que le soleil brûlait, elle qui pourtant n'avait pas de mémoire, j'ai serré très fort les dents pour ne pas commencer à pleurer. J'apercevais, dans la ville nouvelle, le carré plus sombre du cimetière, et j'avais du mal à croire que le soleil était le même là-bas.

*

C'était un début. C'était donc à Coucy. Coucy-le-Château-Auffrique. Tout en haut, au sommet des plaines, au-dessus des plateaux, les fermes, en hauteur et en élévation. Ce n'était ni la lumière inférieure de l'automne, ni les dragées blanches des printemps mitigés : je veux croire que dans les coins se blottissaient encore des mystères. Mais ni le soleil, ni la chaleur, ni rien n'était plus une promesse de vacances.

Pourtant, on puisait au puits échoïque de la fraîcheur des jours, très vide, très aéré, très bleu. Un fin liséré transparent couvrait le bocage, noyait le paysage irisé, crispé, crissé, crissant de bleu clair. Le ciel bleu a inondé l'Aisne tout l'après-midi.

Quelle tendresse glissait sur les paysages ? Quel gel frais des sens ? Qu'en sais-je ?

En tout cas, le grand air pur, lisse, froid au fond mais chaud sur la peau, limpide, évident, me baisait de si près que je ressentais la honte des appareils dévêtus. Leur inconvenance. Mais il y avait de la netteté de l'air, de la joliesse givrée, gravée dans le paysage. Il y avait l'air tendre, les beaux ruisseaux bleus. Et d'autres choses bizarres. Qui étrangement me surprenaient. Le compteur kilométrique de la Chrysler. Mon visage dans la vitre démodée. « Le train mortel reste attaché à son flanc. » Une église entortillée. Drôles de vies, hein ? – et drôles de clochers.

Il y a la vie

Il y a le temps. Il y a moi, maintenant, qui vais me soustraire. Lui, je vais lui donner toute la place, la lumière. Il y a la vie. Et, comme on part de Coucy et qu'on s'élance dans les années qui tassent, on s'envole. Ne vous inquiétez pas : je raconte simplement.

Ça ne sera vraiment pas anodin. Cette trajectoire, ce tracé, ces perspectives qui donnent aux jours des lumières et au temps des sentiments, ce ne sera pas l'ordinaire, pas le quotidien, non je peux vous le dire, mais les grands fluides vitaux, limpides et imperceptibles, l'indicible beauté du monde, et lui, l'ivre du temps, qui va lui camper dessus.

C'est sa vie à lui, pas à celui de Coucy, non, un autre individu, avec une pancarte qu'il aurait apposée sur la bannière, le calicot de sa vie : « Propriété privée. Défense d'entrer ; le temps peut mordre. » Et la pancarte, si vous voyez ce que je veux dire, elle n'existait même pas.

Pourtant, sa vie, il va bien falloir la résumer. La déduire. L'admettre. Là, je crois, ça ne marche plus. Parce que la vie, on sait ce qu'elle vaut, on sait ce qu'elle fait, on sait où elle va. Mais on ne sait pas ce qu'elle dit. Elle n'est pas très bavarde, la gironde. Les écrivains, ils essaient de lui délier la langue. Ils tentent. Ils s'usent. Ils s'acharnent. Ils ne vont même pas y arriver.

Moi, j'ai senti ce qu'il est, qui il est, profondément. Il n'est plus un nom, un prénom, une date ; il n'est plus des couleurs, une couleur, couleur focale, il n'est plus des tons, plus des mélodies, plus des savoirs, plus des consistances, plus des projets. Il n'est plus que ses souvenirs. Un homme danse sur son passé.

Il est né. Il a vécu. Puis les choses se sont liquéfiées, comme une déroute. Avant, c'était beau temps pour un souvenir. Il mène une vie sans étoile. Ses seuls petits plaisirs ? Avant encore. Très avant. Où sont-elles passées, les pléthores de collines, les pléiades de nuages, les myriades de boutons d'or, les kyrielles de zéphyrs ? Où sont-ils, les beaux jours ? Loin, très lointains, au paradis froissé mais doux. Les nuages tirés à la cordelette, méticuleux ; leur guillochis clair. La clarté parfois.

Alors, les années se sont tressées, avec leur bon sourire volage. Le soleil éclaire toujours des mondes identiques, trichromatiques, virils ; beaux. Mais le moment, lui s'est enfui.

Il regrette les angles, les anges sonnés de joie, un temps long, généreux, sa beauté d'autrefois, pétaradante. La connivence avec la vie, pas la vie sur des échasses de solitude et de hauteur qu'on mène. Il sera à jamais ce jeune homme qui, là-haut, contemplait les ciels, et puis le lanceur de jaune universel ; il contemplait, il admirait. Je regrette.

Mais se souvenir, au moins, ce seront un poireau, et une conserve, dans le cabas de la vie. Alors il va falloir trouver la sincérité de l'existence. On est bien. On est bons. On est partis.

Sacierges

(années 1960, début des années 1970)

Nous partions pour notre séjour de vacance. Nous avions laissé loin derrière nous la propriété de Saclay, dont le charme – s'il existait – demeurait pour moi inatteignable. Le bourg et son plateau de céréales s'étaient effacés, et avec eux les saveurs douceâtres et sirupeuses du jardin, le parfum lourd des gardénias, les nuisances florales et parfumées qui étaient celles de confiseries, pas d'un jardinet dérobé. Mais là, la vulgarité des odeurs de Saclay, plus insipides encore quand le vent véhiculait les odeurs moites des blés vers la maison, avait laissé place à des espaces libres dans leur agencement, luxuriants dans leur modestie, alors que ce pauvre Saclay m'avait bien l'air de se soumettre avec trop de docilité au vent, aux pluies et aux mains humaines. Le plateau de Saclay était certes vaste et imposant, mais trop dégagé pour ne pas accentuer un sentiment affreux de solitude impossible, de deuil. Là où nous allions il y avait, en plus de la simple grandeur et de la nativité assouplie des paysages, beaucoup d'harmonie, beaucoup de compensation, beaucoup d'industrie et d'art naturels, avec un vallon à coque large qu'une végétation hétéroclite avait assailli. Dans l'enchevêtrement des poutrelles de syllabes, Sacierges-Saint-Martin, nous avions de quoi nous nourrir, et c'est avec délices que nous prononcions le mot.

De Saclay au vallon, la route mincissait sans cesse ; le voyage débutait sur l'autoroute parmi la plaine de la Beauce, puis la recherche de l'identité idéale s'affinait avec les routes et la journée qui se déroulait, dans des espaces qui, bien que nous en fussions à notre quinzième trajet, ne nous paraissaient jamais identiques, et qui, avec la journée qui imprimait son cours et la route qui se mettait au régime, s'engageaient dans une ascension sans discontinuité, dès lors que nous avions passé Blois sur sa rive, vers des espaces plus broussailleux mais plus riants, où dans l'allégresse pure notre esprit boit.

Quand nous arrivions dans le matin, dans le ciel, droit vers l'est, à hauteur du Blanc, les nuages formaient de grandes vasques, pareilles à des panières de fruits ; plus loin des chapiteaux, dans ce même blanc de nuage, faible, plâtreux ; plus bas le paysage poché de sa nuit, enfariné, matineux, les fermes et les villages qui regardaient passer la voiture dans leur immense bonhomie ; quelque part le soleil voilé qui brillait faiblement comme un phare trop lointain ; devant moi mes jambes qui cherchaient à reposer leurs muscles ; à ma gauche une belle dame qui était ma mère et que la lumière de neuf heures avait peinte en gris, son grand corps doux comprimé dans un chemisier de petite fille, lunettée, pas trop bancale, raisonnable et sérieuse, qui regardait en ce moment le monde avec un sourire rétréci, miséricordieux.

Il nous arrivait de voyager la nuit, par la province stratosphérique. Nous nous étions levés très tôt ; les tons, alentour, étaient brouillés, confus, désunis, les arbres bavaient encore et les clochers semblaient plus muets, plus énigmatiques, plus mystérieux. Les clochers mentaient, la terre hésitait, et nous nous coulions dans le fluide de l'aube. Nous avions couru vers Sacierges sur la petite route plane. A trois ou quatre heures, dans les campagnes, les réverbères indiquaient la présence des villes : ils illuminaient petitement le noir de leur tristesse diffuse, mélodieuse. Ils n'avaient ni l'attrait, ni la beauté, ni le souffle de leurs sœurs du ciel, les étoiles, mais je les aimais bien, depuis toujours je les aimais bien, c'étaient des compagnons dans le mystère des heures sombres, leur chagrin fidèle, inaccessible m'émouvait, surtout dans la pluie, quand, vues depuis l'habitacle, leurs torches émergeaient une seconde du déluge, implorantes, naufragées, avant d'être rejetées, sans crier gare, dans le néant des nuits.

Le soir, le soleil paraissait tout à fait rouge, l'arrivée des arbres le filtrait à peine et le bois rutilait. Nous nous engagions sur la route qu'on appelait la route des Sirènes, puis la route du Far West, puis une autre route qui n'avait pas de nom. Les dernières prairies avant le vallon étaient vertes et pures ; le soir, elles cramaient de lumière, s'arrondissaient de soleil, vibraient, dans le silence immobile, au long des horizons qui apparaissaient, qui découpaient la Terre et donnaient, dans leur immensité terminale, la sensation de la rondeur du monde, de l'éternité.

Nous arrivions le vingt-neuf ou le trente juin, nous restions deux ou trois mois, nous demeurions toujours aussi gais. C'était après cinq ou six heures de route que nous pouvions rejoindre à Sacierges un morceau de nous-mêmes que nous avions abandonné, nous voyagions cette fois sous un beau ciel, l'après-midi, calés entre les domestiques, les parents et le reste de la fratrie, observant notre chauffeur qui avait chaud, un grand homme maussade dont les yeux embués et livides, un peu flottants, nous inquiétaient, nous terrorisaient même, quand on pressentait qu'ils allaient loucher.

Et nous débarquions : les bagages, les coffres, toutes les marchandises étaient transbordées vers le fier vaisseau familial ; avant, notre impatience s'était accrue à la vue, entre les vagues ondoyantes des feuillages et la mer des champs, de ce lampadophore trop plein de passé et de proches, car on voyait le village et la maison de loin, depuis les hauteurs falaiseuses, dans la perspective d'un contrebas sauvage et vertigineux. On s'arrêtait.

Voilà. J'ouvrais la portière, je sautais au sol, courais un peu vers la maison. On entrait par un hall clair, depuis l'escalier pierreux. La pièce d'entrée se composait, au sol, d'un carré de parqueterie jaune qui scintillait, au mur, de pans crème très sales, au plafond, de dorures poussin. Les poufs étaient ébréchés, comme mordus, un piano dormait dans le coin qui donnait sur la campagne ; il faisait beaucoup trop chaud, la pourriture était oppressante, ça sentait très fort les ans.

Puis, quand mes dix minutes d'inspection habituelles avaient suffi à raviver l'état de paix que je savais connaître, je gagnais le jardin puis les premières clairières comme un chiot qui retrouve, vagabond, la villa de ses maîtres. J'allais marcher vite sur les chemins burinés ou joufflus, les sentiers malaisés ou bossus, et jamais l'émerveillement ne se perdait, le jour de notre arrivée, les écornifleurs doucereux que sont l'ennui, l'habitude ou l'indifférence restant à moi inconnus. Tout était rustique à souhait ; et l'intérieur des bois était chaud et noir, avec de rares traînées lumineuses comme pendant les orages, comme avant.

Je devenais un peintre, et une envie soudaine commençait alors à grimper en moi, puissante ; il me fallait, tout de suite, un chevalet, une blouse, un pinceau, car devant cette sombre scène forestière, j'échangeais mon âme contre celle d'un artiste, et j'avais l'impression qu'en moi bouillait un talent fou. J'appréciais l'épaisseur de la forêt obscure, qui soulevait de troncs imposants des feuillages aériens et vaporeux ; je m'étonnais de la simple beauté des reliefs qui portaient la forêt et qui posaient dans mon esprit d'autres beautés, celles d'abîmes et d'à-pic dont le caractère, s'il avait été humain, aurait guerroyé, frondeur et impétueux. Les aspérités profondes et distordues me rassuraient, si éloignées des creux que j'éprouvais parfois. Au pied de la cascade proche qui constituait certains jours le but de nos promenades, même la mousse du torrent et ses mille exhalaisons satisfaisaient les espaces vides de mon cœur.

Je découvrais la magnificence dans les allées détournées les plus anodines, l'abondance dans la moindre cabane de pêcheur (des étangs et quelques lacs garnissaient la couverture des forêts), dans la plus misérable ferme (des labours et des cultures l'entrecoupaient), et plus encore dans les petites gentilhommières défraîchies et contrefaites qu'on apercevait de temps en temps, au fond d'un bosquet dégarni.

C'est pour cela que quand on quittait Saclay, dès la fin juin, puis pendant les trois mois paisibles qu'on épousait chaque été, car année après année les fiançailles devenaient plus heureuses, l'on songeait aux bois verts et bas, aux étangs qui s'y dissimulaient, aux matins, aux dîners, aux fins de jour qui s'y déroulaient, aux rangées de bouleaux et de hêtres où une hydrophyte ou un serpenteau s'épanouissaient.

*

La propriété de Sacierges comptait plus de quarante pièces : les salons ; les chambres – la mienne, celles de mes frères, de mes sœurs, celle des cousins qui venaient souvent et des oncles qu'on ne voyait jamais, celles qui avaient appartenu à des aïeuls et que personne n'avait souhaité habiter de nouveau, nos pieds n'osaient pas y pénétrer, celles qui demeuraient vides depuis toujours, celles qui n'étaient même pas meublées, celles qui donnaient sur le jardin et celles qui débouchaient sur la cour ; mais d'autres aussi : les bureaux et la bibliothèque ; les communs ; les cuisines ; et les vieilles salles grisâtres dont la fonction et l'utilité nous échappaient, nous n'en foulions pas le sol, imaginant que l'esprit prude et tranquille de celle qui, cent ans après sa mort, régnait là encore, serait dérangé et outré par une bande de jeunes gens rigolards et relâchés qui provenaient d'elle comme « comparaison ».

On ne doit pas non plus oublier les couloirs, qui représentaient l'âme même de la villa, il en existait beaucoup de sortes et on ne pouvait détester les parcourir, embrasser un peu de paix dans un coin reclus d'un étage supérieur, et, perdu là-haut, oublié du reste que le repos agitait, on appréciait l'absence d'aération, le sombre du ciel qui perçait au travers d'un croisillon rabougri au vitrail sale, et, surtout, l'antique plancher – combien de chutes, d'hématomes, de douleurs éphémères contenues entre les dents ? – qui crissait, grognait, avec la mansuétude apaisée et mielleuse des vieux bois. J'aimais aussi les pièces rabougries que desservaient les escaliers détournés, pleines de coffres, qui avaient quelque chose de piquant, de subtil et de rare, comme les clous de girofle ou la fleur d'oranger.

Parfois, sans le faire exprès (mais quand on débouchait sur une pièce autre que les pièces communes on ne le faisait pas exprès, la maison étant immense, et je ne retrouvais pas toujours les pièces un jour découvertes), j'arrivais, après un escalier court et un corridor nougat, dans le local des peintures, qui était rond, noir et débouchait sur le viaduc, en tout cas sur l'extérieur. Au sol était posé *Le Jardin des délices*. Longtemps, très longtemps, ce tableau me donna une image que je crus, chose rare, une image précise du paradis. Je l'imaginais aussi dense, aussi grouillant, aussi coloreux, aussi biblique, aussi pictural et dansant. J'en eus une très belle reproduction, des années après, dans un grand livre somptueux qui s'appelait *Tableaux et Merveilles*, un grand livre avec une couverture bleue, le titre en argenté, plein de boucles. J'ai dû le perdre, ou le jeter, pendant Tours deuxième époque. Vers 91, 92... Par là. Ça n'importe pas beaucoup, c'est perdu, l'essentiel est là. Ou plutôt n'est pas là. L'essentiel manque. L'essentiel manque toujours.

Longtemps, j'ai tenu Sacierges pour un lagon de sensualité ; sensualité tactile, visuelle, gustative ; sens éveillés un par un au cas par cas de la demande, réveillés plutôt, comme d'un sommeil de mille ans, comme d'une hibernation. Car quel contraste, quel bouleversement, quel transport bizarre et inaccoutumé, quand à Saclay le ciel nous couvrait, sombre et lisse comme l'essence, pas d'aération, comme des voûtes ogivales. Et les mouvements des nuages, parsemés, tentaculaires.

Souvent, à cette époque, nous nous engagions dans de longues promenades paresseuses, lorsque nous décrivions des courbes autour des marais, guidés par un onguent. C'était d'habitude le même tour que nous effectuions, qui s'étendait sur toute une journée, depuis les levers auroraux (les hommes chassaient) que ma mère et mes deux tantes occupaient par leurs préparatifs, jusqu'au soir, qui nous déposait devant un repas que la fatigue, qui pouvait aller jusqu'à un assoupissement brusque, le retour à un confort qui sapait l'appétit, et l'ennui qui se rappelait à nous de façon détournée, rendaient indigeste et même, parfois, dans des jours d'immense accablement, lorsque la journée avait trop duré, impossible à avaler.

Le lendemain, le surlendemain – mais cela se passait seulement en juillet ou en août, sans quoi les autres reprenaient leurs activités dissoutes et diverses sans que l'on se revît beaucoup jusqu'au dimanche suivant – après notre lever, bien au-delà de l'horaire ordinaire, après les bains et les déjeuners (que nous prenions de manière séparée, presque cloisonnée), nous nous retrouvions tous sur les treilles et au pied des puits puis, dans un enchantement qui, comme j'en parle, me revient au cœur, si fougueux, si fort, nous tombions, chacun, sur une chaise qui nous était dévolue, d'un seul mouvement, jamais il n'en manquait ni il n'y en avait trop, et je voyais toutes les femmes et tous les hommes, les enfants, s'effondrer si souplement dans les chaises du jardin, comme si nous avions été retenus par le doigt léger d'un faune adorable.

Alors nous nous mettions à deviser. Mais là encore, tout ce qui aurait pu laisser ces moments délicieux – plus encore dans la mémoire – devenir les matins des petits rentiers d'alors, les déjeuners de campagne de tout un chacun, les après-midi d'été plaisants dont le goût ne se découvrait que dans la désuétude qu'on aimait leur accorder, était effacé. Ma famille et ses branches dispersées se trouvaient en paix depuis trop longtemps pour ne pas vivre leur vacance comme ils l'avaient toujours fait, comme ils l'avaient toujours vu faire : on s'amusait, on parlait, on mangeait, on dormait, chez moi, dans les années… ? comme soixante ans avant, comme cent ans après la montée des eaux.

Alors, oui, nous nous mettions à deviser, car le repas, essentiel pour mes aînés le reste de la semaine, devenait dès lors très secondaire. C'est à peine si nous nous rendions compte de nos gestes : si une viande venait du plat dans l'assiette, la discussion que je menais avec ma sœur demeurait primordiale (saurait-on grimper à cet arbre, regarde-moi ces jolis vers – copiés sur un album de poésie, je les tenais de mon invention) ; si nos desserts favoris apparaissaient sur la table, je n'en appréciais ni la vue, ni le goût, tant que mon grand-père n'avait pas fini de me vanter la qualité, la grandeur de mes ancêtres (je pensais aussi : le poids ; et je n'aimais pas les mots du genre ancêtre, aïeul, ils n'avaient pas à rouvrir le capot de leurs tombes) qui expliquaient, tout ou partie, la prospérité de ce qui m'entourait – même des raisins qui avaient pourri l'an dernier ? je me demandais.

L'expérience de ces purs après-midi de bonheur, qui ne représentent pourtant qu'une partie dérisoire, dans le temps, de ma première enfance et de mon adolescence – deux mois d'été pendant dix ans, et trois jours par semaine – a marqué ces années, et, comme dans une taillerie, où l'on rencontre ces gros blocs tailladés qui cachent des pierres lisses et minuscules, tout, dans ces quelques journées, avait gagné le stade de cette perle, tout cela qui, d'une ébauche, polie par le temps, était devenu une idole baigneuse, parmi les éboulis de quartz grossier, un morceau de nacre qui existait, de même qu'il reste longtemps, longtemps, dans le ventre du quartz avant qu'on ne l'entaille, qui existait en moi, en suspens, entre ma mémoire et mon cœur.

Le mardi, nous répétions des gestes identiques, mais déjà quelque chose semblait perdu, les conversations paraissaient plus désunies ; les diablotins, sur les parois de la gentilhommière, ne figuraient plus les gros démons bonhommes qui animaient nos bavardages, au long des détours infinis que nous décrivions dans des états seconds, lors de la vacance du dimanche, mais les gravures qui dessinaient leurs faces étaient maintenant tout à fait vicieuses, les sourires se muaient en d'improbables grimaces, les fourches qu'ils levaient de leurs poings serrés s'abattraient avec force sur nos petites têtes bêtes.

Toutefois, vers dix-sept heures, nous respirions à nouveau : ma mère ou une des tantes envoyait vers les chambres nos deux domestiques qui, j'attendais ce moment dans l'angoisse qu'il ne vînt pas, venaient m'annoncer que la vie avait permis à ses sujets de se laver encore un peu la figure avec ses remous. Je dessine bien, après deux ou trois heures d'attente sur mon lit (mes parents voulaient que nous fissions la sieste), les pas d'Ange-Claude ou de cette femme boudinée dans un tablier qui souriait sans relâche dont le nom m'a échappé, je dessine à merveille leurs pas dans le corridor, ma joie qui grandissait à mesure qu'ils étaient, par la proximité et l'écho, rendus plus familiers, les regards enjoués et avides que je portais sur le cadran de la pendule, la porte qui s'ouvrait dans des mouvements courtois après les trois coups distincts, je dessine bien tout cela. Mais ce qui, tant de jours après, demeure le plus bel ornement de ces journées de mardis, ce qui, quarante ans avant, leur donnait un tour un peu singulier et une saveur de sucre, c'est cette phrase que nos domestiques, après leur apparition dans l'encablure, prononçaient avec le sérieux de la profession mais la satisfaction de participer à ce qui se préparait – ils venaient se joindre à nous – en posant les yeux sur moi comme, sans doute, sur les autres, avec une attention toute maternelle, c'est cet événement qu'ils annonçaient, fiers et honnêtes, bienheureux de partager le sentiment du bonheur avec leurs supérieurs qui avaient trente ans de moins, c'est quand ils certifiaient : « C'est goûter. » Je savais qu'attendaient, sur les tréteaux du dehors, les biscuits au café, le chocolat à l'espagnole et la limonade aux clémentines, parfois les biscuits au chocolat bavarois, les sablés, et un lait à la banane très spécial, dans des bouteilles de deux litres aux étiquettes aimablement coloniales, que je n'ai jamais vu que chez nous ; parfois les restes du dessert de midi : un pâté de fraises, des figues farcies.

Il faisait beau, et je m'écartais de la famille et de l'agitation, comme pour mieux observer un tableau dans un musée, apprécier cette scène de genre que mes parents, mes frères et sœurs, tous les autres, les domestiques, modestes et joyeux, les tables dans la cour, la mare un peu plus loin et les talus où la chèvre aux grandes pattes maigres et les lapins des garennes se cachaient et le village et les provinces que je devinais derrière, composaient, à dix-neuf heures les mardis ; j'étais tapi auprès de la fontaine ou sur le talus, et comme les premiers lambeaux de lumière s'avachissaient à peine sur les arbres les plus immenses, comme la nuit accourrait et que le tableau en viendrait à se désagréger, chacun s'en irait et je me sentirais au milieu d'un cadre sans tableau, et en moi, je soufflais : « Voilà la fin d'un beau jour. »

Vers l'ouest j'imaginais, pas si loin, la mer. J'avais mesuré à la règle sur la carte, ça faisait un peu moins de deux cents kilomètres, à vol d'oiseau. A l'est, de façon identique mais inexplicable, j'avais le sentiment de l'arrière-pays, des montagnes. Deux crêtes se dessinaient, et je pensais que derrière il y en aurait d'autres, et que tout ça reculerait sans cesse, comme pour la mer.

Puis, jusqu'au dimanche, la vie que nous essayions d'emprunter, ces semaines, au cours desquelles nous tentions de nous conformer à notre époque insolite, se révélaient dans toute leur épaisseur, leur sens se rallumait, nous recevions quelques amis comme des gens de notre temps. Quand eux nous présentaient au monde le plus banal, le plus quotidien, nous entendions le même discours, similaire et discordant, sonner : « Ce sont quelques originaux. » Il y avait pourtant beaucoup de familles qui nous ressemblaient, en moins bien ; et nous passions pas mal de temps avec les de Boltaffia-Masso, en tout cas leur nom ne m'a jamais quitté. Il faut dire que je les connaissais d'avant, de Sèvres ? de Saclay ? ou alors de Paris.

A Sacierges, au milieu de la famille qui s'étalait, je ne connaissais personne. Les visites des cousins lointains, des cousines inconnues, des neveux vagues étaient davantage des visites d'amis que des visites de famille : je n'en connaissais aucun, et j'étais certain, quand bien même ils prétendaient « passer par là », qu'ils n'étaient venus ici que parce qu'on vantait toujours le plaisir qu'on avait à y être, et qu'ils n'étaient jamais aussi enchantés que lorsqu'ils découvraient, nourrissant leurs mauvais sentiments, quelque chose qui clochait : « cet arbre vous mange la vue » ; « j'imaginais cela autrement » ; « est-ce que ce n'est pas un peu trop sombre, parfois ? »

Quand il m'arrivait de ne plus pouvoir supporter cet univers (quatre-vingt-huit virgule six pour cent du temps délectable), maman folle, les visiteurs envahissants, mes frères trop polis ou mes sœurs trop pieuses, j'allais dénicher quelques amis que j'avais là-bas, dont je n'ai absolument rien retenu, si ce n'est une fille de quatorze ou quinze ans ne sortant jamais sans sa beauté sous le bras (ainsi amours sont tus), un garçon plus âgé dont tout est perdu sauf la casquette (bleue, rêche et sale), et deux autres dont je n'ai rien sauf les noms, Patache, Henriette. Je ne m'amusais pas beaucoup avec eux, ils étaient un peu rustres et par trop raboteux, n'étant pas ici en vacance ; je crois qu'à cette époque il y avait encore une large différence entre un adolescent de la campagne et un des banlieues de Paris, différence tout à fait morte, maintenant que tout le monde est plus ou moins imbécile.

Je dois bien constater que le rêve que je bâtissais autour de ce temps, que j'imaginais comme frappé du raffinement et de l'extravagance des miens, s'était fondé sur des mensonges, car les années que j'ai vécues auprès de ma famille, surtout les dernières, étaient déjà celles de sa décrépitude. Vous pouvez comprendre la raison de mon départ, aussi, devant un déclin redoutable. Je ne le voyais que mal alors, mais je dois reconnaître que nous n'avions déjà plus le courage d'être nous-mêmes toute une semaine : l'année entière, nous nous contenions, nous nous imposions d'intenables restrictions, et encore beaucoup pendant les semaines de vacance, alors il fallait bien que nous nous ébrouions un peu, trois jours à la suite, dans un univers décalé dont nous formions partie. Le temps avait beau demeurer ensoleillé et fixe, lumineux, nous retrouvions, dès le mardi soir, quand cessaient les conversations, les jours et les habitudes que nous mâchonnions à Saclay par temps gris. Et cela déjà je parvenais à le sentir : l'été s'éteignait avec le départ de nos invités, et ne reprenait que le samedi, quand la famille, de nouveau, se déballait au grand complet, quand les préparatifs, je l'entendais, satisfait depuis ma chambre, reprenaient leur cours, en même temps qu'à la surface, on distinguait celui de la vie qui revenait.

*

Il arrivait, pendant nos séjours à Sacierges, que nous montions tous en voiture (et je suis incapable de dire quelle était cette voiture) et que nous partions pour une destination inconnue, en escapade. C'étaient les effets de ma mère. Mon père, droit, stoïque et roide, n'avait rien à voir avec ça. Ma mère, en revanche, ces promenades, c'était sa vie échantillonnée, un flacon d'existence. *Ma mère, 1974*. Nous allions un peu là où bon lui semblait, loin même, quand elle avait des envies de mer inaccoutumée, de bizarres collines ; à cinq ou cent kilomètres ; je me rappelle d'une fois, elle avait voulu aller à Poitiers parce qu'on y avait de la famille ; et puis, à la moitié du chemin, vers Montmorillon, elle nous avait demandé de bifurquer. On était arrivés à Sacierges en fin d'après-midi : la route de Poitiers était mauvaise (il aurait fallu y dormir, si notre journée pictavienne avait suivi son cours normal, mais il n'y avait pas grand-chose de normal à cette époque-là), et elle nous avait dit, en rentrant : « Voilà. C'est ici que je voulais aller. » Maman était une grande femme capricieuse, mais capricieuse avec douceur, une capricieuse courtoise sans hystérie, dévorée par ses sentiments, son pathos, son amour des autres ; elle était rognée de culpabilité, de remords, d'échecs ; j'ai l'impression de raconter les *Mémoires d'une jeune fille mangée*, alors qu'il faudrait que vous compreniez quelle admiration j'avais pour ma mère, et que tout compte fait, j'aimerais mieux écrire les *Mémoires d'une jeune fille vengée*. Moi, les goguettes à ginguettes et fleurettes, j'ai aimé ça ; et souvent, quand on nous annonçait, la veille, où maman avait décidé de fuir, quels paysages elle voulait voir, quelles villes elle voulait découvrir, je vivais une soirée dans l'impatience, la fébrilité, mais surtout sans doute l'anxiété, ou carrément l'angoisse, de ne pas y aller ; au dernier moment, celui du départ, toujours plus tardif que l'heure prévue, maman serait introuvable, on la dénicherait à jardiner, inspecter le potager ou les parterres, solitaire et digne, avec cette espèce de sûreté, d'évidence hautaine, qui faisait que toutes ses incongruités passaient mieux, n'étaient pas tellement incongrues. Elle ne donnait jamais d'explication sur sa vie. Si on lui demandait « tu ne viens pas ? », elle répondait : « La glycine mauve est moins belle que la blanche, cette année », et si on insistait, « Aujourd'hui, nous avons un vrai ciel de vacances, pas comme hier ; quoique mardi aussi il faisait beau… » Des mots qui cherchaient des inclinations, des angles et qui, une fois lancés, ne s'arrêtaient plus.

Je me souviens un voyage à Argenton que nous avions entrepris, j'étais déjà presque un jeune homme ; c'était un très bel, un vrai été comme il y en avait encore, avec une chaleur d'été, soûlante, tapageuse, livide. Nous étions partis vers deux heures de l'après-midi ; tout le monde bien assis dans les quatre mètres trente de la carrosserie ; mon père l'œil grave, l'air désapprobateur, maman brûlante, mes frères et sœurs ne parlaient pas. Le voyage serait long ; il n'y avait qu'une grosse vingtaine de kilomètres de Sacierges à Argenton-sur-Creuse ; pourtant, la demi-heure du voyage, dans mon souvenir encore, me paraît bien plus longue que certaines périodes considérables de ma vie.

J'avais l'impression que les images défilaient trop vite, que la route allait nous échapper, qu'un moment d'inattention surviendrait, qu'on allait verser, qu'on allait mourir ; je jetais des coups d'œil nombreux et craintifs sur le compteur de vitesse ; et l'aiguille du cadran, vue lente, accroissait mon intranquillité : que ferais-je quand mon père allait accélérer ? Le paysage était pourtant formidable ; mourir ici, ç'aurait été un honneur, sous le ciel pur, le soleil princier, dans les campagnes, ç'aurait été divin ; très terrestre, aussi. La voiture allait de plus en plus vite, les bruits du moteur étaient un crescendo, mon père semblait de plus en plus indifférent à la vitesse ; de plus en plus absent, de plus en plus ailleurs. Sur la départementale un, la peur, son paroxysme. Mes mains, d'abord moites, étaient maintenant détrempées de sueur ; mon cerveau tambourinait, tamisait mes pensées à toute allure, quand mon corps immobile ne faisait plus un geste ; j'avais peur de bouger, d'infléchir l'équilibre de la voiture ; de provoquer un faux mouvement, de verser, de mourir. Et tout cela basculait. Il n'y avait plus la vitesse, il n'y avait plus la peur, il n'y avait plus l'auto, il n'y avait plus ni père ni maman ni aucun de mes frères et sœurs ; moi-même j'étais absent, tout ce monde qui venait de sombrer dans l'abîme n'était plus qu'une évocation dépolie ; et plus mes parents, la voiture, moi-même se faisaient lointains, étrangers, plus le paysage devenait tranchant ; les ondulations des arbres ondulaient sur moi, le ciel emplissait mon cerveau de sa buée bleue ; j'imaginais les gens, dans les campagnes longées, garçons d'écurie, meuniers, tonneliers, aubergistes, menuisiers, ébénistes, cordonniers, marchands de vin, teinturiers, chapeliers ; mais surtout je voyais le paysage, et c'était du nougat, et des fruits confits, dans la boîte à délices des jours.

A droite, où filaient les raidillons, tout s'est tu, tout s'est fané, le regard s'est déporté ailleurs, emmené dans une valse verte, très loin, quelque part dans une rêverie. La rivière, le Mékong, était soudain plus jaune, plus criarde, le fleuve semblait charrier sous lui, dans son intimité même, des torrents de sable interminables, de petits grains mouillés ; l'air aussi était jaune soudain, tellement chaud, un peu liquoreux. L'eau coulait, sans questions et remords, très lente et très allusive, âgée et finalement laide, rompue aux parures et aux frusques ; qui se remémore, en coulant, ses frasques passées, quand elle montait haut, qu'elle baignait les hommes, quand elle gelait l'hiver et qu'on lui patinait dessus, la patine du temps, les patins des enfants, les crues dantesques, les beaux bateaux qui glissaient comme de petits fragments d'étoiles qui lisseraient le grand ciel de Brenne, leur peau brûlante, leurs équipages, leurs cheminées qui fumaient jour et nuit, cotonneuses le jour, fantomatiques la nuit.

Je me souviens l'arrivée à Argenton. Il n'y avait pas encore ces barrières successives qui enserrent la ville, qui trône au milieu d'horreurs sans nom, qui trônent. Réclames, zones industrielles, lotissements flétris, tristes, stuporeux, livrant à la pelle leur population plaintive, hululant dans la nuit l'absurdité de la condition, et dans le jour, le petit jour gris et tassé, le manque de romanesque de leurs vies.

L'arrivée : je regardais, avec une magnifique équanimité de bonheur, ce qui me venait à l'œil ; le fil imaginaire que je projetais à l'époque s'interposait encore entre moi et le monde. Ce monde sans ses moments de deuil, d'ennui total et absolu, de glissement progressif du regard vers soi. Soudain les prises font mal aux doigts, on n'a pas mis assez de magnésie, on lâche, on tombe dans le vide ; sans ses moments de lassitude extrême, où la vie même, l'écoulement des jours est réduit à l'état d'avancement de la grande aiguille sur le cadran d'une montre ; ces moments que je découvrirai, plus tard, comme partie intégrante de l'existence, comme ces plages de galets qui piquent les pieds s'opposent à de longues étendues de sable ; et plus vous remontez vers le nord plus le sable se fait rare, plus les galets se multiplient. C'était une bonne mesure de la vie, les côtes, boussole soleilleuse des sentiments obscurs ; et la mienne située La Rochelle et Les Sables, dans ces eaux-là.

Mais il me faut maintenant, et je ne m'en flatte pas, prendre un ton très sérieux et un peu solennel, car nous avons en vue des choses plus graves, les côtes qui s'avancent sur mon petit bateau s'ouvrent très menaçantes, et si l'orgeat et la menthe sont délicieux, agréables, ils ne peuvent, c'est regrettable, constituer l'essence de nos vies. Eux aussi, d'ailleurs, finissent par disparaître : le réséda ne pousse pas sur la boue, ce sont les mauvaises herbes ; les plus petits plaisirs accompagnent les grands.

Aucun enfer n'est éternel ; aucun paradis non plus hélas, et c'est par une journée d'été, lumières ruisselantes de juin calmées par cinq heures lisses, que je manquai une première fois tomber...... Pourtant, ce n'était pas une journée à vacarme romantique et ramdam du déclin, mais voile léger, looch sucré, figures fraîches de printemps. Le rideau de soie serait déchiré, le verre renversé, les figures écorchées, ridées, honteuses.

Il est entendu qu'un T-shirt est une chose d'ampleur limitée, et que l'amour en est une grande ; pourtant, dans mon souvenir, le T-shirt prend plus de place que l'amour. Qui le portait venait d'ouvrir la porte du café avec des lenteurs de spectacle, et s'assit bien en vue, secondée par deux parents comme il se doit, et, avec ce T-shirt blanc, ces cheveux qui étaient du type exact auquel on pensait quand on disait blond et un sourire contenu mais permanent, elle semblait une créature si aimable, si touchante, si immédiatement désirable qu'on aurait autant dit une créature qu'une création. Ce à quoi je ne songeais pas, pas plus que je ne m'imaginais touché ; mais une rêverie sur laquelle j'aurais volontiers été cachottier m'avait apprivoisé : son contact n'était pas désagréable, et elle avait l'élan des sentiments de la dernière pluie. Il n'est pas facile, dans de telles circonstances, de décrire avec le calme que les choses nécessitent ; on ne parle pas du premier ornement de l'amour comme d'un plat de fleurs ; et la précision n'est pas d'une grande aide. D'un paysage on notera la sinuosité des collines, la suavité du ciel, la souplesse du dessin. D'un bouquet on pourra dire qu'il comptait six roses rouges, cinq roses blanches et quatre roses fanées. D'une personne laide on remarquera, avec une kyrielle de petits détails déplaisants, l'avancement excessif du nez, la grosseur du menton, l'aigre de la pupille, la minceur coutelière des lèvres. D'une vision qui m'envoûta, que j'adorai, qui me remplit d'une admiration à la fois si grotesquement naïve et si ridiculement grave, mais si superbement évidente, il demeure des années après des résidus passionnés, des morceaux de désir et d'amour qui sont de grandes fleurs brillantes sur la surface d'un canal : immobiles, vénéneuses, éclatantes, et, donc, disproportionnées ; noyant, aussi, la faune du dessous, lui masquant le soleil et brunissant son eau.

A première vue je lui aurais donné mon âge ; de profil elle avait un an de plus, quand elle riait un de moins. Son regard, soutenu et honnête, d'une honnêteté sentimentale, de cœur, allait chercher des points dans l'eau. Par moments sa voix montait dans l'air ; elle emporta haut la main mes suffrages intérieurs. C'était sans doute, comme moi, un être qui ne devait jamais avoir souffert, qui, comme moi, ne devait savoir ni penser ni réfléchir, qui ne savait peut-être même pas qu'il était beau, un esprit espiègle, incomplet. Je dois préciser que si le moment me revient, c'est que je l'ai depuis convoqué trop de fois, et qu'à son évocation mes idées d'ordinaire motorisées se mettent immanquablement à danser.

Mon cœur dévalait le colimaçon d'un escalier, trois marches à la fois, parfois glissant sur la rambarde, tourbillonnant sur les paliers. Je vivais des scènes si belles qu'au cinéma à la fin on aurait applaudi. Mon regard se posait sur elle avec la même douceur que maman sur sa chaise, à la fin d'un beau jour, et je m'exaltais, m'exaltais. C'était *l'enfance*, et je ne vois pas pourquoi il faudrait en être honteux, ou trouver ça très niais. Je crois qu'il n'y a rien d'aussi réussi que l'enfance. De nos jours, les gens ayant eu une enfance malheureuse imposent leur loi amère : l'enfance est une bêtise. Que de bons sentiments ! que de facilité ! Mais je n'aurai, devant le tribunal sordide de ces vieux enfants déplumés, qui font souvent des adolescents très bien, jamais honte de dire à quel point il n'y aurait eu que cela, l'enfance, ç'aurait été parfait, et que le philosophe avait raison de dire qu'on se tue trop tard : moi, j'aurais aimé mourir d'un bel accident, l'été de mes quatorze ans. La départementale un. Le soleil. La fatigue... Quelle cohérence aurait eu ma vie ! La suite pendouillait, informe et tordue. Mais désormais que l'adolescence est adorée comme le grand bien de la terre je me sens dégagé, bientôt puni, au coin de la vie – ils auront leurs regrets rapiécés, inexistants, et je ne braderai pas les miens, ni mon enfance, terminée bizarrement sur un visage. Visage d'ailleurs d'enfant, et les traits minces, clairs, intouchés. *Qui n'avaient pas encore subi l'aiguillon*. Ainsi, devant les grandes personnes insensibles au charme des filles de cet âge, elle passait pour une enfant ; tandis que pour moi, et sans doute pour d'autres, elle délivrait, derrière les traits enfantins, une tout autre magie, que je n'avais pas eu de mal à percer. Elle me faisait oublier le reste, qui cela dit était fantastique, elle me faisait oublier les autres, qui à mes yeux encore étaient presque des dieux. En face de moi un tableau de haut vol venait d'être peint, à peine achevé, les couleurs bavaient un peu. Comme la scène eût été belle à immortaliser ! Une dernière image, une forte impression, un tampon sur les yeux. Dans les heures futures, dans les années d'inoccupation, d'ennui, de vide, repensant aux heures du passé, c'est cette image-là, au juste, qui me monterait à la tête, lors des séances de mots croisés dans le jardin du derrière, quand le temps se bonifiait et qu'on s'aspergeait de bleu ciel, entre trois costauds nuages.

Les rayons du soleil changeaient, glissaient en diagonale sur les toits, décrivaient des trajectoires compliquées comme dans ce jeu où une petite bille doit réussir un parcours à travers un carré de bois piqué de trous noirs, les gouffres des puces. Les rayons volatils s'évadaient vers leur repos et leur démolition, mais gardaient une luminosité d'été ; certains, les plus prétentieux, les princes parmi les cieux, restaient illuminer les airs mais d'autres, plus aimables, descendaient sur les villes dorer les rues. Un de ces rayons, sans mauvaises intentions, malhabile simplement, et fatal, se posa sur la chevelure qui prolongeait le blanc. De blonde elle devint pâle, puis plus pâle, puis, vilain rayon, toute blanche. Le soir, monsieur, agitait plein de peur son mouchoir à carreaux.

A ce moment, toute ma vie a bifurqué. Ah oui c'est vrai ! Mourir. Ça existait vraiment ? L'image continua de lutter mais le ressort semblait, sinon cassé, pour le moins distendu. Le temps n'était plus l'île jamais foulée ; je posais ma longue-vue, et le découvrais à mes pieds. Les feuilles des arbres volaient et les espoirs, effilochés, s'envolaient ; ma première illusion tombait et, alors que dans les années futures la chute d'une illusion deviendrait banale, quotidienne, mes premières illusions mortes, je les vécus comme des effondrements auxquels il serait dur de survivre. Un peu plus tard, il y eut cette église unie et triste comme un parpaing qui mit à mal l'image que j'avais des églises, que je voyais comme des papillotes crépitantes ou de grandes arches parfaites, et mon adolescence cassa l'image que je m'étais faite de beaucoup de choses, celle de l'Océan, celle de la famille, cassa aussi plusieurs idées que je prenais pour grandes et qui n'existaient pas, l'éternité, la finitude, la force des choses, les cassa comme des miroirs dont les images étaient chatoyantes mais ne, paf, résistaient pas devant la « réalité ».

La mort était là, dressée parmi la foule comme un spectre mauvais ; dressée parmi elle, aussi, que je ne voyais plus. Et j'ai oublié ce que mon cœur me chuchotait à cet instant, si c'était une complainte, une agonie ou une plaisanterie ironique, glacée ; à force d'y revenir j'ai fait de feu ma vie, que je voulais une babiole rangée au fond de la commode, un mythe ronflant et dédoré, aux soleils dansants. Il faut dire que la mort porte en elle tant de majesté qu'elle est capable d'agrandir un instant les scènes les plus infirmes, les moins notoires. Les mille pensées chipies, langoureuses, qui se précipitaient dans mon esprit avec l'entrain d'une foule, je ne m'en rappelle pas : elles, comme beaucoup d'autres, ont couru sur l'allée, tourné au coin de la rue, sont parties dans mon dos.

Les cheveux, redevenus blonds, faisaient semblant d'être beaux ; lamentablement je la trouvais aussi jolie, plus désirable qu'avant les grandes glaciations. Poudre et fard comme dernières tricheries elle se tiendrait assise, dans le fauteuil moisi, ce serait un printemps du prochain millénaire, assise, rincée, astiquée comme une vieille demeure de province, avant le grand départ, sa vie aux oubliettes, redisant, redisant, redisant. Et si l'inconnue au maillot blanc qui me croisa un jour d'été était promise à cela, moi non plus je n'y échapperais pas : je me souviens que cette pensée ne me fit aucun mal mais qu'à l'idée de la mort de ma mère je figeai brusquement, et m'imaginai alors blême, crispé comme si je n'avais plus rien été d'autre que mes os. L'amour la mort : quel couple ça faisait.

Ma grande douleur était là, centrale et qui ne bougeait plus ; je savais que cette fois j'allais tomber, des heures et des heures longues durant, à l'intérieur de moi-même. Très vite je comprendrais ce qui m'était arrivé ; le coup reçu, je restai inconscient quelques jours, avant que tout soit clair : la nouvelle dimension des jours, le monde qui changeait d'allure, l'insignifiance déplorée. Ces années où le sens ne me disait rien, où je mettais à distance les projets ; je regrettais, déjà, les années où je perdais mon temps, où je ne faisais rien, que je le faisais bien. Je n'avais pas le souci de mon être, et quand autour de moi on parlait de la rapidité du temps, de l'effroi des deuils, des brisures de l'amour je pensais qu'on plaisantait, comme j'aurais plaisanté sur la robe de ma sœur ou sur ses mauvaises notes. Quand il fut clair que tout cela était sérieux, je n'avais plus le courage d'en rire, je me taisais et pressentais que, ces découvertes faites, on ne pouvait plus rechercher que l'effacement, que l'oubli, malgré la permanence aiguë du malheur, l'impitoyable solitude où la joie lentement faiblit. Les frustrations et les douleurs dégoulineraient. Elles se moqueraient de nous ; de moi, notamment.

Un autre pincement était de voir ma famille, les gens du village, toute l'animation de la place qui s'excitait avec le soir qui venait, les gens qui se promenaient gais, ou moroses, en tout cas insouciants ; tout avait continué, rien n'avait cessé : on aurait pu croire que les vérités tragiques que je venais de découvrir ne comptaient pas pour eux. Je les voyais qui riaient en ouvrant grande la bouche, qui discutaient, qui s'amusaient ; je me disais qu'ils se trompaient ; et à tous ces hommes j'avais envie de dire d'arrêter le cirque, de rentrer chez eux maugréer, maudire, et le présent aussi, le présent terrible de chacun dans la solitude de sa chaumière, sa femme, ses deux enfants. C'est pétrifiant.

Dans un rayon flatteur, je pris conscience que je ne la verrais plus, et c'était la première fois que j'étais confronté à ce genre de chose. J'étais à ce point touché que le mot adieu cessait de me paraître ridicule. Nous étions donc condamnés à rencontrer des personnes, et à ne plus jamais les revoir ? Il faudrait donc toujours mourir. Mourir, mourir. C'était ça : il faudrait mourir.

*

Je me souviens de l'amour, de la mort. On a beau dire, une fois qu'on a pris conscience des deux, de la paire odieuse et vitale, il ne reste plus beaucoup d'espoirs à ronger. La vie vous a enfumé, elle vous a fait, quatorze années inconscientes et magiques, miroiter ses plus beaux profils, les plus avantageux ; son poitrail saillant, sa silhouette de bal, ses biscotos de bronze. Et puis, soudainement, cruellement, elle vous a dit, méchanceté, déréliction, supplice, elle vous annonce, comme ça, que votre vie de derrière est finie, vos plus beaux morceaux ; l'inconscience, l'insouciance, la crédulité finies, on passe au deuxième volet, au deuxième acte, et puis flûte alors, rideau ! rideau sur la vie ! c'est insupportable ! il n'y a plus rien à faire, plus rien à ajouter, reste le pâle remède des jours, les beaux jours que vous contemplez, que nous contemplons le soir au moment du coucher, quand le soleil, lui aussi à la couche, est tué sur la crête ; l'instant précis où toutes les croyances, les espérances s'écroulent, où il ne reste plus qu'un regret, un pitoyable, un gigantesque regret. Où il ne reste plus, à l'instant mourant du soleil, dans votre lit sans plus d'envie, sans plus d'énergie, que le passé, embelli par la laideur du présent, par la force du temps, par la splendeur du souvenir ; célébré et joyeux, et le soir de juillet au couchant qui s'expose – et maintenant vous fermez les yeux, vous vous retirez dans vos chambres closes, vous fermez les volets ; tout s'est enfui, et pourtant vous vivez, vous vivez encore, vous vivez malgré, oh ! oui ! évidemment ! vous avez la certitude que vous ne connaîtrez plus jamais ce qui fut le passé, intense, mutique, tentez à votre bouche de rameuter ce goût ; mais votre bouche rumine le présent, ruminant et fade comme de l'herbe sèche.

J'avais cru que l'amour serait une comptine régulière, entêtante, sirupeuse, qu'on ne se lasserait jamais d'écouter. On me disait l'« amour » mais je ne savais pas de quoi on me parlait. Il m'apparaissait comme un peu dérisoire. Je me doutais qu'en grandissant il devenait bien autre chose qu'une comptine : une rengaine. Elle tournait en rond comme tant de musiques, comme le vieux phonographe, comme les chansons dramatiques, les airs dansants dans les boîtes (en 1974, d'aucuns disaient *dancings*).

Il faut dire que c'était un sentiment pugnace. L'amour ! les autres que vous voyez rôder devant vos yeux, probables proies, le piquant que réclament les filles, la beauté que demandent les garçons. Le complet de la séduction, les codes, les devoirs, les obligations du petit dieu insoumis, impuissant et lunatique. Jusqu'à quatorze ans, je n'avais éprouvé aucun sentiment de ce genre, et m'en portais très bien : j'avais cajolé la tendresse, le copinage, l'amitié, pas l'amour. Et puis ce nom trop enveloppant, ce tissu pour chat sur canapé. Je me souviendrais toujours de la première fois que j'ai dit « je t'aime » (je ne m'en souviens pas, encore heureux), les mots n'étaient pas de moi, on m'avait forcé à les dire, j'avais la bouche pleine de guillemets.

Toute ma vie, j'ai traversé des paysages intérieurs. Mes sentiments au-dedans moi peignaient d'inlassables tableaux où je vivais, pour lesquels je vivais ; parfois des natures mortes, parfois des portraits, toujours des paysages. Cette longue barrière d'images m'a accompagné ; fil des jours tricoté, fil des heures cousu, fil de mondes traversés ; la mort c'est la fin du voyage. En mon enfance campagnes fraîches et vertes, semant ruisseaux et vaches ; la clé des champs. J'ai traversé des déserts, mortifères, illuminés et libres ; de longs déserts incandescents qui exprimaient un bonheur las, résigné ; des étendues de sable illimitées, mon corps cuisant sous les coups appuyés de girandoles éclatantes ; mon cœur lourd, engourdi, fiévreux ; c'était à l'époque de mon adolescence, perdue dans des paysages tristes et sublimes ; la plante de mes pieds en serait empreinte, caillouteuse, dure à tout jamais. J'ai traversé des zones industrielles déshéritées, grises ; de longues avenues fleuries, des boulevards piquetés d'arbres, aux architectures classiques ; des montagnes immenses, attaquées par des chemins sablonneux, empierrés, compliqués, parfois je glissais, dérapais et tombais dans le vide, la vallée était accueillante mais j'y mourais un peu ; il y eut des villages endormis, à l'abandon ; des plaines qui chauffaient au soleil, des bocages sous le ciel voilé, des plateaux qui rampaient sous la pluie.

Longtemps, ma vie fut heureuse. « Un bonheur d'école », un cas d'école au tableau noir. Un jour, avec un ami, on était allés au Havre. Un bandeau indiquait « mai 60 », du bonheur encore et toujours, son domaine de prédilection puis de putréfaction. Une victoire finale, l'hystérie collective. Un stade petit rouge orangé à barres de bois, images de très avant, joie folle et lointaine. Dans cette petite salle rouge, il y avait du froid. Mœurs qui paraissent même différentes. C'est un instant de très avant. Ils se ressemblaient. Leurs sourires émus penchés vers le bas.

Quand j'ai compris que j'allais, moi aussi, participer comme tout le monde à la grande histoire du roman de la mort, les mousquetons ont lâché, j'ai été projeté dans le vide. Je passais des jours entiers (terminés maintenant, mais la présence de la mort, même si elle n'est plus aussi intrusive, se maintient perpétuelle, comme une lanterne sans bougie), des jours entiers dans la hantise, l'obsession de ce que je venais de voir ; sans rien faire, sans rien dire de sérieux, sans rien prévoir. Le passé, le présent, le futur étaient tombés, et j'étais groggy, sonné, n'en montrant rien bien sûr. Après moi, rien du tout ! A quoi auront servi les gentils vents d'est, les rires italiens, les moments bretons, les maîtres de rien, si je ne pouvais remâcher infiniment ces plaisirs ? J'aurais beau, dans les heures futures, me dire que la mort était imposée, qu'on ne pouvait pas entourer la mention, cocher la croix, la choisir comme son option de classe préparatoire ou son plat du jour dans le restaurant de la rue d'Octeville, je ne pourrais jamais m'y faire.

J'avais passé tout ce temps dans le noir d'une salle de cinéma, devant un film rieur, qui commençait et finissait bien. La projection terminée, j'étais sorti, sourire aux lèvres, de la vie comme de cette salle de cinéma ; et par les couloirs j'étais arrivé dehors. Je me retrouvais sur un grand boulevard surpeuplé où passaient en trombe des voitures ; il faisait gris et très froid. Les gens se bousculaient, parlaient fort : je croyais comprendre qu'ils n'avaient pas aimé le film. Moi, je n'osais pas avancer. J'étais prostré devant la porte, au pied des affiches extravagantes. Ici, rien n'avait plus de rapport avec ce que j'avais vu à l'écran. Le cinéma fermerait dans deux mois, faute de clients, et je resterais à errer dans la ville, sans fin et sans autre souvenir que celui de la salle noire et des images colorées.

Nous avions quitté la ville dans le soir, le paysage était en grande beauté au coucher brûlant du soleil, il coudoyait des multitudes d'arbres au fond avec une ligne d'horizon lointaine et inaccessible et des statues grecques roses qui dansaient sur le ciel de frangipane ; je ne le voyais plus, je ne l'entendais plus : maintenant, j'allais devoir lutter avec moi-même. La retombée du jour comme une mauvaise chanson, qui à vrai dire m'angoissait un peu, m'angoisse toujours, car je n'aime pas les choses *qui finissent*, et il faut avouer qu'il y a sur terre peu de choses plus inquiétantes à voir finir qu'une chanson. Sans compter la famille qui s'effondrerait. La « connaissance du monde » qui arriverait. L'amour que je subirais. Le temps qui prendrait l'autoroute. La mort, vigie mesquine, qui veillerait. Le paysage s'acquittait de sa tâche avec un certain brio, les prés, les vignes, les mûriers, les châtaigneraies, mais déjà, dans l'air, quelque chose avait varié, un infléchissement, une inclinaison, déjà l'air n'était plus tout à fait le même, la terre moins solaire, le soleil moins fou, le ciel plus ébréché, déjà, mes représentations avaient pris le dessus sur la simple vue, la vue du télescope, les hommes désiraient, finissaient. Lourds, lourds, lourds. Déjà d'autres choses, moins ingénues, moins caressantes, montaient à la surface, bourgeonnaient anarchiquement, je sentais qu'une vie nouvelle et détestable m'accostait, et que l'ancienne vie, mon ancienne vie, ma vie en somme, s'enfonçait dans les minutes, les heures, les jours, et après ce sont les années.

*

Après, le déclin s'est amorcé.

Vers la fin du mois d'août, une gouvernante avait quitté la famille. Puis mon père s'était détaché de Saclay au fil de l'automne, pour habiter dans l'enceinte même du monastère qu'à Paris, un an auparavant, on lui avait légué. Lui ne s'était jamais considéré grand catholique, tout juste un pratiquant ; c'était un écrivain dont le deuxième roman avait rencontré un succès remarquable chez une élite fortunée, après une première parution des plus discrètes. S'étant dès lors autoproclamé écrivain détaché des modes en cours, alors que jusqu'ici, aimable rentier, l'écriture n'avait jamais représenté autre chose qu'un loisir oisif, il rédigea encore cinq romans de taille raisonnable, de mœurs ou de genres très datés, pleins de simplicité, des aventures précises, tendues comme des toiles, des romans qui, comme des droites, commençaient en un point et cessaient en un autre, lointain et clair, avec une facture reconnaissante. A la fin, nous avions perdu une somme d'argent vers le début de l'hiver, dans une affaire dont j'entendais parler sans cesse, mais à laquelle, c'est naturel, je ne comprenais rien : durant deux mois, tous les adultes de notre famille, plus les jeunes gens en âge de jouer à ça, épiloguèrent sans arrêt, dès qu'ils se trouvaient assis, ce que je craignais, à propos de cette affaire : des noms inconnus, des termes étrangers, judiciaires ou financiers, peuplaient leurs conversations. A côté, je voyais des papiers écrits dans la même langue étrange, noirs et qui jamais ne décroissaient. A quoi bon, alors, le Seigneur pouvait-il nous aider ?

Durant ce mois de juillet-là, cela faisait longtemps que nous avions pris conscience de la décrépitude de la maison, du déclin du village, de la fin des haricots. Pourtant, nous n'avions longtemps rien perçu de l'ébranlement qui se préparait, nous n'avions pas su saisir le léger cliquetis de la bombe, malingre mais persistant, perpétuel, nous n'avions pas compris que quelque chose se préparait. Nous n'avions découvert l'existence de bombes, de bâtonnets de dynamite, d'armes diverses et cachées, qu'après l'explosion finale, lorsqu'elles eurent disparu, après leur décomposition. Le plus fou viendrait ensuite : les plus décidés, les plus orgueilleux, décidèrent qu'aucune explosion n'avait eu lieu, que le champ de bataille de la maison, le champ de ronces de la famille, le champ de ruines de l'avenir, n'existaient pas. C'était là un interdit majeur, et au long des deux années qui suivirent le drame final, aborder ce sujet eût été un crime de lèse-humanité – un peu par respect pour notre mère qui s'accrochait comme une mite à la lueur d'une étoile morte, un peu, aussi, pour nous persuader nous-mêmes que tout allait bien, que le quotidien n'avait pas subi de modification. Nos activités routinières, au juste, n'avaient guère changé ; pas changé du tout, même : néanmoins l'âme de la famille, l'esprit de la maisonnée, le cœur du temps qui s'écoulait ici, s'étaient envolés, et, ayant quitté la terre, avaient rejoint des mondes reculés et supérieurs qui devaient nous rester toujours inconnus.

D'abord, les piloris s'étaient dressés à Saclay, qui avait pris l'allure d'une glauquissime chartreuse, puis elle avait contaminé la propriété de Sacierges. Saclay, en temps normal, était un endroit froid, et réfrigérant, mais les murailles érigées contre le monde extérieur avaient rendu l'ombre plus dure, les pièces plus étouffantes, le mobilier plus branlant. On ne voyait jamais qu'une enfilade de couloirs glacials où ça résonnait fort, et les pièces qui en dépendaient eurent tôt fait de perdre leur cachet d'autrefois ; nous vivions dans la mort et dans les ternissures.

A Sacierges restaient le jardin, le parc, le village, la forêt et l'étang, mais nos sorties s'étaient raréfiées, et, lors des deux derniers voyages de la fin juin au cours desquels nous bravèrent nos turpitudes, notre désir de retrouver la vie cachée dans un angle, un regard, une perspective s'éteignait aussitôt, avec le sentiment de l'espérance au sens plus large, je restais à contempler le plafond de ma chambre, et je m'assoupissais.

Au réveil, je ne prenais pas incessamment conscience que ma chambre et le dessin proche de la fenêtre à moitié barrée par les volets blancs appartenaient au monde de l'espoir que j'avais construit, érigé même, lors de ma dernière semaine parisienne, cependant que j'avais besoin de temps pour me rendre compte que nous avions quitté Saclay et gagné Sacierges ; mon père aussi, je le crois, que je surpris deux fois à chercher des couloirs et des pièces agencés comme à Saclay, qui lui semblaient avoir disparu. Je lui posais la question : « Que cherchez-vous, papa ? » et, m'ayant fixé, torve, d'un œil égaré, il imposait : « Peu de chose », et puis il regardait, quand j'avais tourné les talons, le petit pan de mur d'où un couloir aurait dû jaillir, glacial mais réconfortant. Nous ne savions plus très bien où nous habitions et vivions donc, clos, dans une maison seule.

Maintenant, tout avait été enregistré, on avait bouclé l'essentiel, les derniers papiers se signaient en contrebas. Nous vendions. Le vingt-cinq mai. Une journée magnifique, avec des tas et des tas de rayons croisés dans le bas du ciel ; depuis le banc, près de la petite tourelle de l'ouest, nous affrontions une dernière fois, de face, la devanture de ce qui, dans une vie passée, portait le nom de château de province ; savoureuse encore dans ses atours, déjà décédée dans son cœur, celle qui avait désormais cessé d'exister paraissait toute prête à s'effondrer.

Quand, moi et ma sœur, nous avons soutenu une dernière fois le regard de notre vieille bonne baraque, cela ferait trois ans en août que Romancine, l'effrontée qui avait eu raison avant tout le monde, celle qui détenait la vérité et qui, pour cela, ne supportait plus qu'on entretînt le mensonge partout, avait quitté la maison, provoquant un fracas mémorable, dans une de ces vastes affaires dont la maisonnée sut encore se nourrir jusqu'à la fin de l'hiver. Mais l'avouer, encore quand, quinze ans plus tard, j'allais visiter ma mère dans son mouroir où même le petit luxe l'avait abandonnée, l'avouer m'eût valu, quoique j'eusse près de trente ans, une longue sécheresse de sa part, et l'eau, cela passé, ne revenait pas en un tournemain. La dernière « affaire », comme nous disions en fait, concernait en effet la perte de la grosse somme, et, sans doute parce que seul notre territoire nous resta alors, que les pièces ne furent plus que des pièces et les arbres des troncs, nous n'eûmes plus rien d'intéressant à nous dire.

Mais la fin, la vraie fin, le moment clé, je ne saurais le préciser. J'ai découvert, par la suite, tant d'inconnues et de faussetés, lesquelles détruisirent mes visions et mes versions de fin, datées comme une frise d'histoire, expliquées aussi bien que la Bastille qu'on prit, que je n'avais plus l'ambition de retracer l'aventure de notre chute, je me perdais dans les moments du jour et les dates, les personnes aussi parfois, je croyais cerner une date décisive, avant de me rendre compte de la foule des moments heureux, des moments prospères qui avaient suivi, et, pour me préserver de trop de remue-ménage intérieur, d'un déménagement trop considérable, j'ai abandonné.

Romancine : ce que nous reprochait ce Rousseau en tablier de gouvernante, nous le savions bien, nous les enfants ; mais mes parents, qui de la morale avaient tiré la conclusion qu'elle représentait une ligne incontournable de vie, entretenaient surtout un grief majeur contre elle, en plus du reste. Pendant dix ans, ils n'avaient que peu bronché. Ils s'y étaient habitués. Trois ou quatre fois, il avait fallu élever la voix, mais après tout, quoi de plus normal et de moins étonnant, que cette gouvernante qui oublie sa docilité une fois l'an et redevient, trois fois rien de temps, rebelle et farouche. Certes, sa colère annuelle, seule, ne manifestait pas l'entièreté de son courroux, elle avait toujours son caractère, mais après tout, à quoi bon vouloir y toucher, quand on sait que les humains têtus sont les plus têtus. De son tablier sortaient parfois des reproches, de petits commentaires mesquins glissaient de son chignon, on n'était pas à l'abri de réflexions désobligeantes au moment où chacun s'assoit pour dîner, pendant cette minute qui conditionne l'ambiance du reste du repas, qu'elle pimentait d'un « Les enfants sont mous ces temps-ci », « Vous me semblez tirée, madame », « Le temps n'est pas au beau, non, non, non, monsieur, et il fait triste aussi », avec son ton uniforme et morose qui vous coupait l'envie de lui répondre.

Dix ans passés à recadrer Romancine n'avaient pourtant pas suffi, car un soir de la fin juillet, alors que nous nous reposions au-dehors en bonne compagnie – un mardi soir –, elle avait surgi par la porte détournée des cuisines, la robe déchirée, comme une grosse furie rougeaude et entêtée, et dit : « Monsieur, il y a du feu dans la cuisine », en employant une de ces formulations ambiguës et inhabituelles qui, dix ans durant, même en temps d'harmonie, avaient forgé une vraie marque de fabrique.

Nous avions commencé notre hibernation, nous avions dressé les piquets et les piloris. Nous vivions bien, mais seuls. La guerre avait duré moins encore que la seconde que disputèrent les Français, un mois environ.

Foudroyante, elle allait sortir par la porte principale, et, se retournant, afin que chacun entende, elle avait osé, d'une voix plus forte que d'habitude, amplifiée encore par l'écho du hall : « Quand on a tout perdu, le territoire, c'est la dernière chose qui nous reste. » Mon père avait figé sur place, ma mère ouvrait une bouche ronde et incrédule, et nous, qui ne comprenions pas mais qui devinions la gravité de cet acte insensé aux visages perplexes où le courroux allait percer très vite, nous nous contentions de nous taire, ce qui est beaucoup plus triste et bien moins naturel chez un enfant que chez un adulte, vous en conviendrez.

Et, foudroyante, elle avait jeté son tablier à terre, avait quitté les lieux en riant aux éclats. Laissant derrière elle une famille à jamais hantée par son malheureux souvenir, une ride de plus apposée sur le front de maman, une famille plus dissolue, plus dissoute, plus dessoudée.

Alors ce jour-là, ce vingt-cinq juillet des années soixante-dix, voilà tout ce qu'on avait devant les yeux, ce qu'on projetait comme un fil imaginaire, ce qu'on faisait crapahuter dans notre mémoire, dans nos allumettes intérieures qui se craquaient les unes après les autres. C'était toute la peine, le ressentiment cru. Un sentiment écrit bien net, bien lisible, qui grossissait maladroitement, inexorablement dans mon corps, charriait avec lui un âpre retour sur terre, laissant en charpie ma cervelle à moitié pourrie, toute vermoulue de vers existentiels. C'était la vie qui reprenait son cours : son cours qui chaque jour imposait sa peine, la vie qui vous déplumait. La vraie vie, mettons, celle pour les malheureux. La vie sans fard, la vie sans phares ; sans maquillage du présent ni éclairage du lendemain.

On ne distinguait plus rien au-delà des nuages gris et bas qui flottaient au niveau du regard, les perspectives s'étaient toutes éteintes en même temps, tandis qu'avec lenteur le corps s'était amolli, les muscles s'étaient hachés, la tête avait penché peu à peu pour s'étaler sur l'épaule, et ne plus bouger. La sensation désertique s'intensifiait au fur et à mesure que je prenais conscience de la gravité de l'événement : j'avais attendu que quelque chose change, se passe, et rien n'était arrivé. Les visages, les images, les paroles n'étaient pas revenus. Après tout, une fin tragique et terrible, une résignation fatale, des images de tragédie eussent été préférables, plutôt que ce brusque et absolu abandon dont la suite n'était pas connue.

Le désespoir était entier ; le vide intérieur complet. Tout devenait insipide. Jusqu'à la dernière seconde, j'avais espéré que la boucle se complète, être enfin rassasié par ce que j'avais vu, même par une grande désespérance, mais le vide, l'incomplétude se faisaient ressentir plus fort que tout. Le sens, la vie, la mort, la poésie, la belle affaire ! Rien ne valait plus que ce qui venait de se dérober sous mes yeux ; que ce qui n'était jamais advenu, en fait.

*

Les derniers temps, je faisais encore quelques tours dans les côtés que je connaissais, comme le vieux cheval de cirque qui sait que dans deux jours, après les lumières et les ultimes bravos, l'attend l'odeur carnée du quartier des Abattoirs, comme le cheval de manège qui se détraque, dans un square lugubre d'automne, qui sait qu'on va le remplacer bientôt par un hélicoptère rose. Le cimetière m'agaçait, m'irritait ; mes aïeuls y dormaient en paix. Tous ces morts que je méprisais, que je trouvais méchants, qui m'avaient refusé leur amitié et leur estime depuis trop d'années : j'avais avancé vers eux très digne, et avais été étonné de les trouver squelettiques, immobiles, que rien en eux ne ressemblât à moi.

Le cœur se défaisait et les jambes de même, trois kilomètres de pente et j'étais fatigué. Il me semblait déjà que des choses avaient changé, j'en étais surpris, légèrement triste et franchement content; ce n'était pas plus mal que ces cailloux soient déplacés, que cette souche soit coupée, cet étang bouché, cette maison habitée de nouveau : l'ancien état de choses n'existait plus que pour moi, et le voilà encore plus beau. Parfois je rencontrais quelqu'un, je pouvais connaître, je pouvais ne pas connaître, un petit châtelain fin de race à l'air hautain et aux joues sèches, un pêcheur pour qui un craquement de feuilles semblait la fin du monde (« eh bien alors mettez des boules Quiès », je voulais leur dire), un chien jaune à la peau lourde et sale. Qui me faisait un peu peur. Que j'ai revu plusieurs fois. Dans la ruelle derrière l'église, dans des années plus précoces, je marchais avec mon frère car nous allions saluer un oncle imprécis qui habitait sur la fontaine, il y a eu un frouillement dans le paquet de verdure qui borde l'église, et en est sortie la masse jaunâtre et décrépite du chien, je me souviens énorme. J'en avais frissonné; et à nouveau, à dix-sept ans, la dernière fois que nous étions partis de Sacierges, l'ultime matinée semblable aux autres pour le reste, comme nous prenions la petite route qui remonte sur le plateau, puis sur les champs, étaient sortis, je crois que je racontais une blague, en tout cas nous riions, d'assez bon cœur, étaient sortis, juste après le panneau indicateur « Sacierges » en pierre de Volvic, sortis d'un des fourrés du grand bois profond, les oreilles longues, les yeux carbonisés, la masse jaune du chien, et je suis sûr qu'elle regardait dans le vide, qu'elle a obliqué la tête et qu'elle m'a regardé. Je me souviens que je m'étais fait un torticolis à force de tourner le regard vers ce que nous quittions : je voulais conserver une image forte, une dernière, mais je me souviens seulement de l'avoir désirée, de m'être contorsionné entre les paquets et m'être dit à chaque vue nouvelle du clocher et des maisons qui s'éloignait : « retiens-la, retiens-la, tapisse-t'en… », tant et si bien que je ne me rappelle d'aucune image, seulement de la douleur dans le cou que j'ai gardée plusieurs jours et de la tristesse vague et douce que l'oubli provoquait.

J'avais arpenté mes possessions perdues une dernière fois, comme le vieux général qui sait que la guerre est finie mais ne peut se résoudre à replier la carte. Puis on m'avait appelé, du côté de la voiture, et j'étais venu. J'avais traversé la cour centrale, silencieuse et molle, rayonnante de soleil mais d'une manière trompeuse, car la lumière, la lourdeur de l'avant-fin du jour, du terme de l'après-midi, et l'immobilité apathique de l'air, rendaient la cour et les grands murs absolument effrayants, désolés. Ce petit univers, cet univers unique sombrait dans le sentiment le plus mélancolique, le plus déprimant ; le vaisseau blanc qui avait été magnifique et qui l'était encore cédait au désarroi des jours trop tranquilles, des moments de paix. Le parfum de la fin emplissait abondamment l'espace. Les séants vides des chaises abandonnées, le cabinet administratif désert, les papiers, le bureau et surtout l'horloge, que rien ne viendrait troubler, resteraient figés pour l'expérience d'un futur infini.

Les bâtiments lançaient des plaintes inconsidérées et pleines de désespoir ; il valait mieux sortir, franchir le porche vert, traverser la rue où l'église déjà avait cessé de geindre, qui agonisait avec lenteur au soleil ; il valait mieux quitter ces lieux, c'était l'évidence, longer le parc ébloui, somnolent, en avançant à pas vifs, saccadés et nerveux, en pas qui désirent à tout prix fuir ce qu'ils ont vu ; il valait mieux laisser au hasard tout ça, tandis que l'on apercevait au loin, incertaines, vacillantes, comme dans un mirage, les hautes parois claires et les cheminées, que le mouvement ondoyant, frémissant, des feuillages denses des marronniers, des pins blonds, des chênes, ne tarderait plus à masquer totalement.

Tout était avalé par une mer furieuse, tout s'effaçait sous les torrents, tout assistait, dans la quiétude la plus absolue, à l'aventure ; on voyait les cèdres regarder en silence la cérémonie, on devinait les massifs des ormes sombres, sur le flanc des vallées à la ronde, admirer ce coup du sort, et je voyais les grandes faces sévères et distinguées des hêtres, qui, du haut des cimes les plus solennelles, semblaient plus impassibles que la mort.

Le vaisseau blanc disparaissait, s'évaporait ; on ne distinguait plus que le toit qui brillait, qui épousait le ciel dans une danse lumineuse et aérienne ; le dernier étage aux fenêtres ajourées s'évanouissait lui aussi, après les autres, et tout basculait. Alors, quelques notes tressaillirent, et enfin ils disparurent, tous les deux, dans un pas de tragédie. Ce dernier abandon, lui, me laissa sans voix.

Paris

(1977-1978)

« … d'où s'étaient détachées les fleurs d'or
de mots insolites : amour, virginité, mort… »

Lampedusa, *Le Guépard.*

Je ne devais plus jamais revoir Saclay. Je ne devais plus jamais revoir Sacierges. La fin de mon adolescence, je l'ai passée à Paris. Paris. L'automne 77. L'hiver 78. Le printemps 78. L'été 78.

C'était un soir, autour de la fin septembre 1978; je regardais, depuis le balcon de mon appartement, accoudé sur la rambarde noire et décrépite, juste au bord du vide, la foule parisienne qui défilait sous moi. C'est à ce moment-là que j'en ai pris conscience : je venais de passer la pire année de ma vie, une année rauque, saumâtre; une année d'effroyable nostalgie, longue comme un jour sans train. Car je rêvais de départs, je me voyais loin, les six gares clignotaient, plus les carcasses chagrines des autres à l'écart (Orsay, Bercy, Bastille) ; mais Paris, une fois qu'elle vous possède, ne vous lâche plus. Paris est un tout, tout lui appartient. C'est pour ça que ce soir-là j'ai décidé, avant que Paris ne me coule pour de bon dans ses murs, ne m'embroche aux grilles de ses parcs, de quitter la ville. Son bruit noir, son bruit fou, son bruit dur de capitale.

Ce matin-là je m'étais levé fin septembre avec l'impression de m'être couché début mars ; et un an de maintenant valait, grosso modo, un jour d'hier. J'ai pensé à beaucoup de choses, ce soir doux et tiède, comme certains soirs de septembre et d'octobre qui se sont extirpés de la touffeur de l'été, et qui ont couru vers vous. Il a fait pourtant bien souvent gris, cette année-là. Et puis à Paris, même quand il fait soleil, il fait gris. Aujourd'hui, je regrette d'y avoir mis les pieds. Petit, j'avais une image froufroutante, gaie, réjouissante de la ville, sans doute parce que je n'y allais qu'une fois par mois ; quand on vit à Paris, les mois sont autrement plus longs qu'en province. La foule parisienne qui donne raison aux philosophies les plus noires, et qui revient devant la fenêtre, luxuriante et bigarrée.

Ce soir-là, donc, à la fenêtre. La vue que j'avais sur la ville, la petite rue au sud, une courette aveugle à l'est, une autre courette à l'ouest, et au nord le boulevard où, ce jour, 32 600 vies avaient glissé, m'écœurait. Les volontés, les desseins, les ambitions grouillaient. Les filles gazouillantes et vindicatives ; les garçons, pas beaucoup plus inspirés. J'avais l'œil las, l'air désabusé et ironique des vieilles personnes qui contemplent le désastre de leurs congénères et leur défaite assurée du haut de leur balcon. Ce n'étaient ni les troubles physiques, ni le désespoir, ni la morosité, ni la peur, non, un dérangement bien plus grave – le sentiment que tout était fini. Le fond d'aigreur désenchantée qui me faisait vivre, par-dessus tout inconsolable, me consternait. Alors ça y était, on pouvait faire les bagages ? Je restais au milieu des pièces de moi, attendant le jour des encombrants où je pourrais tout jeter ; mais alors les pièces seraient vides, ce qui ne me rassurait pas.

Je regardais la rue, puis le ciel. Là-haut, Olympe et ses amies riaient, magnifiques ; je me disais que ça devait leur demander du courage de faire soleil par-dessus des jeunes gens aussi méprisables, aussi imparfaits. Je contemplais le ciel sans haut et sans bas, et après m'être répandu en regards sur le gazon révoltant de la jeunesse parisienne, j'ai enfoncé mes orbites dans les nuages ; et j'ai pensé que ce monde était un monde sans beauté. Ainsi jouais-je, avec des nuances qui n'appartenaient qu'à moi, toute une partition du malheur, qui allait du dégoût au mépris et jusqu'au sanglot, un orchestre riche de variations, de finesses mais dont le son était répétitif, monotone et pas tellement gracieux. Mépriseur, je n'aimais pas l'être, car on ne soupçonnait pas la qualité de mon malheur et on me prenait chez les gens de mon âge pour quelqu'un d'ironique, de caustique, ce que je n'étais pas ; haineux je ne savais pas l'être (la petite cascade de haine qu'est la politique et dont le bruit, je crois, s'amplifie ne m'amusait pas beaucoup) ; dégoûté je n'avais pas à me forcer. J'en avais assez des gens qui commençaient à tout confondre, il y en avait même, du temps du lycée, qui pensaient que j'étais méchant, à cause de mes airs irrités, et d'autres qui me détestaient et disaient que j'étais homosexuel (on ne disait pas « *gay* » : reviens à moi, petite époque que je n'ai pas su aimer !...). Je me demande ce que je n'ai pas été, pour mes aimables camarades, entre quatorze et dix-sept ans ; à peu près tout et à mes yeux rien du tout (ça s'amenuisait, s'amenuisait...). Il faut dire que j'étais rigide, arrogant et principier à mort, et que je trouvais les autres lourds, uniformes et ennuyeux.

Le dôme céleste, au moins, ne soutiendrait jamais ces dévergondés, ces malfaçons sur pattes ; Apollon était avec moi, ce qui n'était pas une mauvaise compagnie. Et, au-dessus de Paris, au milieu du firmament, se forma une boule cotonneuse très noire dans l'azur très doux, et la boule navigua, d'un périphérique l'autre, prête à foncer et à tout démolir, sur le miroitement du soir. La mélancolie tournait au fond de la casserole, faisait des plaques ; c'était dégoûtant.

*

J'étais arrivé à Paris un dimanche, au début du mois de novembre ; je le revis facilement. Cela est très proche, à peine passé. Les wagons sales, les banquettes déchirées, l'odeur du cuir insinuante. Le temps qui, comme le train avançait vers Paris, devenait de plus en plus noir. C'était un bout de novembre, une pièce de gris, un morceau d'hiver avant l'hiver. Le train à l'arrêt. La descente sur le quai d'Austerlitz. La Seine, épaisse, ses ombres lourdes. Les quartiers de la gare de Lyon, en novembre, c'est quelque chose. La douceur parisienne est au fond de ses coffres. Les avenues sont balayées par les vents, secouées par l'air glacial, hostiles et accablantes. Tout dans cette nuance éteinte et blanchie, hivernale, les trottoirs, la route, les façades, le ciel et même les troncs des arbres, dans ce triste éventail, uniforme arc-en-ciel de couleurs décimées. La ville dans une fumée de cigarette, un chapiteau de buée sombre appuyé, écrasé dessus. Aucune chaleur, aucune respiration, pas un reste de vie, on dévale l'avenue de la mélancolie.

Des fontaines, depuis deux mois, l'eau ne jaillissait plus ; les compositions de fleurs, les parterres avaient laissé place à des carrés de terre comme des champs picards dans le fond de l'hiver, les mottes de labour, le pâté, le hachis, l'aliment marronnasse ; des arbres les feuilles ne s'évadaient plus, et les troncs semblaient agoniser, fantômes dans le temps nuageux, bêtement rosés dans un rayon de soleil. Les grands boulevards où, l'été, la végétation rigole abattaient le regard et le forçaient à une désespérance magnétique ; les rangs d'arbres qui auraient pu les égayer ressemblaient aux arbres des cimetières, et on gisait, le souffle coupé devant la fin du combat et ce qu'il oubliait derrière lui : l'étalement des soldats blessés, des soldats expirants, d'anciens soldats, qui s'empilaient dans leur chute. Le boulevard c'était une tranchée ; les arbres c'étaient des cadavres. Les boulevards de Paris, c'était la Marne, c'était la Somme, c'était Verdun.

La ville s'est empoussiérée jusqu'au prochain printemps. La Seine s'est presque arrêtée, toucher son eau du doigt vous glacerait entier, et les forêts autour, décharnées, ont versé des larmes qui se sont cristallisées, comme dans les mines de sel de Salzbourg.

J'ai vite compris combien cette ville était pleine de spectres et d'apparitions ; d'ombres. La concierge était une ombre, le marchand de tabac était une ombre, les étudiants, dans leur vêtements déstructurés qui parlaient structuralisme, c'étaient des ombres. D'ailleurs, je n'ai rencontré personne à Paris. J'avais assez de souvenirs pour m'entretenir ; je n'avais pas besoin du présent, je m'en passais très bien. Pourtant, j'étais assez marri de tout ce qui m'arrivait depuis quelques années, depuis ces journées de Sacierges où j'avais senti que mon enfance finissait, depuis que, presque en même temps, la famille avait implosé ; je n'arrivais plus à être vraiment, durablement heureux ; ma lucidité était trop grande, qui émiettait les gâteaux du plaisir, abattait les hauts arbres des rêves. J'y suis resté un an.

J'habitais une rue aux allures de vermicelle qui s'enroulait dans le dos de la mairie. Un très bel appartement, que ma mère avait payé pour ensuite se hérisser de dettes ; maman marchait au cœur, et ceux qui marchent au cœur font souvent n'importe quoi. L'appartement contenait deux pièces : la première était assez logeable, carrée et chaude ; l'atmosphère y était pourpre, princière, chaleureuse. J'y entrais comme dans un cocon qui naissait dans la lassitude de l'hiver, l'hiver 77 rigoureux ; mais cela ne suffirait jamais à compenser mes bas-le-cœur outragés ; j'aurais habité Versailles à la grande époque que j'aurais gardé ma morosité ; les lieux que nous fréquentons ne sont que des compléments, vous pouvez rayonner sous la pluie, et mourir de chagrin au ciel bleu. Dehors, cet hiver-là, soufflait la grisaille ; mais l'appartement, lui, étonnait de griserie. Le papier peint et les meubles brûlaient dans des couleurs lascives, du merisier, du noyer, de l'acajou, la vue sur la rue était interdite par de gigantesques et pudiques rideaux beiges ; le sol, les murs, le plafond, qui rougeoyaient avec nuance, rassuraient. C'était une pièce assez folie des grandeurs, assez aristocratique, assez immodeste à dire vrai. A la fois un salon, une salle à manger et une cuisine. A l'extrémité nord, dans un renfoncement, se trouvait une grande glace, qui avait au moins quarante ans ; on disait ma figure plus jeune, ma drôle de figure d'ailleurs, pas cohérente, pas stable, on pensait à des éclats de verre. L'autre pièce contenait le bureau, la chambre, et, dans un renfoncement, la salle de bains, tellement exiguë que chaque centimètre carré semblait une liberté gratifiante, un espace vital où l'on pouvait se mouvoir avec largesse. Cette pièce-ci était une sorte de renversement de la première ; tout ce que le salon avait de chaud, de royal, d'exubérant, de nonchalant était contredit : le bureau était clair, sobre, grisâtre, s'en dégageait une ambiance besogneuse, ordonnée, alors que le salon partait dans tous les sens : des statues, des tableaux, des livres, des papiers, s'y entassait une somme d'objets hétéroclites chers à ma mémoire, tout ce que je ne voulais pas jeter, c'est-à-dire tout. J'écrivais alors beaucoup.

Des heures entières je noircissais, dans le bureau qui n'avait pas de fenêtres ni de charmes et où, donc, mon regard ne pouvait pas être distrait, je noircissais de très grands feuillets que j'achetais par paquets de mille, dans un dépôt de la rue de la Chine qui vendait n'importe quoi. J'écrivais sans joie et sans but, sans peine et sans limites. Presque, comme les petits enfants, j'aurais pu écrire sur les murs à force de griffonner. Mais je me contentais du papier. Alors, l'appartement était en grand silence, que coupaient seuls le bruit de la plume sur le feuillet, un peu grinçante, les soupirs qu'il m'arrivait de lâcher, et le bruit de fumigation des cigarettes régulières – car, me croyant fini, je m'étais mis à fumer. J'arrêterais bientôt, comme, ennuyé, j'arrêterais d'écrire ; dans mon esprit, le grattage de la feuille et le machinal des cigarettes sont encore associés, comme de semblables stupides remèdes. Fut griffonnée dès ce jour, à l'inverse, la liste des moments tristes, des grands moments, des moments formidables restés enfoncés dans mon cœur ; tant il est vrai que, trop souvent, ce qui m'avait semblé une chaîne de montagnes dans le caveau étroit de mon cerveau devenait sur la feuille un plat, ou même un creux, que mes phrases rougissaient et se détournaient devant mes sentiments tout fiers, dix fois plus élégants qu'elles. Il faut dire qu'à Paris tout le monde fumait, et tout le monde écrivait. Paris c'est très roman ; roman de mœurs, comédie sociale, roman d'amour.

Les nuits s'écoulaient, mon corps à Paris, ma tête à Sacierges, mon cœur un peu perdu. Paris, la nuit, est plus calme qu'on ne le pense. Des grappes enivrées de jeunes gens ébauchent une vie ; mais en vérité, Paris la nuit est vide. Je parcourais des yeux la fenêtre. La nuit, noire et silencieuse, battait lentement le carreau de ses palmes, appuyait de ses paumes sur les écrans des vitres ; on se serait cru dans le cachot délaissé d'un manoir, et dehors la pluie s'écrasait sur une campagne ténébreuse où, même le jour, les collines faisaient des ombres, des ombres comme des joues creuses.

Le pire moment, c'était le coucher du soleil. Je regardais, craintif, par la fenêtre, voyant l'astre qui filait à toute allure vers l'horizon barré d'un immeuble, vers son coucher. A cette heure tout se déréglait : les monstres, perdus tout le jour dans la foule des fantômes parisiens, restaient seuls. Ils annonçaient, pour moi, l'insomnie, les heures (peut-être les pires, quand les secondes deviennent des montagnes qu'il faut escalader une par une, lentement, jusqu'à ce que déforcé, amoindri, vous découvriez le paysage qui s'adoucit vers la plaine) de l'incertitude, de l'incohérence, de la boiterie. Ces couleurs du couchant, finissantes, obliques, c'était une grande petite mort. Tout s'écrivait soudain dans une police grasse, épaissie, avant que la nuit, où souffle un vent penché, ne fasse danser ses italiques.

La grande claque triste du soir m'amenait à fermer les rideaux. Elle demeurait égale, de dix-neuf à vingt heures, d'une exactitude horlogère si terrible, hostile et si différente de mon état d'esprit, éboulis maladroit parmi les sommets qui s'étaient élevés, pleins d'une assurance hautaine, sur les précipices béants qu'avait ouvert mon cœur. Les herbes du parc étaient couchées, comme moi, elles sur la terre, collant parfaitement au monde, moi sur le lit blanc, inerte au-dessus de lui, dans une impossible lévitation. Je savais exactement à quoi elle tenait ; cette pensée arrivait, par instants, à me mettre debout. Parfois (parfois), je ressemblais à un jeune homme de vingt ans, d'alanguissement nerveux, et puis non : tout revenait, et on n'en parlait plus. Quel avait été le grand jour destinal ? Quelles heures avaient été les plus terribles, la fin de tout, fin d'un beau jour, en finir avec tout, elle est loin la lumière (elle est loin la Madeleine) ? Quand l'irréparable ? Quand la fatalité ? Je secouais mon esprit, de dates en sentiments, de journée en journée, parmi ce début d'été carnassier où j'étais mort. Il y avait pourtant une douceur dans la datation, 18 juin 1974 ; quelque chose de fluide, d'orangé, de brumeux. Avait-ce été le 18 juin ? Le 5 juillet ? Le 13 ? Le 26 ? Le 28 ? Le 30 ? Le 13, sans doute. Je me rappelais ces jours-là par cœur. Je penchais 18 juin pour son *bombastic*, 5 juillet pour mon seul désir, 13 pour la profondeur, 26 pour la drôlerie, 28 pour le *malgré moi*, 30 pour le cocasse et pour la nostalgie.

L'été, je me couchais et il faisait encore jour. J'écoutais, au-dehors, Paris et ses bruits irritants ; je me sentais loin des jeux et plus encore des rires, moi qui n'émettais plus que des pouffements maladroits, c'est-à-dire des sanglots comprimés. Ces jeunes gens qu'il m'était impossible de rejoindre, au mieux je les aurais gentiment agacés, car tous les grands sentiments que je vous dépeins ne me désignaient ni comme pâle, ou bougon, ou timide, ou mélancolique, mais comme agaçant, prodigieusement agaçant. Sous les couvertures je transpirais, je respirais mal. C'était là, dans le soir mauve, que je me mettais à dessiner les années qui à moi seul souriaient d'hébétude. Je me rappelais le ciel pané, sérieux et grave au soir à sept heures, l'église de Sacierges, la Madeleine, à qui l'air orange donnait des airs profus, et retombais sur le ciel de Paris, où une église s'appelait la Madeleine, monumentale et grisâtre comme les églises de Paris. Le passé, et au-dedans le tapage des cloches à heures fixes, le bourdon des églises, semblait se définir ainsi, au long des horizons, les horizons parfumés, victorieux, avec des cils. Un rayon, une ligne s'échappaient, fuguaient, vous faisaient croire qu'ils désignaient l'éternité, l'immensité, et ils se traçaient loin après le village, après le val, après l'étang, les points des arbres, la couverture des forêts. Le ciel de Sacierges s'appliquait à vous détacher de vous, et vous fuyiez vers le monde, et même plus loin. Il joignait ma nature d'adolescent rêvasseur et le silence puissant, sépulcral des pierres. Tous les soirs, j'avais récité l'épopée de mon passé que l'album des jours, entre mes mains, discutait. A Paris, tous les soirs, je faisais une promenade. Tous les soirs, je rentrais à la même heure. Je me couchais. Je me disais : « Tu te souviens ? » Et je me souvenais.

A Sacierges, la vie était riche, nourrissante, roborative mais succulente ; ici elle devenait aigre et maigre, carcasse baignant dans du vinaigre, au fond d'un plat ébréché. Ici, tout le monde se ressemblait ; et tout le monde marchait trop vite, les doigts crispés sur sa serviette, son cartable ou son sac à main. A Sacierges, la vie ressemblait aux gâteaux que, le dimanche, on mangeait : notre cuisinière apportait son œuvre, et la famille applaudissait : on dévisageait un chou à la crème de cinquante centimètres, une religieuse immense, une boule feuilletée fourrée au fromage blanc, un baba monumental, une charlotte à la crème fraîche, une longue crêpe à la noisette et au chocolat. A Paris, la vie était sèche comme un croissant de la veille, comme une baguette de huit jours. J'y croupissais sur le râble du temps.

En route, mauvaise troupe ! Mon passé me dévalait le cœur. Les instants, dans le soleil de l'été ou même sous les fleurs de bruine, c'étaient des bibelots, et des lampes, dans ma décoration d'intérieur. A Paris, le ciel avait été déchirant, qui brouillait les tripes et cisaillait les roses. A Sacierges, c'était différent. Et puis à l'époque, je croyais que j'étais libre. J'étais un peu bête. Je n'avais pas découvert que la ligne de fuite, trompeuse, du futur, devenait, comme dans un spectacle de magie inexplicable, l'étranglant carcan du passé. Que les projets devenaient regrets, les espoirs souvenirs, la vie la mort.

Avaient déboulé la disparition et les gouffres. Car quand l'aimée, Sacierges, disparut, elle me laissa incomplet, inassouvi, impréparé même, et l'évidence de sa présence changea de nature. D'intermittente et vacancière elle gagna une espèce d'éternité soyeuse, silencieuse, où je voulais la garder, avec sa forêt de conte de fées, son ciel d'aéroplane et son allure de trésor perdu. Parfois elle prenait une pesanteur agaçante, avec cet énervement des choses rêvées rendues impossibles par un certain étau, irrecevables ; parfois détournée par l'inconcevable mémoire, celle des moments absents – tout un vain remplacement. Il y avait désormais cette horrible conscience qui découpait mes jours. Comme ils me narguaient haut, les lilas de Sacierges, les lilas odorants et doux, comme ils me narguaient haut ! Il y avait ce malheur qui dessinait le contour de ma vie, au crayon, un crayon sec au trait mince, comme ma vie était sèche, comme ma vie était mince. Alors, pour retrouver Sacierges, je me disais « Tu te rappelles ? » Et je me rappelais.

Peut-être qu'un jour, tout pourrait reprendre, comme hier. *Un petit soldat de la vie*. Et maintenant vraiment, j'avais bien changé… Quand j'étais arrivé à

Paris, je voulais me redécorer. Bâtir un homme neuf, adulte, sage, réfléchi, heureux. Cet homme ne serait jamais mis sur pied. Paris, la vie que j'y avais menée, m'avaient mis bien bas. Ça y était ; l'espoir avait coulé avec l'eau de la Seine, jusqu'aux vagues de l'Atlantique. Je l'entendais, dans le roulis marin, se gausser derrière moi. Prenant modèle sur André Malraux, qui venait de mourir, et sur une phrase de lui que j'avais lue dans un recueil de citations en cuir bleu, « Un chef-d'œuvre n'est pas un navet en mieux », j'étais enclin à me dire qu'avant, décidément, n'était pas aujourd'hui en mieux. Aujourd'hui, ce n'est pas avant en moins bien.

A Paris, fin 78, les ciels ne faisaient même pas vingt mètres. Je devinais, derrière, très très derrière, par le petit bout de la lorgnette, des mondes éteints, attirants, dont j'avais ignoré l'existence. Leur présence en moi avait grossi, imprécise et permanente ; en plus le suicide était à la mode, tout le monde en parlait, et d'ailleurs c'est cela qui me dissuadait, je me rendais compte que ce n'était pas le bon choix, c'était violent, brutal, un énergique renoncement. Ils parlaient de souffrance, de douleurs, de psychanalyse, de *fêlure*, de sexe ; j'avais l'impression, à côté d'eux, de n'être qu'un petit garçon. Je n'étais pas très fait pour le monde alentour, celui qui me cernait. Né en 1960, on pouvait imaginer que j'avais été élevé comme un enfant de 1920 ou 1925 ; certes, oui, je n'avais pas été aidé par la singulière éducation que m'avaient donnée mes parents. Je ne m'en plaignais pas : je m'en félicitais. Vivre à dix-huit ans comme une relique, il n'y a pas de mal. Et puis est-ce que j'avais dix-huit ans ? Ne pas agir, paresser suffisait à me faire sentir vieux, de la même manière que les gris ponts du mois de mai ressemblent à des dimanches. De toute façon, je ne voulais pas mourir écrasé dans la rue, après un saut de quinze mètres, ou alors vomissant d'étranges liqueurs, d'étranges cachets dans mon lit. J'aurais aimé mourir comme le soir le ciel.

*

Même si globalement je n'aimais pas cette humanité rétrécie, minimisée, compactée, douze kilomètres sur huit, il y avait les satisfaits minuscules, les extases à l'étroit. Les noms des stations de métropolitain, drôles (Rue-des-Boulets), mystiques (Filles-du-Calvaire), provinciaux (Poissonnière), apeurants (La Muette) et les petits quartiers pas desservis, excentrés, où j'avais l'impression que personne n'avait jamais mis les pieds. Moi non plus ; je préférais rêver les grands boulevards vides au soleil, les ruelles sans nom, les places des villages inconnus. J'avais acheté un plan de Paris, et je faisais rouler mes yeux le long des rues, dénichant les lieux où peut-être la vie était, animé par la certitude que le bonheur était ailleurs, en dehors de moi.

Au début, j'avais essayé de trouver des occupations. Plusieurs fois, par des après-midi boueux, j'étais allé à l'hippodrome voir des courses de chevaux. Quel ennui ! mais n'avais la plupart du temps rien d'autre à faire. Quelquefois, mon frère venait me voir à mon appartement, mais j'avais l'impression qu'il se moquait de moi, et il avait bien raison. Pour aller à l'hippodrome de Plaisance, qui était le moins cher, je prenais le métro ; quel monde bizarre c'était, le métro. Vingt ans à Paris n'auraient pas suffi à m'y habituer. Je descendais à l'avant-dernière station, au milieu d'un faubourg où les immeubles semblaient des façades de carton soutenues à l'arrière par des poutres, prêtes à s'écrouler. Je payais mon billet, et je restais à voir les chevaux. Ils avaient l'air docile et courageux, un peu plus tristes que les vaches ou les chiens, ce qui me les rendait plus humains. Je ne pariais jamais, moins par avarice que par crainte de gagner : si malheureux, et avec autant d'argent, qu'est-ce que j'aurais pu faire ?

Alors, sur le champ de courses, m'observant dans le contraste des boues et des bijoux, de la terre où l'herbe poussait comme de la pourriture, des tribunes qui ployaient sous les couches des vêtements, les perles grosses, les rires lourds, je voyais défiler une foule d'enthousiasmes, entendais flotter des numéros dans l'air, des sommes d'argent au fond des gorges. En contre-haut, dévissant ma tête, je trouvais les visages glacés dans des immobilités attentives ; dévalant la tribune je tentais de m'intéresser à la course, détaillais les chevaux qui prenaient des élans comme ceux des avions, même si on voyait bien qu'ils étaient trop lents, trop désordonnés pour décoller vraiment, gagner un ciel pourtant aplati et peu propice aux envolées.

Un jour, aussi, je me souviens m'être rendu, en compagnie de mon frère, au musée d'Art macabre. Je crois que Stéphane m'aimait bien mais ne me le montrait pas, il souriait, s'habillait bien, se faisait beau devant moi avec un sans-gêne total, lançait des conversations sur ses études, ses amis ou sa réussite comme il aurait fait avec un de ses compagnons de Polytechnique. Il avait trois ans de plus que moi, et nous avions eu des enfances proches. Mais, insensible à ce qui normalement devient important à notre âge, le désir, le succès, les grandes excitations démangeantes, j'étais bien incapable de l'envier. A peine j'osais quelques sarcasmes, car il me les renvoyait plus durement ; et d'insignifiants, ils prenaient en moi, le reste étant désert, une place confortable. J'essayais de l'avoir avec des phrases du genre « J'aime pas la vie. » Et évidemment il trouvait à répondre. « Oh, c'est rien hein... Tu t'en remettras. » Le musée d'Art macabre, qui n'existe plus aujourd'hui, se trouvait dans un quartier de Paris excentré, qu'on dirait méconnu s'il était intéressant, rue de l'Abbé-Carton. Nous avions été gagnés de fous rires en le visitant, devant les crânes, les insectes, les animaux empaillés, les peintures du Caravage, de La Tour, de Zurbarán qui se confondaient avec le décor. Des dessins d'anatomie, des planches, des gravures, des études de corps montrant des squelettes et des écorchés passionnaient des taxidermistes aux cheveux blancs, qui rentreraient par le métro dans leur rez-de-chaussée manger des nouilles sur un tabouret. Je me souviens des squelettes de poules, des corbeaux empaillés, des coquillages funèbres, du crâne de crocodile qui pendait au bout d'un fil. Plus tard, rentré dans ma rue-vermicelle, je pensais à la vie que menait mon frère ; où était-il maintenant ?

En rentrant, dans le hall d'entrée, un homme de l'immeuble m'avait parlé de sa fille. « Elle a votre âge ! Elle habite chez moi... Vous voudriez la voir ? Elle a un gros chien, très gentil. – Quelle race ? – Oh, je ne sais pas. C'est un gros chien jaune. Vous voudriez la voir ? – Euh… je ne préférerais pas. Non. Non. » Mais où est-ce que nous allions ?

*

Je ne mangeais plus que des biscottes. Toutes dures, toutes sèches, bien cassantes, sans beurre et sans confiture. A la supérette de la petite rue, derrière le square boudeur dans l'ombre, j'en remplissais le chariot ; dans les placards boudeurs dans l'ombre, elles s'entassaient ; elles ont fini par devenir ma seule nourriture ; Heudebert, Gringoire, Grielle, Thomery. Un carnet d'adresses. Il m'arrivait quelquefois de faire des extra, des biscuits secs, des galettes, et le dimanche c'était fête, j'achetais une grosse boîte rose d'Assortiment de biscuits Fosse et je les mangeais dans ma chambre, en lisant les tragédies de Voltaire ou de La Fontaine, d'interminables journaux intimes ou des Mémoires jaunâtres et Voltaire, La Fontaine, le vieux diariste et la vieille duchesse se couvraient de miettes, leurs portraits se fâchaient dans les cadres respectifs, le château bruissait d'émois, c'était la pagaille.

Je n'ai jamais autant lu qu'alors. Les volumes s'empilaient avec des couleurs affreuses, beigeâtre, marron, brun, les mêmes que je retrouvais dans les gâteaux secs, dans l'agonie du ciel, dans… Ce que je cherchais, c'était un mode d'emploi, et j'avais bien compris que la littérature n'était pas un mode d'emploi. La littérature, c'étaient des gens qui avaient essayé de monter la machine, qui n'y étaient pas parvenus, et qui venaient enquiquiner le service après-vente ; l'un se plaignait de tel boulon, l'autre des instructions, l'autre de la garantie, et le dernier, derrière, avec la moustache, du prix des réparations. En aucun cas ils ne nous expliquaient comment monter la machine : ils ne savaient pas, personne ne savait.

Je revois les « Pléiade », que j'avais conservées au début comme des lingots précieux avant d'en torturer les pages et d'en triturer les couvertures jusqu'à leur donner une apparence de livre hirsute et désincarné, de bouquin. Leurs tranchefiles s'alignaient, serrées sur des tréteaux trop modestes pour elles. J'avais accepté la tache sur la chemise propre, l'épi dans les cheveux, le livre corné, le cuir mangé de la serviette, le cerne bistré sous l'œil. Quand mon frère venait me visiter, ce n'était pas trop mal, mais trop triste pour être comique et trop comique pour être triste. J'essayais de prendre bonne mine, de cacher les preuves du déchéant des jours ; je me regardais dans le miroir : il n'y avait pas de quoi rire. J'y arrivais une heure, à garder l'œil haut (celui de ma mère tombait), tartiner sur des projets que je coloriais sans manière, au gros feutre de persuasion. Puis je redevenais stupidement honnête ; un jour mon frère nota : « Tu ne ris plus beaucoup. » Ça m'avait terrifié qu'il le sût. Il repartait dans le dimanche vide de Paris. Derrière ces immeubles répétés, il devait y avoir des bois roses, blancs, orange. Là-bas, peut-être, il se serait passé quelque chose – mais je ne savais pas où les trouver. Il était dix-huit heures, on devinait de nouveau les ombres comme des joues creuses, dans les petites rues.

Puis le soir arrivait, sa méchanceté de soir qui disait « vers la mort », la nuit infernale qui disait « souviens-toi ».

Une pensée désaccordée, étale, dans la nuit. « Mes souvenirs s'étagent sur moi. Bien sûr, je ne peux pas les partager, et leur grandeur n'est pas exprimable, parce qu'elle est différente. J'ai pourtant l'impression que ce sont les plus beaux. Dans une autre langue, peut-être ? Celle qu'on parlait jadis au Paradis. » La nuit pédalait en arrière, dans les âges. Jusqu'au rivage des années écoulées j'entendais le grésillement de sa bicyclette, chevauchée par personne, sur le bitume de l'éternité. Elle reculait au plus loin. 65, 64, 63... Elle passait, les formes plus ou moins consistantes de souvenirs divers où je ne sais pas pourquoi la peur, l'angoisse, étaient plus nettes que le reste. Car sur mes toutes premières années, il m'arrivait souvent cela : qu'un malheur nébuleux et trop loquace fût la cause de la mémoire ; que là où le moment lumineux se serait noyé, je me souvenais de la peur et de la tristesse comme de mon déjeuner du jour (des biscottes !). Au milieu des étangs lisses, des fleuves calmes, surgissaient de petites îles noiraudes, et un monstre vivait dedans.

Et cette fois-là : Paris serait dans le crescendo de son soir, dans le vent, le vent musical et chantonnant, chansonnier de capitale. Nous étions à la terrasse, sur la place D..., par les coulures des fontaines. Nous occupions trois tables rapprochées, juste au bord du défilé inégal des passants, et on ne pouvait avoir trouvé endroit plus proche de la fontaine, de la statue. Nous étions assis et loin, très loin de nous lever, même pour le sens du bavardage ou l'échange d'un objet. L'enfoncement et l'impression de lourdeur ne me gênaient pas ; le cercle de toques, cache-nez, manchons, gants, s'écrasait sur ses fauteuils. Au centre de la table se dispersaient les consommations – les femmes au thé, les hommes au café, les enfants au chocolat. En trois temps le chocolat – comme la valse, comme la composition de français ; mais jamais les belles choses, car les floraisons, les vacances, les jours ne se fractionnent ni en deux ni en trois temps : le bonheur est innombrable, c'est la couleur dans le tube. Papa Patache me faisait face, Maman Grogne, tellement roide et stoïque, se configurait sur le jupon ; à ma droite, elle était serrée entre l'ami Cochinchua et Jean-Baptiste Sairs, qui parvenait tout le temps à donner à la discussion un tour politique et hargneux ; et au bout, entre Patache et Jean-Baba, le jeune Augustin, et ses traits irréels, que je n'aimais pas beaucoup, pour des raisons sans importance. Je crois que j'avais quatre ans et… oui, j'avais quatre ans, il y a un grand panneau *1964* peu après sur la route. Et le grésillement… Le soir était terriblement gros d'affection, plumeux. Un jour, Papa avait dit : « L'affection, l'amour des tièdes » – et je m'en fichais, parce que le chocolat, le soir et la fontaine avaient une tiédeur fade, saturée d'inquiétude, qui m'allait très bien. Si tout pouvait être tiède, et parfois chaud, et deux fois brûlant, ce serait parfait. Je n'ai jamais demandé grand-chose ; mais je n'ai eu que les miettes. Regardez-les, regardez sur la nappe, je les ai éparpillées devant vous. Mais à la fin du livre, quand même, vous aurez faim.

La table était très longue, la discussion familiale, et je n'y comprenais rien. Ça ne me déplaisait pas trop et quand ils y allaient trop fort ou trop vertement, j'avais le sentiment qu'ils ne parlaient plus français mais une langue étrangère – allemand, hollandais, ou, qui sait, russe… Quand était-ce ? Pas de doutes sur l'année. Le mois, les circonstances me le rendent naturel : le froid, d'abord, et aussi l'heure du coucher, et puis mon âge, évoqué un moment, j'en tire un souvenir, et ce n'étaient pas quatre mais cinq ans. 1965, donc. Ce n'était pas la fin février, parce que le jour ne durait pas assez, parce que les températures ne montaient pas, parce que Bonne-Maman Grogne est décédée au début mars, et ce soir-là, sa mort ne flottait pas dans l'air. Un jour à Paris donc, en février 1965 donc, dans le début du soir, mettons entre 18 h 30 et 19 h 30, à la terrasse de L'Atlantide, place D…, dix mètres en contre-haut de la fontaine, nous fûmes un moment tous les neuf, dans l'ordre de gauche à droite, l'ami Cochinchua, Maman Grogne, Jean-Baba Sairs, Augustin, Edouard Claude, Anicet Chauny (qu'on surnommait Chambellan), Rillette Cachou, Bienheureuse Bonne-Maman, la Bertière blondine, et moi. Voilà le peu qu'on peut retirer à la vie, le peu, le bout de terrain. Ma mémoire des années soixante est une écumoire, tout y est passé et rien n'y est resté ; ce moment-là, que je vis encore, ce n'est pas plus que la Terre au seuil des galaxies universelles : quelque chose d'infime où paraît parfois, inopinément, un carré fleuri, une plate-bande, deux tulipes de joie.

Le soir, après le café, on était allé au théâtre, au bord des Grands Boulevards. Les bavardages n'en finissaient pas, jamais épuisés, Maman Grogne et ses plaisanteries, Triton Claude et son monde, Bonne-Maman Grogne et ses tissus, Jean-Baba et son béret, Didi Cochinchua et son grec, Anicet le malheureux et ses soupirs existentiels, et moi simple spectateur, je comprenais la moitié des paroles échangées, pour autant il m'arrivait de rire malgré tout, en les oyant, se grincher, s'empourprer, marmotter comme s'ils avaient été importants, de leurs paroles dépendant la marche des ciels… Nous entrions, une demi-heure à peine que notre digne Patache avait attiré l'attention de tout le théâtre, des planchers aux balcons. C'était comble ; il régnait une incandescence à crever, et la salle minuscule nous recroquevillait, dans la nervosité et les manteaux. L'attente avait le prolongement qui nous mangeait les genoux ; les mises, les mines travaillées des Grogne s'échevelaient dans la ferveur, je partais en fou rire dès que je pouvais, Anicet empilait moue sur moue, Bonne-Maman transpirait l'eau de son corps – et je crois qu'on a réussi à se moquer de tous les spectateurs du devant, et c'était formidable. La pièce était une comédie assez loufoque ; presque folle. Je me rappelle les éclats de rire monstrueux de Patache, et de cette réplique : « Alors, ce dîner ? », incongrue évidemment, comme il entendait ça Patache s'était à moitié renversé sur son fauteuil, la tête pointée vers le plafond, les bras battants. Je me le rappelle drogué par le rire, les mâchoires desserrées, l'œil brillant de joie. Anicet lui-même se déridait ; un homme attrayant et je pense intéressant, qui trouvait étrange de voir son voisin sourire. Lui venait du Nord, une ville avec un nom sensationnel, chiant comme la mort, forcément beau, je ne sais pas laquelle. Les villes du nord de la France, ensablées à jamais dans leurs noms magiques, Douvres-la-Délivrande, Coudekerque-Branche, Grand-Fort-Philippe. Je crois qu'il était né dans les années 1930, vers 35, 36… Il avait travaillé aux usines à fourneaux ; à toutes jambes, il avait, au moyen d'une carte routière, trouvé Paris, je dirais 1958, il s'était installé dans le Faubourg-Poissonnière, et la vie avait noué ses complications.

Nous étions sortis du théâtre, il était plus de vingt-trois heures, et Paris ne vivait pas, en apparence, plus qu'une ville de province. Paris dunes de coquillages, avec beaucoup d'atmosphère. Ce hameau, Anicet et Patache, battant, riant et comme alcoolisés, nous avaient laissés devant le théâtre, ils promettaient une surprise, et pour passer le temps, Bonne-Maman (qui avait vingt jours sur terre en réserve) à l'avant du cortège, nous nous étions dirigés vers le café de l'angle. Trois choses : Maman Grognasse qui disait « un plat de fleurs » au lieu d'un pot de fleurs ; Jean-Bistouri qui parlait de la pièce et évoquait « un ressenti » ; et Bertière qui répétait « ça faisait longtemps que je n'avais pas ri comme ça », « ça faisait longtemps », « ça faisait longtemps », à l'infini…

Un peu avant minuit, Anicet et Patache ont débarqué en courant. « C'est parti ! » – ils ont crié. Nous avons pris la voiture que Patache avait garée sur le boulevard, j'étais empli d'impatience, d'appétit, c'est avec une grande émotion que je dévalais, sur la banquette, les boulevards, les kiosques *(L'Express, Le Nouvel Observateur, Le Parisien libéré)*. Pour me détendre, je regardais au-dehors. Nous avons tourné Faubourg-Poissonnière, Anicet a gueulé « bonne nuit les mômes », on nous a agrippés, on a franchi la porte de l'immeuble, je me sentais vide, on est entrés, Papa Patache et Maman Grogne nous ont couchés, bordés, embrassés, j'ai écouté la porte et la serrure, la clé, les escaliers, les portières, le ronflement de l'auto, et sa disparition. J'ai passé une nuit trouble, je n'avais jamais dormi ici, je ne connaissais aucun recoin de cette chambre, ni de cette rue en bas que je soupçonnais d'ombres. J'entendais des bruits mesquins, drapés ; d'étranges volettements. Il faut dire qu'avec les années, ces souvenirs d'ombres ont pris des couleurs plus foncées encore, recouverts par ce que l'oubli a d'uni et de terrorisant. Et je me souviens avoir fermé les yeux en pensant à des choses pas racontables.

Quand, à cinq heures du matin, je les ai ouverts, j'ai entendu le grondement de l'auto qui remontait la rue des Messageries, les rires que je ne savais pas attribuer, la porte de l'appartement qui s'ouvrait, leurs bruits qu'ils tentaient d'étouffer. Je ne sais toujours pas où ils étaient allés, mais je regrette encore qu'ils ne m'y aient emmené. Si j'avais suivi leur route, dans l'interstice étroit des heures, est-ce que je me serais souvenu de cela, du café, du théâtre, des rires et des coquillages de Paris, d'une nuit, arc-boutée derrière des milliers d'autres nuits, c'est au fond, tout derrière ? Je ne parle que de ma mémoire. Qu'en savent les autres ?

*

Vers vingt heures, je me suis souvenu de la dernière soirée que j'avais passée à Sacierges. Il n'était pas encore dit, à la fin août 1977, que jamais je n'y reviendrais, et pourtant, en plus du sentiment que c'était fini, en plus de la brisure et de l'éloignement, je comprenais, dans un mélange de divination et d'évidence, que je ne remettrais plus les pieds ici, que je voyais pour la dernière fois la cour, l'église au fond, le jardin et la chèvre avec ses grandes pattes maigres et les coccinelles aux quatre ailes battantes, que ce vallon supportait ma présence pour la dernière fois, avec le gros ciel bleu qui l'écrasait comme une sœur aînée un peu inflexible et très envahissante. Je me souviens des nuages qui se devinaient lointains, très enfoncés dans les couches du ciel, masqués sous trop de gouache : des ombres blanches dans un brouillard champagne. Ce dimanche soir d'août 77, c'était la fin d'un beau jour. Oh, bien sûr, cela faisait, histoire familiale et déboires intérieurs, plusieurs années que le bonheur ne m'était plus apparu, mais je sentais malgré tout qu'il était là, proche, dans la luminosité des ciels, dans le triomphe des vies. Je repensais aux années d'avant et je me l'avouais, et j'en prenais conscience : si tu es heureux, non pas diverti, mais véritablement heureux, si tu sais que tu mords la chair des fruits du verger que l'on fait de mieux, détrompe-toi, profites-en : elle n'est jamais bien loin, la fin d'un beau jour.

Je sentais que je vivais quelque chose dont je me rappellerais longtemps, qui, dans ma mémoire, resterait, avec son ciel rose, avec ses odeurs, avec ma vie qui se perdait dans le ciel. Quelque chose que j'appellerais pour moi-même, dans les heures futures, *l'inoubliable joyeux soir*. Je sentais que c'était un de ces jours de pivot, un des ces jours où on quitte sa propre vie pour s'en draper d'une autre ; avec quelque chose de solennel, dans les mots prononcés, dans le temps, dans le regard ; quelque chose de solennel ; d'éternel même. Et maintenant je passais ma dernière soirée à Paris, et il y avait de nouveau quelque chose d'éternel dans le ciel qui passait au-dessus de la capitale. Les rues se vidaient un peu, jamais entièrement. Mais le soleil était là, merveilleux, orangé et narcissique. Et toujours à l'intérieur j'y jetais mon regard.

*

Je repensais une dernière fois aux forêts de l'enfance, aux rochers, aux étangs. Se languir dix fois par jour. Epouser les contours du monde d'avant.

Puis, vite, la petite musique d'envie et de bonheur reprit de la consistance à l'œil et à l'oreille ; je me suis rabroué, je suis redevenu coriace, mais sans que j'oublie, pourtant, la trace de l'escapade, la trace de la botte dans le bois détrempé qui séchait, à l'aube solognote, berrichonne, ou d'ailleurs, là-bas, la trace qui poursuit le chemin qui coupe les ronces des fourrés et s'enfonce dans les pins, les troncs larges comme des battoirs, les berlingots d'eau suspendus aux noisetiers, les odeurs de pluie des fougères… Avant qu'elle ne disparaisse, dans les lavages du ciel. Qu'elle ne se brouille, se fane et dépérisse.

Le soir, ma dernière contemplation de Paris se faisait depuis mon bureau, en homme politique. Je posais ma main droite sur un objet, lors de ces moments où le regard seul vivait, c'était un objet rond de porcelaine, blanc et bleu, de belle taille, qui valorisait l'épaisseur, l'envergure de ma main. J'avais l'impression de me donner de la puissance, de m'assurer de ma supériorité, faute de domination. Je la voulais, la foule parisienne, je la voulais rentrée, roulée dans le hachoir de ma main, dans la grosse patte, celle du mastodonte, sous la menace d'un simple fil de chair. Je me prenais pour Néron, pour l'impérial, on m'aurait craint mais sans respect, on aurait frémi devant ma main qui se crispait et se nouait dessus la boule de porcelaine, ma main, qui, si elle avait pu, aurait senti l'aube, l'eau des fougères et les berlingots de pluie, et le salon aurait été une forêt ruisselante d'aurore et d'orées, odorante, résonnante comme les cors de chasse au crépuscule mais ça aussi, c'était impossible ; même ça, c'était trop dur.

Derrière, la rue et ses vaporeuses. Les nuages ne tarderaient plus à croquer le jour ; la nuit, qui rend les pourritures invisibles, s'approchait très vitement. L'atmosphère était trop respirable. On était en septembre et cela se mettait à sentir juin. Au-delà de Paris, le long des nationales rectilignes parcourues à cent dix kilomètres-heure, dans le départ du soleil, ardent, éclatant, irrécusable, c'était une immense émotion, une fierté plus vive, un sentiment plus infini ; on aurait dit une grosse boule blonde, un peu triste, un peu morte. C'était la fin, et, pour moi qui m'estimais, c'était la fin d'un monde. ******. Et ***********. Sacierges et ses jardins, ses habitants. La Terre. Sa fin, en vérité. Ma mère, mes grandeurs, mes ratages. La terre. Moi et ma vie qui s'effilochait devant. Ma main sur le coffret. Je desserrai les poings. Et, un moment, ma main droite, nouée autour de la babiole bleue et blanche, je la levai dans un scintillement de magie, on aurait cru voir la boîte de porcelaine s'élever sous elle, mes beaux doigts très écartés, moignonneux, aériens, qui montaient dans le contre-jour, dans l'arrière-saison, les poussières qui voletaient au-dessus de la plate-bande des papiers, le soleil qui renvoyait le jet rond de son halo, moi qui levais ma main dans la pleine lumière, la fenêtre ouverte qui ne parlait pas mais qui déversait le poudroiement de l'automne, la rue feutrée, la ouate de l'appartement, la fin du bruit et le début du monde du silence, tout Paris qui s'était tu et qui, derrière moi, soulevait sa main vers le ciel et la petite boîte blanche et bleue avec, magnétique sous l'effet de mes longs doigts sévères, et moi, devant tous, dressant ma paume, argentée, tellement argentée dans le couchant étrange, moi qui écrivais un vers de plus au fronton de l'existence, un moignon de poésie, et puis, en signe de complaisance envers moi-même, comme j'entendais le murmure humain de la rue qui revenait, je laissai violemment chuter ma main sur la table, emprisonnant à nouveau la bricole dans le piège, reprenant conscience de moi, me rendant face à la rue qui criait, face à la condition humaine qui, une fois encore, m'avait cerné.

Voilà. C'en est fini des éternelles variations sur le désamour et les tracas d'une époque décidément fascinante et complexe. Mes premiers ébats, je n'en tire pas de fierté – tout au plus un gros scrupule violet – furent passionnément malheureux. Continuons donc à avancer. Avancer dans le passé, oui. Sacré paradoxe.

J'allais quitter Paris. J'irais en province, quelque part de carré, avec des colombages, me perdre dans leur marron chocolaté. Je me ferais un lit de petits plaisirs. J'allais devoir vivre, malgré tout.

Je refermais sans larmes mon adolescence. Et alors que, quand j'évoquais mon enfance, j'avais le sentiment de parler d'un bloc cohérent, homogène, je n'osais pas parler d'elle comme d'une pièce, ni même comme d'une réalité, car coupée en deux par le marasme de 74, et versatile, et changeante. Il fallait dire qu'entre les lueurs jaunes et fraîches, souriantes de bêtise, de mes douze ans et les précipices cimesques, abîmeux, balayés de désirs mauvais et de déchirures venteuses au bord desquelles je me penchais à seize, j'avais traversé la tristesse languide, rose, poudreuse de quinze et le désarroi sommaire, garçonnier de quatorze ; il resterait toujours l'angoisse de dix-sept et le feu ensuite, et même bien d'autres choses je crois, mais enfin ce n'est que ma vie.

Strasbourg

(1978-1979)

J'ai vécu classiquement à Paris ; j'ai vécu baroquement à Strasbourg. D'un côté il y a les villes, ce qu'elles vous apportent, ce qu'elles vous chuchotent, ce qu'elles vous retirent et ce dont elles vous font cadeau. Et de l'autre il y a vous, qui glissez, errez entre les murs, qui errez jusque dans votre chambre d'hôtel ou votre appartement, il y a vous et ce que vous trimbalez derrière, comme un enfant tire, au moyen d'une ficelle, le lourd joujou à roulettes : votre passé. Justement je marchais, j'errais quand même malgré ma destination fixe dans les rues de Strasbourg, et j'avais l'impression que les rues franchies ne feraient jamais que révéler d'autres rues, rue des Ecureuils, rue Blanche, avenue de la Navale, que cela continuerait sans cesse, cette suite de rues qui s'imbriquaient sans qu'on en voie le bout, et que l'enfer ressemblait à ça, un inachèvement perpétuel, et ce sentiment de routes qui se succédaient sans jamais finir je l'avais déjà eu, souvent, en Chalosse en mes vertes années, à l'époque de ma jeune adolescence, trois étés d'affilée (que je cite sans retenue alors que, dans quinze ans, seuls leurs débris se ranimeront, l'essentiel englouti), quand depuis la vitre de la voiture je voyais les routes se répéter, machinales et lentes, comme les phrases d'une dictée. A ce moment-là, je me sentais échoué sur les rives de la vie. De cette vie dans laquelle maintenant je plongeais : j'avais tourné des heures autour du bassin, j'avais pris le soleil dans le transatlantique, il fallait me jeter à l'eau. J'entrais dans le *milieu*. Un second mouvement commençait, et je ne sais pas ce qui m'encourageait à le danser. Je pensais cela : quand, après le premier mouvement de l'existence (« Le ballet, mesdames et messieurs ! Applaudissez le ballet !… Et maintenant, entracte »), quand après le temps des élixirs et des sèves, la douce vue des jours et celle, bleuâtre, de l'espérance, quand vitement, lentement les jours s'engrisent, se vanissent, se contingentent, alors, si nous étions sérieux, il faudrait que chacun en terminât.

J'étais entré à l'hôtel sous les ciels bleus d'hiver, et quand j'en étais ressorti la nuit était tombée. Combien de fois, dans ma jeunesse puis dans ma vie, j'ai pénétré un lieu en plein jour et en suis ressorti aux clos rideaux de la nuit ? Cent fois. Mille fois. Les comptes des mille et une nuits.

Il y avait eu chez moi un assez long interrègne sans plaisir ; j'avais connu un millier de sentiments. Mais là il s'agissait de l'*amour* ! L'*amour* : le sentiment qui tenait le monde. Alors j'essayais d'y croire ; tout en n'étant pas dupe ; tout en y croyant ; mais on ne me la fait pas ! Car si on m'avait présenté l'amour comme on m'a présenté la mort et la mort comme l'amour, je suis sûr que j'y aurais cru. Je ne suis rien (c'est délassant). J'avais le sentiment, merveilleuse attente, que le monde était un endroit certes pas heureux, pas sublime, mais où tout était plus intense, la gaieté, l'étrangeté, le malheur et sa canne et la joie dans sa jupe. « Vivre, ça sert à se faire des souvenirs » : la première phrase du livre préféré de mes quinze ans, l'*Album de famille* de Roncendevasse, ne me quitterait pas de sitôt.

Si je me posais des questions à reculons, la température de l'amour ? la nuit était froide ; les lampadaires bavardaient, on voyait distinctement leurs souffles d'air glacé. Un homme jouait de la harpe, à la fenêtre citron. Bérangère mangeait des cachous au bord du feu ; un garçon de quarante-huit ans moins âgé qu'elle buvait, tout honteux, un alcool fatigué ; comme tous les soirs d'automne, dix-huit moucherons se réunissaient sous la lampe de l'entrée, pour jouer au nain jaune. Je passais les boulevards bourgeois, leurs immeubles poudrés qui fronçaient les sourcils, l'étriqué douillet des lotissements, les caissons à suicidés des banlieues sèches, les anciens faubourgs semés de bars rouges, de restaurants jaunes, je longeais un long moment l'Ill par ses berges, mon intuition me disait « crois-tu encore au bonheur ? », mais peut-être était-ce « crois-tu encore être à l'heure ? », elle avait une petite voix timide et peu intelligible. Il y eut aussi un grand parc aux grilles noires, des voitures qui transportaient un peu de lumière, deux passants qui parlaient fort, un autobus fantomatique, le lointain hululement des pompiers. Un train fuguant hors de la ville. J'eus le temps d'entrevoir les panneaux accrochés aux wagons, indiquant sa destination : j'étais sans doute halluciné, et pourtant j'ouvrais grands les yeux, quand j'ai lu Sacierges en blanc sur les plaques noires. Un temps. Le train est parti dans une direction opposée.

*

Sur la longueur de la journée, de ce deux décembre, j'avais brodé ce qu'il fallait :

La lumière forte et dorée, les lumignons de gloriole, les *grooms* en costume qui moulait leurs formes avantageuses, les huit pièces parées de façon identique, et la neuvième, plus discrète mais plus bondée : un petit pavillon, une manière de *loggia* qui permettait de relier, depuis l'étage, les deux salles principales sans avoir à subir l'atmosphère sans plaisir du corridor inférieur : les gens qui vous assaillaient sans vous connaître, qui vous complimentaient sans fin. La loggia, d'emblée, avec une vitesse sauvage et un déchaînement quasi névrotique, avait été prise d'assaut : six bancs, douze chaises, des contours de fenêtres pour les plus rapides, les plus rusés (ou les plus amoureux), une posture debout incommodante pour la foule des autres. Passé les terreurs infamantes des buffets froids, où des ganglions sur canapés succédaient aux purées de mollusques couleur pétrole, un espace d'une heure et demie s'ouvrait, la première des trois périodes agréables de la soirée ; des instants plus sincères et moins embués que lors d'autres tranches aussi plaisantes, mais avec un défaut : l'alcool n'ayant pas encore imbibé les invités, sauf quelques hères maladifs, les déclarations fracassantes et traits de caractère assassins devaient se ranger, il fallait s'y résoudre, dans des tiroirs plus tardifs.

Agréable pourquoi : la rigidité engoncée, la politesse abusive et une certaine crainte, atténuée par cent attentions, marquaient de leur empreinte les premiers instants de la fête. Puis, les vêtements plus imparfaits, les mines moins dorées et les conversations plus franches imposent leur loi : on est dans le deuxième temps du ballet, dans des blessures et des intentions légères. Chacun s'accorde un peu de répit avant le cérémonial euphonique du passage à table, qui clôture l'épisode agréable en nous conviant à l'inconfort, à l'ennui, à l'impatience, tous. Agréable : on s'accorde un peu de liberté : on glisse au jardin en secret, on s'éclipse pour une promenade, on disparaît en groupe restreint d'initiés, d'amis ; en été, à ces heures ici, on n'en a pas fini avec le jour, et on s'assoit avec une négligence feutrée et fraternelle sur les rampes des escaliers extérieurs, un verre dans la main. Sans doute parce que nous avons la certitude que nous tenons là notre dernier vrai épisode d'insouciance, de spontanéité, avant que tout soit englouti, en même temps que le repas, par des attitudes plus séduisantes, certes, mais moins flatteuses.

Le début de la nuit sur Strasbourg. Traits noirs, traits blancs. J'allais au bal. J'avançais dans les rues et je pensais que je traversais une ville de l'Est, Cracovie, Brno, Pécs, une de ces villes de l'Est au front bas et ridé ; je traçais dans ma tête un parcours étonnant. Je traverse les allées Jozefa-Dietla. Rue Stradomska. Le château. Podzamcze. L'interminable rue Maurycego-Straszjewskiego, complètement droite. Le temps et mon pas qui m'échappent, un écrasement, un *cimetière* intérieur. Strasbourg, les canaux qu'on devine dans la nuit. L'interminable rue Maurycego-Straszjewskiego, qui ne mène nulle part, qui ne finit jamais.

Plus loin, la beauté enfermée dans la nuit. Le froid mordait, il était mordicant ; mordant, même – et le parterre de garçons mordait de même, même rengaine, et l'envie de mordant me dévorait aussi, aux lèvres et aux galons. Le bataillon des chasseurs à pied, fusiliers, à Illkirch-Graffenstaden, à la nuiteuse soirée. Ce que l'Allemagne, la grande Allemagne (laquelle ?), d'or et de fer, ce que la France, mélodieuse, ont de plus beau, ils le portaient en eux ; c'était toute leur apparence physique, même, qui le ressassait, dans leurs visages émaillés et gentiment décadents. Ma foi, ils avaient pris à l'Allemagne sa consistance, sa gaillardise, et, pourquoi s'en cacher, sa câline, câline et mâle blondeur ; mais ce qu'elle a d'exigeant, de pointilleux, de directif, ils l'avaient piétiné, et ce qui irrite, qu'on déplore, chez les jeunes Français, leur indolence, leurs vicissitudes, leur relativité, ils l'avaient balayé, d'une main identique aux ongles bien lavés. Ecrabouilleurs patentés des petits corsaires à la gueule de bois.

Je discutai un moment avec un homme plus âgé, qui me parla de ses vies passées. Il avait exercé une profession hélas peu connue, il avait travaillé dans la dominoterie : il coloriait les planches, les cartes des jeux de société, les petits chevaux, le Scrabble, le Monopoly, le Mille Bornes. « Mais c'était devenu insupportable. L'avenue Matignon… Mot compte triple… Increvable… Je voyais tout en cartes, c'était affreux. Ma bouchère c'était la Dame de Pique. Non, vraiment… Ah, et puis les dominos ! Tragédie, tout ça, tragédie ! » Il avait l'air vraiment très triste. J'étais un instant comme un autre, peut-être, avec un faible cœur.

Je sentais qu'on me regardait, et cela ne m'étonnait pas, car l'effet de l'alcool me donnait une certaine beauté ; une lumière inhabituelle, des yeux plus permissifs, mes traits comme affinés et rendus plus charmeurs ; car, aussi, les désirs sont des choses bien simples. Je ne sais pas quelle apparence je donnais à voir ; sans doute un peu jeune. A quatorze ans on me disait que j'en faisais seize ; à dix-neuf aussi. Comme dans les courses à pied j'avais gagné puis perdu du temps ; mais jamais, jamais je n'avais pu suivre son rythme.

Je dépassai un timide qui portait un habit trop voyant, trop épais, presque une castorine, quelque chose de peu élégant qui lui donnait l'air de l'enfant peureux qui veut jouer au Viking. Je dépassai d'autres vagues, des marées blanches, le vieux mont rouge et un petit rouleau. Des halenées traversaient les salles longues de lampions. La lumière croisait les sourires immenses de paranymphes. On passait en alternance des musiques de chasse-gallery, des morceaux épiques comme *Le Dancaïre dans les jardins du Sénat*, et des morceaux plus sucrés, plus savoureux. C'était la fête des choses sans âme et des bêtes légères que la mort n'effraie pas. Les lumières bondissaient (l'enfer est bête comme elles).

Vers l'aube, dans l'assistance, quelqu'un a dit :
« La mort est propre.
— Faux ! » j'ai tonné.
Je crois que je le pensais pour de bon.

A deux heures du matin, quand les pendules semblent mentir, et les cadrans solaires, il convient de lutter contre l'arrachement. Sur les tables ravagées, des myriades d'assiettes sales et de verres à demi vides se meurent, paisibles. C'est la nuit la plus longue de France. Aux tables encore rôdent les présences, les silhouettes avachies de pannetons. Tout un petit monde qui culmine vers la mort. Moi, j'étais en état d'oisiveté. Plus loin, un homme ressemblait à un poisson-lune.

Toujours au bal. Dans un coin, dans un coin de l'univers presque, un groom triste se balançait. Si je dis dans un coin de l'univers, c'est que c'est une impression bien réelle : le couloir, en moquette blanche, était construit entre des murs noirs, presque intangibles, croulant de fils, de caméras, de machineries à la grecque. Un mètre au-dessus du visage du groom, le plafond s'étendait en une toile molle et solaire, gonflée comme celle d'une montgolfière. Au-dessus et sur les côtés, il se serait bien pu que le monde finissait.

Avez-vous vu comme à l'ordinaire les grooms se comportent ? Avez-vous percé leurs yeux neutres et vides, leur regard fixe, inexpressif, leur expression déforcée ? Chez lui, tout s'opposait, et son fluide vital : sa tête basse, son menton rentré, un œil éprouvé. Son corps et sa tête impressionnaient, mais ni sourire, ni éclat, ni aisance. Une espèce de fatuité boudeuse et mélancolique. Un homme, qui, tout bête ou faible qu'il aurait pu être, s'accrochait au cœur, s'accrochait aux jours, y noyait sa figure. Sa présence m'incommoda aussitôt ; comme son visage musclé, ossifié, son air indécrottable de jeune homme timide et romantique qui a grandi dans le silence, et puis les brèves embellies des lèvres, de telles respirations aimables, attendrissantes. Quelques phrases, sans motivations exactes, échappèrent au cours de la vie, à sa direction.

D'entrée, il semblait émoussé. Lui paraissait loin de l'ivresse. Qu'est-ce qu'il pouvait faire ici ? Et quelle était cette société bizarre et raffinée, dans laquelle j'étais tombé par hasard ? Et cet homme en tenue stricte, un peu marri, un peu séducteur, un peu misérable ? Je ne sais pas trop quoi dire de plus.

*

Les tenues de soirée étincelaient. Formes, matières, teintes : tout dégage une ambiance moussée et raffinée, tout convie à la préciosité, aux plaisirs compliqués qui font la vie facile. La vie vue d'en haut, au creux d'un soir sublime – toutes les soirées si blondes. Le charme composite du pavillon, alsacien jusqu'au traitement des plafonds, carrés, à l'habillage des formes, droites, dans un ensemble sans finesse, académique, mais rendu à sa mollesse par ses occupants, dans les courbes des divans, les courbes que décrivaient ceux qui avaient trop bu, dans la chaleur dégagée par les poêles, les discussions, les compagnies, le gros poêle qui chauffait comme un soleil de lion, aux jours polaires.

Le cadeau qu'ils me faisaient, traits crayonnés à l'abrasif, corps qui s'empoignaient à défaut de s'étreindre, me griffait les yeux. L'instinct dictait ses parfums de sueur et de chambre enfiévrée : cambrés, lascifs, assoupis avec la bouche pliante, « ils » déambulaient, se flairaient, avant de plaquer leurs fronts contre leurs fronts ; c'était vertigineux.

De beaux garçons dorés sur tranche, devant lesquels il fait bon se pâmer. Vaillants ; prompts, surtout, à imposer leurs règles. Cultivant leurs jardins vierges. Eux, donc, étalés devant moi en groupes encalminés, d'où émergeaient, logiques, les beautés les plus graciles, les plus promptes à pétrifier les envieux. Les tenanciers du bal, une tête au-dessus des roturiers de la couveuse. Les vagues se déchaînent, montant d'abord, s'écrasant ensuite, roulant enfin ; je suis perdu, bousculé, au milieu de cet insupportable carnaval de beautés qui ne demandent qu'à s'ébattre à l'air libre, aux belles étoiles.

Vers trois heures trente, un garçon passe derrière moi ; il me tapote l'épaule ; il me sourit un instant et me désigne un coin, il fait un signe de la tête. Il m'invite à le suivre. Nous sommes face à face dans un creuset de la pièce. Il veut me parler comme prévu, c'est sûr, il a quelque chose à faire, à raconter. Tout chez lui instille mon envie ; et son corps qui se madrigalise, et sa tenue de troupier déluré, et son sourire bénin qui encourage… le vice ? Il s'époussette de cette mélancolie savoureuse et blessée de la jeunesse ; on dirait un militant de la beauté. Avec une coccinelle sous chaque paupière. L'aigle à la mâchoire ; son visage (le bas de son visage surtout) me plaît ; osseux, certain, et sa peau, recouverte d'une discrétion de cuivre, avec une lumière blanche assez vide, vivante, cadavérique, à la fois.

Je sais que dans son cœur il y avait quelque chose de foncé, d'antérieur… quelque chose d'*avant*, d'ensoleillé… de vagabondant… dans les profondeurs, les avens… j'aurais aimé connaître cela mais j'ai commencé à voir tout noir, je tremblais, je vacillais comme quand je bois beaucoup. Depuis tout à l'heure, j'avais l'impression d'avoir vécu deux vies, comme quand on prend le train pendant quinze heures et qu'on débarque dans un pays lointain, sous le ciel bleu plein d'étrangeté et de soupapes, comme quand on se réveille d'une nuit allumée, coucher à six heures, il est douze heures quinze, au matin gazeux. J'avais la sensation que cela ne m'appartenait plus, que désormais ce qui comptait ce n'était plus moi ; l'amour léger c'étaient presque les vacances, pas la formidable vacance de l'été, mais un répit de dix jours, de caresse et de sudation. C'est que l'envie, la volonté de cesser d'être soi pour le devenir lui, l'impuissance à s'élever aussi haut mue par la jalousie si corrosive, si tragique, creusent sans attendre des sillons propices à leur expansion ; s'y délivrent le quant-à-soi, l'à-part-soi, et on plonge dans le bain du désir, du désir vert et fondant ; fondant, meilleur et aristocratique.

Plus loin des mélancolies brunes, noires, blondes emplissaient les recoins nuiteux, je les devinais, les grands boulevards marbrés et les places rondes se baignaient de soleil ; dans ma bouche et mes yeux s'installaient les odeurs, les visions de la fête, lampions, chaleur, vanité, beauté, alcools, tournant en carrousels, toute une féerie lumineuse, désirable et désenchantée. Des massifs entiers de bouteilles (le Caucase ici, la cordillère des Andes là) très colorées, très tentantes (noir et crème ; vert électrique ; bleu chromé) tiraient des fronts bas.

Et puis nous voilà seuls. Seuls avec ses yeux incroyables, deux acteurs baroques sur la scène de son visage. Ses yeux, et percutants, et noirs, qui insoutenables (puits sans fond), qui irréalistes (extraordinaires), souhaitent me parler ; il faut que je les écoute, ils veulent dire quelque chose. Il commence à parler, pour la première fois de ma vie et la première jusqu'à la fin des fins, la fin de tout. Je n'écoute rien. Il s'en aperçoit et s'apprête à ne pas continuer. Alors, m'emplissant de frissons, je lui glisse, je lui gicle : « Le désarmant de votre sourire… » Il me répond, le rire plus blond que jaune : « Toi, tu n'as pas du tout l'esprit des rustres ! » On le saura.

De joie, nous quittons la fête un peu tôt. Dans le parc de l'Orangeraie, les cyprès se racontent des blagues. L'amour me colle un peu aux mains, soit, mais la vie n'est plus cette cascade insondable et liquide qui file entre les doigts. Finie, l'existence portée par les courants ! Dans les allées, nos pas foulés résonnaient, grinçaient les balançoires. L'air était rouge, les sentiments très verts – jamais plus mûrs. Nous n'étions plus à Strasbourg mais en Sologne, dans un univers de joncs roux, d'ifs ocre, de lauzes brunes. Très langoureusement, je me laisse aller. Les adolescents attendent l'arrivée de l'âge adulte, la tête au plafond. Ils se lâchent alors, ils se laissent glisser à terre – et la vie qu'on surestime. Ce soir-là, je suis un adolescent sur une piste de luge.

*

Si les mots retranscrivent, ce n'est qu'à l'imparfait ; maladroitement, donc. Ils coupent les angles de leurs visages, ils suturent, ils abîment de plis leurs justaucorps impeccables ; égratignures, meurtrissures portées sur le monument strasbourgeois, coups d'ongles. A la réalité odoriférante et rouge, vigoureuse, les pages opposent leur minéralité, leur sécheresse. De la beauté on ne tire pas le meilleur, l'écriture ne remet pas sur les rails et les bons. Son élégance gymnique, athlétique, je ne parviendrai jamais à la cerner, la cadrer, l'emprisonner dans une page de mots et de sens ; vous n'en aurez donc pas idée.

Sur un trottoir, un autre jeune homme, qui avait passé sa nuit à obtenir ses faveurs, car il était un des princes du bal, sanglotait. Les pauvres. Les autres filaient beaux. Alors que restait-il à faire, sinon oublier, essayer au moins, tout ce qui venait de s'échouer, là, sur une plage d'étiolement, les garçons, la déception, la désillusion... ? La très douce désillusion.

Strasbourg et sa jeunesse, qui éclaire les voyants les plus rouges. Elle pose ses pieds dans des chaussons de pureté. Un chantier de beauté. Les moteurs, les toupies, les camions... Et (forcément mélancolique parce qu'elle marque une étape de plus) notre promenade, au petit matin, dans les rues vides, avec pour seuls repères les boulangers qui allumaient tôt boutique, reste inaltérable. Pas un sel d'aucune mine ne la salirait. Nous vagabondions, il me tirait par la main, je le tirais par le bras, on chantait parfois, on se souriait, on ne parlait pas tant que ça. Je levais la tête vers lui comme je l'aurais levée, ailleurs, vers le soleil. Promenade de sainteté. J'ai cru, un tout petit moment, que TOUT RECOMMENÇAIT. Mais ça n'a vraiment pas duré longtemps.

Cette excursion longue, difficile, et ardue vers l'Alsace prenait des airs de fugue, de fuite en avant, si plaisante. Moi qui ai une telle verve évocatrice, un tel flot, reflux dans l'imagination, et une si pétillante propension aux voyages intérieurs, je ne m'en servais même plus. A mes pieds, enfin, se dégageaient des lignes d'horizon plus verticales que les tressautements du ciel. Moi, l'allumé aventuré dans la jungle des bals de province.

Sans le connaître, je me sentais tout savoir de lui. Un transfuge allemand. Une mère tonitruante. Comme cadeau de Noël, petit, des gardes mobiles. Il se gondolait de son enfance. Ses rencontres n'étaient jamais malencontreuses. Depuis plusieurs mois, les piqûres de son aiguille veillaient, en hibernation. Une relation féminine l'avait battu. Son caractère demeurait mâtiné de décence. Ses sourires combinés gardaient leur volupté.

Y eut-il un jour sur ces pavés, les apatrides pavés de Strasbourg, un jeune homme aussi beau ? Je demanderai à Dieu la prochaine fois que je le verrai ; même s'il bute sur la question du physique, j'aurai plaisir à lui parler : il y a longtemps que nous n'avons discuté. Je l'ai découvert par les boulevards, les halles, les canaux, les parcs. Sous la palette des ciels. Nous sommes en janvier.

Dans la chambre d'hôtel il y avait de petites gravures sans nom, très dix-neuvième, avec des aquarellistes, des calèches, des œillets de poète, frivoles, en poignées, de vrais poètes, dans leurs tenues si reconnaissables de littéreux, défaites. D'autres, dans les cadres poussiéreux, tentaient de faire coquet, avec des jeunes filles, leurs terrines empourprées, leurs mufles apprêtés. Je l'ai découvert, aussi, dans les lits creusés, les draps noués. Eux, leurs cœurs se décantent au pied-de-biche ; et c'est plus agréable. Quand ils vous disent qu'ils vous aiment, vous savez ce qu'il en est. Ce sera le collège de l'amour. Quand ils se peigneront dans le miroir pour vous plaire, ce sera pour de vrai. Ce sera le cortège de l'amour.

*

Sur ce banc du parc de l'Orangeraie, tout près d'un parterre d'oileaux, oiseuse, il me raconte son histoire. Elle est jaune et noire, comme une éponge ; un gratton très sec, acide, et un moelleux collant, épais. Drôle de va-et-vient. Son père polonais, une ville au nom imprononçable, du chauffage douze mois sur douze, deux rues croisées et longues comme un remords, une enfilade de griseur des jours. Sa mère est d'ici. C'est une aristocrate. Leur rencontre défie certaines lois ; ça devrait me plaire mais ça m'embête ; alors c'est un panachage. C'est décevant, oui, très décevant. « Et toi ? » il ose un instant. « Moi… ? », étonné. D'un ton drôlement sec : « Mais enfin nous nous aimons. »

Je lui dis que je n'aime pas les autres. Ils en font trop, ils sont démonstratifs et bavards. Et puis ces indécences, ces indiscrétions, ces plein dans le mille, quand le plaisir justement déflore ailleurs. J'eusse aimé que la vie fût une longue litote, loin des événements, ces rogatons qu'on s'imagine immenses sous les loupes et les globes d'yeux strabiques.

Dans vingt-cinq ans, nous déciderons de dîner amicalement ensemble. On mangera de la cuisine exotique que ma femme fera très bien. Nous organiserons, dans feu la salle de bal, un dîner agréable. Ce sera un soir d'été et nous irons ensuite nous promener dans le parc. Je me forcerai à planter mon regard dans les jonquilles, par procuration. Je rêverai aux choses larges que je ne fais pas, qui se méditent bas et saignent au grand jour. Par bonheur, il y aura les alcools, les cigarettes, les petits plaisirs. Rien qui ne ressemble à nous. En fond, en tréfonds irréel, des pays où nous ne retournerons pas ; les montagnes de derrière, orageuses. Et au premier plan, peu de perspectives et beaucoup de blancs.

Pour l'instant, les avenues se la dorent de nuages. Sous un ciel bleu et bas. Des clarines résonnent dans l'espace. On a l'impression de vivre dans un pavillon de verre. Les premières amours prennent des formes très diverses, taillées à la mesure de ceux qui les portent, les endurent ou les remplissent. La cueillette des étoiles, bonne ou mauvaise.

Ce que nous faisions, par-dessus tout, c'était des promenades. N'y aurait-il eu que cela, les méditatives à pied, les enivrantes à vélo, les contemplatives en auto, n'y aurait-il eu que cela que ça m'aurait mieux été. J'aurais aimé, je l'ai souvent répété, naître dans une voiture, et passer la vie ainsi, à regarder le paysage du dehors, ses kilomètres interminés, le long parchemin de la terre. Alors comme nous ne faisions rien, que nous le faisions bien, et que nous avions de l'argent (je ne sais pas d'où il venait) et le même caractère saupoudrant, flotté, la grande affaire était : où allions-nous déjeuner le midi ? puis : où allions-nous gambader l'après-midi ? enfin : où allions-nous sortir le soir ? Il fallait chaque jour découvrir un endroit où nous nous amuserions, nous variions jusqu'à tomber sur des faubourgs si noirs, si malhabilement situés qu'ils devenaient dans notre imagination de petits bourgs séparés et lointains, promus ici par une magie urbaine vraiment étrange ; il arrivait même parfois que nous tombions, car la banlieue était mince encore, au bord d'une route ou au-delà d'une maison, sur un bout de campagne ronceux, la monotonie d'un labour.

Voilà que m'avait assailli un essaim de bonheur tout mielleux, tout tiède (et peut-être y avait-il de quoi ?). Sans doute que l'amour était un prolongement, sous toutes ses couches de plaisir, de haine, d'espoirs piétinés gisait le même bonheur qu'avant, j'avais quelquefois l'impression que la vie repartait ; j'avais déjà vécu certains moments, j'essayais de retrouver lesquels. Le matin, quand mes yeux se levaient, je revivais d'anciennes poses ; et j'étais inquiet, je ne voulais pas trop y toucher, j'avais peur de pénétrer dans la verrière et de faire trop de bruit, de claquer la porte et que les oiseaux s'envolent, les fleurs me tournent le dos, les personnes que j'aimais se défilent. Je tâchais d'entrer à pas tenus, en chaussons et en chuchotant. Naturellement, pour aiguiser cela, je me forçais à mettre beaucoup de sucre dans mon café et dans mes expressions, à croire que la platitude sauvait. Le philosophe, dans un livre bleu, avait dit quelque chose qui s'en approchait mais j'avais égaré le livre depuis un certain temps, dans les enfilades de bibliothèques de Sacierges, de Paris, de Colombes, ou même ailleurs. J'avais vécu l'aube violette des amours sensibles. Et j'imaginais de nouveau, au-devant, la multitude des jours, leur plénitude, leur éternelle vacance.

*

Il y a cette nature qui vous saisit d'emblée, le ciel bleu dur, miraculeux. Il y a cette nourriture, ces restaurants, ces magasins en collier de luxe, ces boulevards émerveillés. Le froid vif et sec, le bleu d'acier du ciel stimulaient tous les sens, toutes les curiosités, et l'amour aussi, le bouton d'or rouge du désir. Sur les places châtaigne et blanc, les chocolatiers sentent bon le café et le cacao ; les gourmands y réclament que les biscuits, les chocolats gagnent en longueur. L'eau des canaux a macéré longtemps ; le temps, comme partout ailleurs, y a fait son œuvre. Les hôtels médiocres ont le jour sombre et franc, les volets sont ouverts. Dans les nuits doubles, je pouvais me lever, mais j'avais perdu l'habitude de prendre un livre ; maintenant j'arrêtais mon regard sur des zygomas saillants, des lèvres dans une position permanente de semi-baiser, tout le folklore sculptural. J'ouvrais les yeux : des zygomas. Je les fermais : des rêves. C'était mieux.

C'est à Strasbourg que j'ai rêvé pour la dernière fois. Ensuite, plus jamais je ne me suis souvenu de mes rêves. Ils ne comptaient plus. A Strasbourg, c'était toujours le même rêve. Le rêve de quatorze, *Forteen*. La vie, *Life*. Les jours, *Days*. Les ciels, *Skies*. Les voies ferrées, *Railways*. Avant, *Before*. *Life*. *Days*. *Skies*. *Railways*. *Before*.

D'autres lieux. D'autres temps. *Places*. *Times*. C'était.

*

Une nuit, un matin.

Mes paupières se délient, le temps est aux éveils, aux éthers et aux élévations. Je ne suis pas capable de vous dire ce que j'ai alors eu, car c'est bien avoir qu'il faut appeler, comme pour une maladie ou pour un cadeau. Au lever, j'ai éprouvé, au travers de l'écran de mes yeux, une sensation que les mots entourent, esquissent, mais dont ils ne rendent une couleur que passagère, quand cette sensation s'intégra tant à moi, comme une voie, mûre et obsédante, et vint me caresser dans ma langueur de draps.

C'est le matin, un nuage splénétique plane, silencieux. Mais elle est là, prenante. La province nous sauve l'esprit quand on ne croit plus à grand-chose, dans le matin des saisons, son baume apaise, ses cassolettes de fleurs embaument, et, devant cette terrible matinée et la perspective continue d'un âcre lendemain, sa vie sous le bras, froissée, chiffonnée, on se promène dans la ville, le nez en l'air et au vent, un peu partout, pour y dénicher des palliatifs. Pas de marasme, pas de piment (du sel !).

En s'attardant, on s'entiche d'un canal qu'on peut apprécier, dignement. Sous les ponts, on harponne l'eau et ses mouvements ; on maintient son regard vers le bleu du ciel, son ciment frais de myosotis. La vie est douce, sucrée comme sont les pêches. Les rues respirent, entoilées, dans l'ombre claire des ipomées. On détrousse le plaisir au hasard du temps. On se dépêche parmi les tranchées de maisons, les trouées d'immeubles ; et on trouve l'Orangeraie. Les arbres balancent dans un vent de sénateur, les massifs ont des formes brutales, sèches, au sécateur. Les allées ont la rayure blanche, l'œil clair, l'empressement aligné.

C'était le ciel parmi l'après-midi de quatre heures, presque en hiver ; au froid grisâtre, bleu et vert. Je me souvenais mal de ces jours verts et bleus, il ne s'agissait pas d'un souvenir au-delà du ciel mais d'années plus anciennes, plus reculées, noyées davantage et oubliées volontairement, dans la terreur des sentiments qui surgissent, qui accablent, qui désespèrent, qui tuent. Il s'agissait de scènes grandioses, perdues, éliminées par les mémoires ; de démolitions préférables et définitives, d'étoiles en lambeaux. C'étaient des jours illuminés.

*

Vous aurez sans doute l'impression que ma *journey* à Strasbourg ne fut pas un modèle de bonheur. N'y croyez pas. Les écrivains comme les autres recoupent la vie, cisèlent les jours à leur guise ; alors dans un roman, construit, compliqué… J'étais rentré. L'hiver, suave et acidulé comme un sorbet de citron, traînait ses valses ; et Strasbourg dansait avec lui. Si le froid m'amuse, il le doit à deux raisons : il m'aiguise l'appétit, et permet plus de fausseté dans le vêtement. Je suis très mince, sans doute maigre, les vêtements d'été ne me vont pas. L'hiver me sied bien mieux. Au fond, chacun a sa saison ; le musculeux et le *dandy*, le charmeur et l'athlète ; dans ses efforts de compensation, le monde n'est pas si mal tourné.

L'autre fois, c'est l'expression de fatigue qui emporta les suffrages au bureau de vote de mes sentiments. A l'unanimité. Il revenait d'une séance de sport, la pluie avait noyé ses cheveux, ils ondulaient, courbés et tendres comme les cheveux des anges. Je le regardais depuis mon fauteuil ; fourbu, il s'était assis sur un tabouret. Il jouait un peu avec la vitre et la buée, avec la toile des draps de jour. On aurait dit le rideau de la méduse. Et puis le frottis, caressant et palmé, régulier, appuyait de ses paumes de petites écumes sur les écrans des vitres. Les jours n'aspiraient plus. Les problèmes alloués non plus. Ses yeux noirs récoltaient des gouttes d'eau, et le noir, mouillé, réagissait comme la gouache. Le moment, je l'aurais fait durer une vie. Et dans la mort…

Dans ma jeunesse, j'ai plutôt bien réussi les choses. Nous marchons vers le centre-ville, les canaux. Là-bas le ciel est bleu. Au-dessus de nous, il alterne les séquences bidouillées et un gris commun, celui des boîtes à biscuits LU. Il semble victime d'un brouillage, qui dément la vie.

Quel serait le bonheur de la vie revenue ?

Quelle vie ?

Celle des artifices, des gerbes, des ornements ?

Ou l'autre, moins pimpante, plus émotive ?

Un mois passé, on se côtoie, on bavarde, on se mélange, on se transvase. Revigorantes déambulations, décontractions plénières. Il poursuit son essaimage de pollen et de miel, qu'il porte comme des baumes, sur sa peau. Il a de l'altruisme (c'est le plus important : mais du vrai altruisme, très rare, de la concorde), de la beauté, de la grâce, de la naïveté, de la fraîcheur, de la curiosité modérée, de la tenue, du plaisir, de l'intelligence, de la semi-maturité, pas d'excentricité. Il n'est même pas parfait. La vie non plus d'ailleurs : elle ne dure que 25 000 jours ; c'est bref.

On prend le train pour Nancy. Lunéville. Et Nancy. Nancy, c'est costaud, un roc de granit. Du tout aussi lourd que Strasbourg, contre qui je venais finalement de me cogner. On arrive dans le soir. A la gare, une jeune fille rousse et un homme brun nous attendent. Ils portent de grosses fourrures d'hiver, d'énormes chaussures. Ils m'impressionnent. Une maison superbe, style 1900. Carreaux, mosaïque, formes compliquées.

Je me rappelle l'amour qui creusait des cavités dans mon cœur, des avens humides et froids, je me rappelle le travail d'érosion, de modelage intérieur ; mes formes étaient redessinées, mes contours redéfinis, les parois blanchies ou noircies ; et l'apparence ne trompait pas, derrière la blancheur il n'y avait que de la blancheur, derrière la noirceur rien d'autre que la noirceur, pas de paradoxe, pas de complication, rien que le sentiment qui façonnait mon être, qui me créait. Qui me compliquait. Car l'insatisfaction, le malheur rendent tortueux. On dirait une pelote de ruelles ; on ne s'y retrouve pas. Le bonheur est plus fixe, plus direct, moins digressif. Plutôt un plan de ville américaine.

Et par la simple pensée je revivais exactement certains moments, certaines scènes, certaines conversations, certaines heures même parfois – même si, supérieurs et doux, la présence et le contact physiques étaient perdus, seraient toujours perdus. Car je m'essoufflais de désirs, d'un lit l'autre j'avais mal au cœur.

*

La butte de Montsec. Le plateau de Ludres. Le Grand-Mont. La butte d'Hattonchâtel. Le col des Clochettes. On en a monté des bêtises, pour satisfaire son obsession de la hauteur. Il n'aimait rien tant que ces moments aux sommets du monde ; en haut d'un arbre, en haut d'une colline. La poésie, l'inspiration, la folie, l'inventivité apposaient alors fort leur empreinte sur la coulure des jours ; comme dans un roman. Etendu dans le jardin de la villa, tout en roses et circonlocutions, je lisais des livres, que je coupais avec la contemplation des nuages : phrases épicées, contes salés, aphorismes éclatants comme des pivoines. Oui, on menait une existence cachée et frauduleuse, comme ce genre de gangsters qui souffrent de la solitude le soir quand ils méditent et qui, dans les journaux, aiment à défrayer les ménagères ; aiment, comme on dit dans le jargon, à défrayer la Monique.

Je l'aimais toujours autant, toujours beaucoup, avec du débordement. Vous vivez dans une absolue procuration, vous n'êtes qu'un parallèle, un pâle dièdre d'autrui, le bonheur a pris les traits d'une seule personne. Et on se trouve un matin, méchanceté d'attaque, et cruauté sur pied. On entrevoyait le malheur. La perversité, assez gratinée, montrait du caractère, se serrait les coudes. Tout s'ébranlait dans un conflit mauve. Chacun revendiquait sa place au soleil et son boudoir à l'ombre, son château en Espagne et sa gentilhommière carrée de Touraine ou de Sologne. Tout ça, c'était de la quatrième dimension.

Evidemment, un jour, ça a mal tourné. C'est vrai que les derniers temps, il y avait de plus en plus de monde dans la maison. Des jeunes hommes avec des cols durs, des filles à moitié nues qui sortaient de pièces aux murs nus (ou le contraire). Ce jour-là, on revenait de la neige. La police occupait la maison comme jamais, des parquets aux balcons. On est allés au poste, et c'est la première fois que pareille mésaventure m'arrivait. Jusque-là, j'étais un jeune homme sérieux. Justement, depuis quelque temps, je me défaisais, je me laissais aller. C'était tellement agréable…

C'étaient mes parents qui me faisaient baisser la tête. Qui étaient, à cet instant, dans son couvent pour mon père, assis sur un fauteuil gris, du café et du pain, des tas de papiers et ses lunettes sur son bureau, à penser nonchalamment à ce qui l'attendait aujourd'hui, demain, cette semaine, le mois prochain, et – cela s'arrêtait au mois – et dans sa chambre pour ma mère, sur une bergère mi-ottomane mi-céladonne, la tête très haute et les pensées aussi, très bien habillée et nu-pieds, ne sachant quoi faire, se grattant les orteils.

Ils étaient gravement inculpés, ce qu'ils ne devaient qu'à eux-mêmes. Cette fois, autant ne pas en faire mystère, ils avaient à peu près manqué de ne pas tuer un homme. L'homme était mort. Je ne devais jamais les revoir.

Quand maintenant je pense une dernière fois à ces mois, ces jours aussi, il me semble que s'en échappe une voix, ou plutôt des sons, des timbres et des tons, profonds et rocailleux. Ils remontent à la surface, comme un grondement. Pas comme un tremblement de terre, depuis les entrailles de la planète, mais comme un tremblement des jours, qui s'ébranle des vastitudes du temps, plus enfoncées encore.

On vivait rue de Saurupt, dans une maison, mais je ne l'aimais pas. Devant, la rue. Une rue contemporaine, ce n'est qu'une travée entre des grilles, l'allée botanique d'un zoo. Je l'y vois marcher, avec toujours ce pas incroyable, ce pas fabuleux, capable de se faire retourner sur lui le trottoir bondé d'une rue et de s'attirer la sympathie de tout un public, « ton pas martial », je disais en ironisant, mais il n'y avait de l'ironie que pour dissimuler la vérité, et si je le revoyais, là, en face de moi, je n'aurais plus peur, je lui avouerais combien je le trouve martial, son pas, et aussi un tas d'autres choses qui ne lui feront pas plaisir, qui ne seront pas son genre. Avant qu'il s'en aille, autant qu'il reparte fâché.

*

Mars. Le soleil éclabousse. Nous parlons, assis sur la pelouse. Je lui dis : « Toi, tu es
, non ?… »

Il me fixe, en faisant la moue.

« … un peu quand même, non… »

Il parachève son expression dézinguée.

« … Non ? Tu ne crois pas ?… »

Lui, tout ce qu'il voulait, c'était être amoureux, un peu. Je n'arrivais plus à me contenir. Il manquait beaucoup trop de choses. Mal m'en prenait d'être moi-même. Lui non plus ne pénétrerait jamais les coulisses de ma vie, très mal éclairées il faut dire.

On a discuté un quart d'heure, et il est parti dans le parc, dans les horloges de fleurs. Le bon goût poussé à son paroxysme : mourir maintenant. Dans le départ, je laissais traîner, insistant, mes yeux sur son visage, insistant encore, espérant y déceler l'esquisse d'un beau contentement, la marque – l'amour déserté – d'une amitié farouche, recolonisée, malgré tout. Aucun colon pour aucun corps vierge, et fertile, aucun débarquement pour aucune terre froide et pure, aucune découverte, aucune exploration. Aucun trésor, aucune marchandise, aucune renaissance. Ce beau visage, je ne lui soutirais que des froideurs et des froidures, de l'indifférence, des somnolences revanchardes, des cratères d'oubli, et sur sa peau et même tout son corps qui me faisait toujours, pardonnez encore, songer à un petit-suisse bombé, moulé dans son emballage, j'apposais une marque indéfectible de remords, d'innombrables coups, de marteau et de burin, je le bleuissais, et ma rouerie lui creusait les joues, l'efflanquait aux côtes – rien de cela n'advint, vous vous en doutiez.

Ceux que j'aimais, de façon immanquable, suivaient tous le même rituel à travers mes perplexités intérieures, mais il fallait, pour qu'à chaque fois le processus puisse se renouveler sans que je l'anticipe, que la personne sur laquelle j'avais fixé mon sentiment me paraisse toujours différente et nouvelle, qu'elle semble écraser de son simple nom couché une pléiade d'antécédents bavards et divers, qu'elle les enterre, tous.

Cela ne changera donc jamais ?

Chaque fois, cela commençait par ce pouvoir tout à fait étrange et singulier qu'ont nos yeux de nous renseigner sur le monde extérieur, là sur des objets ou des personnes en particulier, ici sur rien ; et, le faisant, nous indiquent quelles formes, quelles couleurs, quel toucher probable sont les leurs, créant par un simple effet de lumière, dissuasif et court, une pulvérisation qui gagnera notre cœur pour un temps. Jamais nous ne saurons si ce renard qui sort du bois voit à travers mon apparence autre chose que mes semblables ; qui sait si ce Dieu, là-haut, perçoit d'autres lumières que les miennes, d'autres beautés. Qui sait ? Mais, ce que je sais, c'est que jamais ma perception n'évoluera, les modifications liées à l'âge et les évolutions qu'engendre le remous vital réduites au stade de détails, tout me sera toujours pareil. Je serai toujours moi ; après tout, rien d'extraordinaire, mais une mélancolie lourde et inflexible dans le cœur : si on m'avait offert des facultés différentes, j'aurais sans doute fait beaucoup mieux, beaucoup mieux, surtout, que celui qui se débat dedans. Les regrets, ils reviennent souvent à la surface, qui la polluent, qui disparaissent par instants, se contentent de boucher quelques mètres cubes d'eau quelquefois, mais aussi, d'autres fois, au summum de leur étendue et de votre anxiété, parviennent à tapisser l'immensité de votre moi, les longueurs aqueuses ; les regrets, qui sont une des rares choses qui ne se défait que malgré nous, avec le temps, sans notre appui ; on se couche mangé aux mites par un remords dévorant, on se lève, un an plus tard, satisfait d'avoir oublié.

Un jour, un mois plus tard, il m'avoue : « J'ai pris ma retraite sentimentale. » Une retraite sentimentale. A dix-huit ans. Sur le fil du trottoir, je les redisais, ces trois mots, et, alors qu'elle semble toute simple, je ne parvenais pas à en percer la signification. Peut-être qu'elle était là, bêtasse mais accomplie, la plus juste des absurdités. Je n'ai pas, comme je vous écris, encore mis le doigt sur son mandat ; je n'ai pas résolu la question sentimentale. Evidemment, je me console, et je n'y pense jamais. Que vaudrait cet éclaircissement fatal ? Je ne sais pas, je ne le sais que trop. Pourquoi ?

Parce que je me prévaux du danger. Les révélations, les déballages m'esquintent. La vérité me fait peur. Je sais plus que tout, mieux que quiconque, en caractères appuyés, je sais qu'il faut l'exaucer. Le désir, la beauté, l'élévation, l'art, le sens y prêtent. Mais la vie, si inconstante…

*

J'ai pris le train à la gare de Nancy, un tortillard qui s'arrêtait à Vittel, Contrexéville, Bains-les-Bains, Val-de-Meuse, Chaumont. Entre Nancy et Chaumont, le ciel était un plafond noir ; les nuages des buvards tachés d'encre. Le paysage, plein de bosses triturées, des ratures, se développait, tout en allitérations, dans une abstraction mauve. Les deux s'empilaient à la hâte, pêle-mêle. Aux rayons X.

Et enfin un moment incroyable, intransmissible. La lune était plus grosse que le soleil, et le train venait de s'arrêter dans la gare de Chaumont. J'étais persuadé, soudain, qu'il y avait quelque chose que je devais voir à Chaumont, qui palperait le cours de mes jours. Je suis sorti de la gare. Un rayon de soleil baignait la ville. J'ai fait un grand tour dans Chaumont. J'ai vu le vieux quartier avec les pignons, les tourelles, les encorbellements, des noms aussi compliqués que le biscornu de ce qu'ils désignent, des rotondes inqualifiables, des halles vides. Des boulevards plantés d'arbres, une grande église, et le viaduc qui saute une vallée herbue. Le cimetière. Je n'ai pas senti de bouleversement majeur. Il n'y avait rien à voir à Chaumont.

J'ai pris un autre train, une micheline, et je suis retourné sur Paris. Dans l'arrivée de la gare de l'Est, entre les énormes graffitis, le linge sale mais blanc étendu à l'approche des quais, les lettres à dimension de titan « GARE DE L'EST », j'ai été pris d'une panique. Je ne savais plus où j'habitais. Paris, Nancy, Strasbourg, Orléans, Tours, la France défilait devant moi et je n'avais plus de repères. Orléans, les tables des déjeuners, le portique, les fleurs. Tours Grammont. Strasbourg et les canaux de roses. Des noms. Tout se délitait, comme se défait un visage déçu. J'étais écrasé, inconsolable. Et j'empestais le monde. Voilà un imbécile inavouable, courtisan fou des peaux masculines, valet de sa conscience à boudoirs d'antichambres, sentant le parfum et les draps défaits, et cet imbécile c'est moi. J'allais poser le pied à Paris et des angoisses allaient affluer, remonter de bas en haut ; mon séjour sera infect.

*

La suite de ma vie ; à quoi ressemblera-t-elle ? Je ne saurais vous dire. Bribes, quelques images me parviennent de l'océan du tout ; quelques sons, aussi, dans le brouhaha. Des pointillés providentiels, une respiration. Un battement d'aile. Rien du tout.

*

J'ai passé deux semaines à Orléans, dans la petite rue de Bel-Air. J'y aimais jusqu'à son nom. Aux grands airs distendus. Orléans, rue de Bel-Air, et ça m'évoquait Sacierges, un souvenir souterrain. Là-bas, la villa des voisins s'appelait « le Bel Air ». Y respirait-on mieux ? Je peux scruter, sonder ma mémoire, charrier d'abondants pans de temps, je n'avance pas. Y respirait-on mieux pour autant ?

C'était près d'Orléans. Un soir, nous avions décidé de faire le pique-nique dans un échantillon de campagne. L'amour me semblait moins obsédant ; mon cœur plus apaisé. Les drôles de roulements à billes que j'avais sentis à Strasbourg et Nancy, je ne les sentais plus rouler. Je ne me sentais plus vivre. Nous rangions lentement les couverts, les assiettes, les restes. Très lentement, en prenant notre temps. Je me sentais sur les rails, à vitesse de croisière. En fin comblé. Ravi. Radieux. Ebloui. J'ai regardé le soleil qui bordait son lit, comme je le faisais tous les jours avant, quand j'étais plus jeune, dans les villes dont peu m'importaient les noms et seules comptaient les fenêtres ouvertes sur le couchant, les couleurs, le sauvage, les inimitiés, dont seules comptaient les grandes, très grandes beautés. Tout, depuis Strasbourg, se passait dans un cruel empressement. Je m'ensablais dans un soutenable malheur. Il me paraissait loin le temps où, comme je voyais le soleil qui s'affaissait amoureusement sur un horizon de jours j'étais heureux ; je me souvenais de l'époque où je disais « j'espère retarder le coucher du soleil », et qu'il tombait sur nous.

Bouloire

(1981)

Ce qui tombait sur moi, surtout, depuis Strasbourg, ce n'était plus la petite pluie drôle du soleil couchant, ses détails, ses variations, sa pianoterie douce, mais un tout autre crachin. Un sentiment jusqu'alors inconnu, que je ne savais pas nommer, quelque chose de vinaigré, de poivré, de peu amène comme de l'amertume, de barré, d'intouchable comme du grand désespoir, parfois mou comme de la tristesse, parfois sec comme de la douleur. L'amour ? J'avais donné. L'homme, vous disiez ? Ça ne valait pas tripette. Je comprenais ce que j'avais entrevu, dans le début : la personnalité c'étaient des poses, des mômeries, la société une assemblée sans pudeur où toute honte s'excusait, l'amour un divertissement pour faire passer la pilule (disparaissant des semaines entières sans plus donner signe de vie, puis réapparaissant, semblant alors surgir de nulle part). En revanche, je ne connaissais pas encore tout de la beauté des ciels. Elle serait interminable. Alors, du sentiment général – j'avais rejoint mes parents depuis deux mois, les avait trouvés suffocants et décolorés, allions-nous tous finir ainsi ? –, on alla vivre à la campagne. Moi pour m'épousseter. Mes parents qui voulaient prendre l'air. L'air de la campagne leur faisait du bien. C'est pour ça qu'à cette époque, nous avons vécu cinq mois dans le canton de Bouloire ; nous occupions une maison blanche à toit et volets verts, sise à l'extrémité d'un pré de taille, qu'entouraient une abbaye depuis longtemps à l'abandon, une ferme qui ne tarderait plus à l'être, et de longs panneaux de terre bleus et gris qui croquaient une partie considérable de l'espace. Une maison un peu archaïque, avec une façade paysanne à deux étages, au front haut et aux épaules larges. Des murs crème, des contours mentholés, qui se tenait sage, au bout des pavés, à l'ombre tranquille, tout à portée de pieds : la route, les voisinages, le village, les bois.

C'était une région magnifique, c'était même, pour être plus juste, une région de très belles provinces, six ou sept, articulées en pivot autour de nous, menues mais assez typées, avec des paysages propres, des caractères un peu différents, des beautés, élémentaires ou humaines, y changeantes. Bouloire, Sarthe, France. New York ? Tombouctou ? Tenochtitlán ?

Assener que nous habitions le canton de Bouloire est au demeurant assez vague, cela ne nous avance pas à grand-chose, c'est précis géographiquement mais c'est très flou, très, au niveau de la géographie de la vie, celle qui se rit des symboles, des sigles et des kilométrages, la géographie, la vraie, celle des terroirs dansants et des écrivains de mœurs, qui n'aimeraient rien tant que poser sur leurs feuilles blanches des feuilles vertes et des branchages d'automne, comme le font les enfants, plutôt que de s'évertuer à peindre, au prix de tant de souffrance et de besogne, la courbe du paysage, si molle, si chargée, sans la saisir jamais. Au moins ils auraient tenu là toute la vérité de la nature, son expression la plus adéquate. Ils auraient été contents.

Comme la vie savait être belle, comme il y avait de quoi se montrer nostalgique ! Comme nous pouvions regretter ensuite, une fois retournés dans notre ennui de Saclay, les jours passés ici-bas ! Avec quelle intensité le regret grignotait.

Mais ce n'était pas tout : comme nous appréciions notre voisinage ! Vraiment, positivement délicieux. A la campagne, le voisinage n'était pas le même qu'à la ville. Dans les villes, il règne un paradoxe étonnant : la glu, qui devrait unir les gens, distend leurs relations, les pulvérise, et, si elles existent, car parfois elles existent, elles ne reposent pas sur des liens profonds, mais sur des rapprochements superficiels, authentiquement hypocrites, que la distance tue.

A la campagne, nous vivions donc très loin de tout. Et il faut bien dire que l'uniformité se laissait ronger sans problème. Les jours traînaient en longueur, car le soleil, qui vous contacte au réveil, revêt dans la solitude des prés un tout autre rôle : sitôt parvenu à vos yeux, sa couleur de pain chaud, qui d'abord vous rétracte, vous oblige à sortir du lit très tôt, à en déguerpir, puisqu'il s'est bouclé sur vous, qui se renouvelle chaque matin. « Si, un matin, le soleil ne se levait pas... » « Si, un matin, le soleil ne se levait pas, qu'adviendrait-il de nous ? »

*

Il y a autre chose à dire, pourtant, de Bouloire. Les provinces. Les découvertes. Notre voisinage... Quel bonheur, quelle joie donc que ce voisinage. Nous disposions, à cinq familles, d'un territoire de quatre kilomètres sur deux.

Les Lamielle, tout au sud, ceux que nous fréquentions le moins. L'homme avait cinquante ans, la femme quarante-cinq. Des agriculteurs. D'originalité restreinte. Très normaux, en fait, très en phase avec les règles établies. Deux fils. Des bêtes. Une famille heureuse, sans histoires. Ils détenaient tout le terrain au nord et Volnay et Saint-Mars, le long d'un grand bois fort épais.

Les Saint-Henri. Une famille extraordinaire. Une fratrie nombreuse, sertie d'une série de personnages hauts en couleur et en valeur, le curé, le petit-bourgeois, le vieux à bonnet, l'écrivain manqué… La bâtisse gigantesque, vieillarde mais fier-à-bras, qui s'élevait comme un château écossais, sur une butte, en surplomb de la route, en allant sur Bouloire. Des gens crémeux, mitonnés à l'ancienne, qui tenaient au corps, qui faisaient les dents. Saints, joliment saints. Ils auraient parlé des heures. On les écouterait autant.

Les Gaux de Blanvilly. Le mari était un hobereau qui braconnait, avec une moustache fine, élastique, qui paraissait s'étirer dans la torpeur de l'été. Sa femme l'avait craint longtemps ; elle était minuscule, et facile, et vulgaire, un peu éloquente, avait été mannequin de quinzième zone à Paris. Elle me faisait penser à une sanisette, et je pense que son mari ressentait de même : il essayait de la maniérer à son goût, de lui ôter ses fourrures de l'ancien temps ; et c'était un spectacle de voir cette sanisette nacrée qui craignait toujours qu'il l'excoriât.

Les Léonard. Des bijoux qui auraient gagné, beaucoup gagné, à être connus. Ils n'en auraient nullement été pervertis, ils étaient si bardés de douce décence, de folle lucidité (ces expressions de notre passé me dorlotent et m'égratignent) ; des régals de courtoisie et de fantaisie, très. Des printemps sur pattes. Sous les serres de la province des boutons d'anges s'entretiennent parfois, et je ne pourrais bien rendre compte de la beauté des compositions florales qui y germent et y prospèrent. Ce n' était pas une des ces familles où le silence et les morts pèsent, le soir, comme un creux sur la soupe. Chez eux, tout concourait à la hauteur de vues qui vous posent des hommes, à l'ampleur des considérations, à la dignité la plus absolue, à la concorde. Concorde : très bien, ce mot, et trop peu employé. Rendez-le-leur, vous leur ferez plaisir. Aux Léonard. Je ne saurais quoi dire d'eux. Leur vie ? Oui, elle était intenable. Mais le reste…

Le soir, à l'heure de la promenade crépusculaire, des rivages circumvoisins parvenaient des bruits sourds, sévères, significatifs : une brume, une goule, de l'aridité, une réalité âpre, grumeleuse. Le souffle fauve de la campagne.

Le mari Saint-Henri ne parlait qu'en cliché, en préjugé. Pourtant, il bourdonnait avec une diabolique originalité : tous ses lieux communs sonnaient juste, inédits ; il parlait sublimement.

Un soir, je dînais chez les Lamielle. Le mari arrive, le travail achevé. Madame sert une soupe, très terre à terre, étroite d'esprit : brunoise (je chercherai la ville de Brunes ?). Alors monsieur dit à sa femme : « Passe-moi le sel » : l'effet escompté est immédiat. Il durcit ses mains autour de la salière ; il l'incline. Puis, sous mon regard incrédule, devant les yeux pleureurs, diablement émoussés, de Mme Lamielle, il saupoudre d'autant de sel qu'il en manque dans sa vie ; à la fin, on aurait dit une assiette de grêletons salés. Une fois, Mme Saint-Henri avait eu cette réplique formidable : « Arguons du bol ; arguons de la folie. »

*

J'étais résigné à penser que le bonheur était un petit animal solitaire, dans les bois, qu'il était bon de laisser vivre en paix. Je m'étais longtemps demandé ce qu'il cachait, mais je devais m'y résoudre. Je l'avais épluché. Le bonheur ne cachait rien. Alors, dans l'incertitude et la rêverie des craintes, comme un très jeune garçon, on s'effraie aux bois hululants (avec les marionnettes agitées qui font peur, dans le noir !).

*

Les vestiges de ce temps-là, au milieu des herbes si hautes qu'on aurait cru du blé. La foule des souvenirs malingres qui s'accroche à mon bras, qui s'y cramponne, maladroite, qui n'en a plus pour longtemps. Campagne, pays de fins morales et de défunts moroses où je fus, mes souvenirs promenés dessous mon chapeau vert (qui est peut-être noir, en somme, je ne l'ai pas regardé), usé, léger et creux comme un copeau jeté au vent.

L'univers de Bouloire s'effrita puis mourut peu après, écrasé, inutile ; déjà, en 1991, lorsque je roulais près d'ici en direction de la mer, je pensais qu'il n'existait plus, et je n'osais pas revenir. Il y passait des choses étonnantes, un chat roux énorme, avec un air bancal. La goualeuse, guincheuse, chanteuse musette, qui avait eu une extinction de voix, un soir dans un cabaret du Mans, près de la Rotonde. J'étais ce soir-là parmi le public ; j'entendrai jusqu'au bout le bruit des sifflets dans la salle sombre et balconnée, et peut-être que je serai le seul. De ces personnes que je ne connaissais pas, que je ne connaîtrai jamais, ils sont des dizaines à ne plus faire sonner de leurs talons cirés les escaliers de la Rotonde ; et c'est parce qu'ils sont morts.

Je crois que je reconnaîtrais de suite M. Fantoche ; son gros pardessus, sa montre à quartz, sa fourgonnette. Je lui apportais souvent des fleurs : un fouillis de roses ou d'iris. Car il aimait peu de choses, et pourtant aurait pu, lui aussi, à peu près, avoir la grande belle vie, ne plus devoir se contenter d'impressions d'éternité, à dix-neuf heures, devant l'horizon des arbres, qui ne désignent pas les ciels, mais un lotissement. C'était toujours la même histoire : des erreurs d'embranchement minimes, un mauvais choix sur le rond-point, de nouveau l'aiguillage malheureux. L'infortune parfois. Ces étranges libellules, qui ratent leur vie, qui meurent d'avoir trop volé. Et sa maison qui semblait un château perdu, sur un quai de rivière retiré, dans un de ces lieux que je ne peux m'empêcher d'imaginer qu'ils sont des bouts d'immensité bizarre, que la Terre s'arrête là, à peine derrière. On la voyait se hisser par-dessus la canopée (comme un souvenir effiloché qui supplie : je suis là ! ne m'oubliez pas) en quittant Le Mans par la nationale, on apercevait deux tourelles qui dépassaient au-dessus de saules grisonnants, et j'avais le sentiment qu'elles n'étaient plus là pour longtemps. C'était en effet lors de mes séjours au Mans que je voyais M. Fantoche et ses fils ; je dormais chez lui ou à l'hôtel de la Mandoline, quand j'en avais assez des futaies répétitives (celles de la campagne, celles de mes parents), et que je me réfugiais dans ce qui pouvait me faire croire, au Mans (!), que je me trouvais dans une ville vaste, aimable, avec de volantes escarpolettes, une ville espagnole, Londres, ou New York. Une ville suffisamment grande et joyeuse pour que finalement, lentement, mes fantômes se diluent dans les cafés, les bars, et que je me retrouve un jour rassuré, sans passé, avec le sourire supportable de ceux qui n'ont pas souffert. Evidemment, rien ne se passa ainsi ; certes, j'entendais ma jeunesse qui criait : « Aime ! Aime ! » – mais je la trouvais niaise, je ne l'écoutais pas.

*

Un soir, nous dînions chez Mme Léonard, au bout du grand jardin qui cagnardait la maison. De loin, elle semblait gribouillée à la gouache épaisse ; en fait de quoi elle avait été peinte avec du fromage blanc, et de la craie.

Et elle disait :

« La vie, c'est utile. »

Sans quoi contredisait :

« La vie, on ne s'y retrouve pas. »

J'avais des conversations tout bonnement géniales, sublimes, avec Mme Léonard. Tantôt écrasante de cynisme, de platitude, tantôt remontante d'espoir colorié frais, jamais avare en tout, et surtout pas en idéologie politique – mais c'est vite dit !

Elle rabibochait le monde de ses quatre ailes battantes. Des phrases mythiques, que je gravais en moi pour plus longtemps que je n'aurais pu le promettre à mon cœur. Et des réponses, qu'on va goûter.

Elle parlait d'une « vie tronçonnante » ; elle m'avait un jour confié : « La vie, je n'y comprends *rien* ! Pour vous, c'est important, hein ? »

Et d'autres encore :

« L'éternité ? Elle n'arrive toujours pas à joindre les deux bouts. »

« Remercie-t-on jamais assez (c'est une idée préconçue, merveilleuse) sa mère ? »

Abîmée, esquintée. La vie, chienne de vie, lui faisait des engelures.

Allergique aux boutades, foucades, pochades.

Quand je venais chez elle, il lui arrivait d'être à la cuisine. Elle ouvrait, par la vergogne, une caille pleine, un lapin trié, un poulet déjointé. Un chou couronné, un poireau rouge, des haricots plats. Et tout cela, cette terre, ces bestioles, ce vide de campagne, m'embêtait un peu : j'aimais regarder un beau paysage, mais triturer la viande, le gluant, les boues, très peu pour moi ; et j'aurais mieux aimé, plutôt qu'un monde de terre et de gens, un autre de santons, de souvenirs et de postales.

Son mari passait le plus sale de son temps à fendre du bois ; jouer au tennis. Elle fredonnetait « A la claire fontaine », d'une voix lourde et chagrinée, « On va faire un bout de route ensemble », fourmillante d'espérance, d'enfance, et des créations improvisées, et « Jusqu'à l'os, jusqu'aux prunes », dont je raffolais. Elle savait très bien faire de détails simples, la réalité d'une vie.

*

C'était trois semaines avant notre départ. Le soir m'avait semblé vibrer de variations anciennes, et un souvenir exact, que je dorlotais souvent, était venu aux balcons, sur le devant. J'étais parti par la route, en voiture, admirer, sublimer peut-être, le couchant.

Le paysage était, sincèrement, magnifique, brossé au pinceau laudatif. Le soleil orange, le ciel clair ne gâtaient rien. Au nord fumaient les étangs, qui avaient la taille de gentlemen et des couleurs argileuses comme dans l'image du passé. Cela me remuait le vivier intérieur, les nœuds en moi se défaisaient, moi qui ai l'écritoire si sensible, si réactif au moindre bruissement. Et la fleur venue ici, de quelle terre… sortira-t-elle ? Comme un babil vert, un idiome paisible. Rien qui ne pourvoira à la longue histoire de la tristesse. Une liesse, une exaltation, un *rajeunissement*. Des fleurs, plantes, arbustes, toutes les fougères rampantes, où jadis s'abritaient les diablotins (aussi cornus que les fougères, mais rouges). Les bois. Les chausse-trapes des troncs creux, les marchepieds des racines. La haute canopée qui enviait le ciel, et le ciel qui, comme moi, la faisait patienter. Les reinettes écartelées entre les marais et les bassins, qui cannibalisent l'eau douce. Placardées aux flancs du vallon jamais finissant, les incartades des mélèzes, la colonie des saules, les fraises et les planchers des vaches ; tout paysage qui semble promettre ? ou simplement un théâtre du soir ?

Se tramait la peinture rustique d'une Rosa Bonheur, qui ne livrera sa prochaine collection qu'au ciel trop dégagé, aspirant à plus de netteté, plus d'éclat. Les abat-jour des arbres ; le tambour de la cascade ; les petits astres des fleurs : astres bleus, astres jaunes, astres roses, grenouillères étroites et dorées, lazulite et grelots étole du soleil. Le creuset des pommes, avec le petit trait supérieur, noir, blanc ou gris, courbé, minutieux. Quand je regarde ces tableaux, ma vieille envie de pinceaux légers et de toiles s'éveille maladroitement dans un coin endormi de moi ; et je lui demande : eh ! vieux désir de mon cœur… que reviens-tu voler, libellule, sur le jardin dont j'avais clos le portique ? pourquoi as-tu choisi ces jours tardifs pour revenir dans cette maison vide ?… Inhabitée. Laisse ma résidence d'autrefois se couvrir d'années, laisse les pétales des pivoines, dans les vases, passer du rouge au gris, du moelleux au cassant… laisse les roses trémières se faner et refleurir seules. Abandonne-moi, vieux songe souveneur. Quitte l'horrible présent et va te réfugier dans les années mortes. Voilà franchis, papillon, la grande haie noire. Ton bariolage me rappelle celui, naïf, des poissons de l'aquarium de Paris XIVe, qui n'existe plus. Ou celui des montgolfières qui passaient au-dessus de Sacierges, leur grâce molle et oisive, s'élançant du Blanc, dans les très longs après-midi de juillet. Ma mère les regardait pensivement (rêveusement) et les appelait des « ballons ». « Tu as vu ce ballon ? », comme un adulte fait des bulles. « Il est un peu loin. »

J'arrivai au panorama promis par mes rêves et souvenirs. J'avais rêvé retrouver mes sentiments d'avant, ce qui m'était parfois, regardant les lignes d'avions se croiser dans les ciels, arrivé quelques instants. J'avais imaginé, sur les vingt-cinq kilomètres qui me séparaient du lieu d'où je venais, tour à tour : les parfums hérétiques des soirs, les éblouissantes figures des ciels, la carrosserie du soleil et tous ses petits sceptres dorés (son monument de rayons). A un moment, vers la fin, je m'étais dit que j'allais partir dans le soir, trouver une cabine téléphonique en bord de route, appeler mes parents dans la nuit (je tomberais sur la voix amaigrie de ma mère) et leur dire que je partais cette fois, que je repartais loin vers l'est, que j'avais retrouvé *un élan*. Je me sentais, de nouveau, prêt à accomplir ce qu'il faut appeler *vivre*. Je ne le voyais pas mais, dans le rétroviseur, les duretés, la raideur de mon visage s'amollissaient. Jusqu'à ce que j'arrive et ne m'aperçoive que, devant moi, le tableau que j'avais imaginé vaste, évocateur, n'aboutissait à rien. L'horizon était bouché de friches, de végétation, d'arbrisseaux. C'était assez curieux. Assez déprimant, aussi.

Je parvenais cependant à respirer encore, avant de plonger pour de bon la tête sous l'eau, où l'on ne verrait rien. Il restait toujours les bleus cieux de Strasbourg dans un coin nacré de ma tête ; nacre, bleus cieux dont je ne disais rien, guidé par des peurs différentes : que les mots – encore – craquellent le souvenir ébaubi, mais plus encore parce que j'avais honte d'avoir été rendu heureux ainsi, par le biais de ce qu'on appelle… J'avais crocheté l'âme des ravissants, troussé les dires des bals. Cela peut – c'est espéré –

vous étonner, mais je reconnais que cela distillait du charme, beaucoup de charme : qu'alors je fus prêt à craquer pour la quasi-bagatelle des beaux garçons de la Terre, et plein à craquer de leurs miasmes et leurs imprécations, celles-là mêmes qui me poussaient vers eux, désormais ça me chaulait bien peu. Qu'est-ce qui me chaulait encore ? J'étais périmé. Même le soleil, dans son vieux ciel de six milliards d'années, se lassait, paressait, dormait beaucoup. Mais moi je n'avais que vingt ans.

Le souvenir allongeant un peu la liste des paysages, sommaires, du dedans, en repensant à 19..., à la bruyère des idéaux perdus, avant de s'asseoir, de nouveau, à la table des haricots fanés : le malheur bouilli. La vie de fascinations et des ébauches gîtait enfin ; les imaginaires se taisaient, et nous voilà arrivés, moi et mon regard, au pied du vieux mont rouge, dans les plaines de Bouloire. Avec les années, le goût s'est éloigné et perdu dans un vague de plus en plus vague, le souvenir s'est dissipé aussi vite que le temps l'a voulu, mais, aujourd'hui encore, quand je me remémore cet épisode, je vois quelques gentils reflets bleu d'eau, un peu rieurs, un peu patraques, trottiner devant mes yeux – l'autre jour, pensant aux roches plurielles de ma jeunesse et la fin du soleil qui leur cognait dessus, c'est revenu, Bouloire et ses foins bas, en même temps que le temps, en même temps que toutes les années, oui, bon, qu'on les laisse tranquilles.

J'aimerais atteindre, quand trop d'églises en perspectives trompeuses, trop de raccourcis aux noms oubliés, trop d'immeubles noirs, lépreux, sous ciels bleus, maintenant anéantis m'auront abandonné, atteindre, comme une clairière, le jour du temps démoli. Le grand jour du temps démoli.

*

Les derniers soirs, avant de partir, j'avais feuilleté quelques livres de la petite bibliothèque, qui avaient des pages en moins, des couvertures arrachées, qui jaunissaient, pourrissaient, dans l'humide isolé d'un rayonnage de campagne. Je me souviens avoir relu le petit livre marron qui s'appelait *Les Rêveries du promeneur solitaire*, que j'avais dû lire à l'école quelques années plus tôt. Je me souviens de : « Je suis sur terre comme sur une planète étrangère d'où je serais tombé de celle que j'habitais. » Je me souviens n'avoir pas pu dormir, rallumé la lumière dans la touffeur de la nuit, succombé à la facilité d'une larme, et écrit sur un bout de papier, guidé par la lenteur de mon chagrin, inquiet sous le projecteur blanchâtre de la lune, m'appuyant sur le vieux chevet de ma mère : *Je suis en moi-même comme en une personne étrangère d'où je serais tombé de celle que j'habitais.* Tant d'années après, il est difficile et fatal de s'apercevoir que les choses en restèrent là.

Tout cela, plus les années, épandit sur mon visage de l'époque une déception mauve. Je commençais d'ailleurs à être tout barbouillé de couleurs. Orange enfance, gris adolescence, jaune jeunesse. Et désormais mauve. On ne me voyait presque plus sous la fresque de ma vie. « Où étais-je, je me répétais déjà, où étais-je ? » L'imparfait gagnait du terrain. Le crémeux de sa finale l'adoucissait à peine. Et les couleurs me pleuvaient dessus. Je savais maintenant simplement que, quelles que seraient les circonstances, quels que seraient les pigments, je savais simplement que, quoi qu'il arrive, l'irrémédiable gouache noire me recouvrirait à l'heure dite.

Un moment breton

(1982-1985)

« O mes chers objets que j'ai tant aimés,
Pourquoi, loin de vous, courir aux fenêtres ? »

Robert de Montesquiou,
Le Parcours du rêve au souvenir.

1985 : des deux états de ma conscience, je choisissais toujours le second.

Je revois si bien cette scène où je m'étais laissé porter si loin de moi que j'avais gardé des crépitements jaunes et verts dans les yeux et des douleurs au crâne pendant quelques heures ensuite, quand j'arpentais la gare de Rennes tout l'après-midi. Je m'étais égaré. Il y a déjà cinq ans de cela – et encore plus d'années car plus de changements et plus de peines encore – et pourtant le sentiment de cet égarement, je peux le convoquer quand je veux, je peux le faire revivre à mon bon plaisir, je peux m'en saisir, même si c'est trop bref, même s'il revient trop imparfaitement, même si je dois me rendre compte que ce sentiment précis, composite, unique, n'appartient plus qu'au passé. Je peux essayer de le travailler encore à travers la mémoire de mon corps, de mes gestes et de mes évasions, je peux, par scissiparité, rallumer les mille flammèches légères qui ensemble étoilent une bougie énorme, et font de son feu un bûcher, mais plus jamais je ne pourrai connaître l'état d'esprit de ce voyage-là, je ne retrouverai sa trace indistincte qu'à travers des décalques multiples du moment d'alors, en tentant d'oublier que l'évanouissement auquel je procède, l'enquête que je mène, la découverte dont je me réjouis, ne sont en même temps qu'une illusion capricieuse et une « petite folie » pas du tout honorable – pauvres instants si beaux qui sont devenus des rêves masqués et des déceptions creuses.

Le contrôleur a ouvert la porte, je venais déjà de m'éloigner de beaucoup de kilomètres et de plus de temps encore du fil de mes pensées, et alors je me suis mis à errer dans la gare de Rennes et dans les difficultés que la vie, les morts, moi-même et les cent mille strates du temps, les belles, les vieilles, les douces et les pluvieuses – à errer encore longtemps sans plus d'autre félicité que dans les moments qui me renvoyaient les images d'autrefois, par tranches, par rondelles, jamais entièrement, à errer pendant vingt ans, dans l'espoir d'un retour vers les années écoulées qui ne serait comblé que dans les retrouvailles des lieux, des papiers et des illuminations de mon moi antérieur, qui ne serait pas comblé en fait.

*

Nous nous promenions de longues heures sur la rade de Brest, cette année-là. Il pleuvait des journées entières, sur Brest, cette année-là. Nous nous réveillions sous des rideaux d'eau dans ce qu'on appelait le « pot de chambre », le cagibi de la rue de l'Amiral, et au même endroit, la nuit, des réseaux de pluie plus inlassables encore accompagnaient notre coucher. Il faisait très gris, sur Brest, pendant ce printemps qui n'en était pas un. La pluie sur la ville, la ville sur la terre, la ville et la terre semblablement crachoteuses, semblablement lasses, semblablement détrempées, les faubourgs qui descendaient vers le centre et ressemblaient à des pistes de luge, Brest même qui coulait vers la rade et rue de Siam, place Wilson, l'eau ne décroissait pas, la pluie qui restait, qui s'encanaillait, permanente et haute, qui ne partait pas, qui ne partirait jamais, comme certains chiens, jaunes et baveux et qui vivent pour leur maître, trop fidèles pour être attachants, trop baveux pour être aimables, trop sales pour ne pas déplaire.

Tout blessa, et la pluie surtout ; toutes les pluies brestoises, la pluie du petit matin, mutine, qui vous tire méchamment de votre sommeil, froide, revigorante, faussement espiègle ; la pluie du jour, il y en avait plusieurs, les averses rares mais puissantes, véritables bombardements, comme Brest en avait connu il y a quarante ans, les giboulées faiblardes et lancinantes qui revenaient de leur flic floc minuté dans un total assoupissement de l'air, les grandes pluies brutales, venteuses, qui secouaient les maisons et agitaient les marins de la rade, la rade d'habitude si noble, si tranquille, les pluies continues qui pouvaient arroser Brest deux jours pleins, sans jamais une inflexion, sans l'espoir, l'esquisse d'un coin de ciel ouvert ; la pluie du soir invisible ; et toujours au-dessus les oiseaux qui trottinaient à longueur de jour et de jours au-dessus de la ville.

Parfois, je voulais quitter l'Amiral, emménager dans un lieu plus facile, mettons boulevard Gambetta. Le boulevard Gambetta était un de ces boulevards, avenues, rues… très spécifiques, celles ou ceux qui suivent les voies ferrées, mais pas n'importe comment, parce que les rues qui longent les chemins de fer ont toutes des caractères surprenants, touffus comme un panache de locomotive ; une de ces rues qui commencent à la gare et qui suivent la voie ferrée un peu, le temps d'un départ, vu de loin ; c'était une de ces rues toutes droites, parallèles au rail, qui épousent son mouvement, sont à moitié ferrées et le suivent jusqu'à se mourir. Je passais là souvent, lorgnais sur les immeubles avec envie, puis rentrais ; sur la place, l'Amiral me regardait horriblement.

Sur les places mouillées, les arbres étaient « reconstruction », je me souviens que leurs feuilles ne bougeaient pas du tout, ni voletantes, ni bruissantes, univers glacé aux entrailles froides qui vous gelait l'os et le cerveau en même temps ; et la glaciation dans le cerveau, celle-là, c'est la pire. Il y avait dans Brest quelque chose d'une ville de garnison, une ville fantôme sans fantômes, sans vie ni fantasmagorie ni mémoire ni retour.

Les jours de la semaine, le temps qu'il faisait, étaient associés à des activités précises, donc des sensations particulières, des nostalgies sèches, pas touchantes mais légèrement brumées, ensoleillées lentement. Les sentiments ne me fuyaient pas encore. J'étais émotif ; tout était douceur, même la tristesse.

L'après-midi bleu des dimanches était riche de ces sensations, qu'il s'agisse de déjeuners (dans des villages de forêt : Vieilles-Maisons-sur-Joudry, Saint-Léger, Poigny-les-Bois ; de campagne, parfois au bord de la mer – d'un lac ? d'une étendue d'eau en tout cas, dans un restaurant blanchâtre et décrépi, avec une terrasse sur l'eau – Bagnoles peut-être, rarement Paris), des visites de famille sans âme et des mariages, à Saint-Léger-les-Aubées, Nogent-sur-Seine, Contres, Châtillon.

*

Nous sortions peu. Si l'on sortait, c'était à pied, car l'automobile, sa senteur d'inouïe liberté, son imaginaire universel, artistique, et, plus que tout, la pétarade tonitruante, l'auto cheveux au vent sur des chemins fugitifs, impromptus, n'avait pas nos faveurs – trop loin de nos conceptions de la vie, trop loin de notre vie, sans doute aussi. Alors nous marchions, de très longs kilomètres, et l'auto pouvait aller se rhabiller, oui, sincèrement, Brest étant si étendue que les milliers de sensations, les grands airs de terrasses, la constitution disparate de la population et de l'habitat, l'haleine des nuages, nous enivraient bien mieux que l'automobile, éperon des égoïstes à tête creuse, virilité mal aiguillonnée.

Cependant, même si on plaçait sur notre refus des ouatures une espèce de ténacité, de radicalité fière et aristocratique, les terrasses aux grands airs et le youp là boum, tout cela se dévaluait, s'enrayait dans notre vie et ses mécaniques ; nous tentions de prendre le dessus sur les sensations désirées ; et celle de la vitesse, sacrée et engageante, et celle de la liberté, éclatante, que nous oubliions sans ménagement, et sans attendre, à une autre terrasse, aux allures de saunière ; ainsi nous titillions, désespérance rentrée, émotion contenue, tout malheur et écharpes volant au vent, le passage du temps.

Nous répétions souvent le même tour : la route qui grimpait le long de la mer, le port de commerce, l'avenue, la promenade, vers le cimetière ensuite, les grands boulevards, la Libération, les aulnes vieux et jaunes.

Nous redisions souvent les mêmes paroles : arides et laborieuses, sans sûreté et sans certitude (manques propres aux périodes transitoires de la vie). Des mots répétés cent fois, cent fois poussifs, cent fois pluvieux. Les lieux s'étaient associés avec tant de précision aux dialogues que nous y tenions, que la vision d'éléments précis – le phare, la tour, la fontaine, tels pavés détrempés et glissants, telle masse d'eau croupie, d'eau bulleuse, d'eau marronnasse – rappelaient en nous des mots similaires, par des associations d'idées qui se multipliaient à travers nos ramifications neuronales à mesure que nous nous ennuyions.

Nous avions sans doute les mêmes désirs : que la pluie cesse, que l'on quitte Brest, que l'on soit heureux. Nous voulions déserter Brest très fort, et nos promenades nous apportaient un trop-plein d'arguments, sous le trop-plein de pluie, une pluie maritime, cracheuse, nous étions agacés par l'absence de perspective dans cette ville enfumée et le vide de sens de cette rade gigantesque qui ne servait à rien. Nous étions gagnés par des remords et par des sentiments néfastes d'échec, nous pensions être ces cargos lourds arrêtés sur le port, échoués à Brest depuis deux ans déjà et sans avoir plus rien à y découvrir de neuf.

Parfois, dans de grandes angoisses, une impression terrible m'abordait : mes seuls souvenirs bientôt se cantonneraient ici, à la rade et à la statue de l'Amiral sur la place, je n'avais jamais rien été au-delà de Brest, les évocations d'années antérieures devenaient floues puis absentes, je m'efforçais à penser à toutes les villes, les maisons, les hommes et les tracas que j'avais rencontrés, mais je n'avais pas le temps d'avoir peur que le manège de mes autres vies s'était défilé : le trouble s'emparait de moi, j'étais ramené aux promenades, aux rues, aux gens de Brest, je n'avais vécu que deux ans. Cela pouvait durer une ou deux minutes, et je revenais à moi, sans que cette peur du vide ne disparaisse. Nous allions apaiser toutes ces angoisses en nous contemplant dans les cargos, dont nous connaissions tous les noms, les emplacements et les marchandises qui leur étaient propres. Ils ont très vite été, une fois à Brest, nos fréquentations les plus assidues, nos vrais proches. Ceux qui nous plaisaient le plus, c'étaient les cargos en partance ou en arrivée. Nous imaginions le cargo qui avait fraîchement repris la mer après deux semaines de repos, en train de sillonner l'océan Atlantique, et aussitôt nous en apprivoisions un autre. C'était notre manière de rester en vie.

Nous allions assister aux grands amerrissages, qui impressionnaient nos petites âmes en mal de romance, nous nous remplissions des vastes étendues de la mer et du ciel, des respirations brûlantes, noires ou grises, touffues, des cheminées; peut-être deux cents fois, nous nous sommes assis sur les bittes d'amarrage et nous avons attendu le cargo, il n'apparaissait qu'à moins d'un kilomètre, car le brouillard fumait alors jour et nuit sur Brest, cette année-là. Les arrivées les plus importantes se déroulaient souvent pendant l'après-midi, à quatorze, quinze ou seize heures, alors nous allégions nos inquiétudes devant le spectacle triste et beau des taureaux de fer aux cous larges et puissants, des cargos déprimés qui émergeaient et se traînaient dans les lenteurs de brouillard, et qui, avançant péniblement, émettaient des vibrations sanglotantes, lamentables, rouillées.

Les amerrissages de l'Atlantique, exotiques, voix des naufrages. Depuis leurs bords herculéens, laitiers, maraîchers, éleveurs, saluaient la côte. Oh ! les trognes renfrognées d'Américains ruraux ! On apportait le blé des plaines. Le maïs, le soja, les haricots, les plantes fourragères, la viande. Coton, agrumes, tabac. Du riz, de l'arachide, secs et déshydratés. Et la réalité des moussons sur Brest, sa moiteur, qui crachinait. A nos yeux, les haricots, le blé, l'arachide, avaient le tentant, et sans doute la saveur, de sorbets aux fruits rouges.

Les magasins sur la rade ; les épiceries, leur timidité maladive, les bidoches, les pâmoisons de chairs carnées. Le boucher équarrissait à tire-larigot, du lever au coucher ; pour lui, c'était un long dimanche d'entrailles.

*

Il y avait, cela vaut la peine de le noter, des gens dans les rues, en grandes indifférences. Il n'y avait pas de regard amoureux à l'horizon. Pas de regard honteux non plus. Il n'y avait de regard...

Je voyais ces profils las, me demandais où ils habitaient, s'ils vivaient à Brest même, dans les boîtes de chaussures blanches et grises, la vue sur la rue pâle, l'épicerie clignotante, le bar vitreux, ou dans les villas anglaises, angoissées des falaises noires, cachées à l'océan et aux rues par les taillis, les haies buissonneuses, et comme je les démasquais sous leurs blazers bleuâtres et salés, comme je jouais aux espions j'avançais masqué, et puis j'avais égaré le guide touristique qui signalait les « curiosités ». Par moments le monde était grave et austère, sentencieux, méchant, avec des vents bleu noir de décembre ; par moments c'était une boîte de jouets, les cubes des maisons, les passants poupins, les voitures en plastique, le train électrique qui sifflotait sur le petit pont.

Moi, je ne faisais pas beaucoup mieux. J'aurais bien passé mes journées à écouter des disques en robe de chambre et boire du thé, mais je n'avais pas de robe de chambre et boire du thé à longueur de *jour* était trop angoissant ; donc les actions se détachaient de ma conscience, quand je m'habillais j'avais la sensation de jouer à la poupée, je mangeais comme j'aurais fait manger un petit enfant, dans l'avenue je n'avais plus froid mais je lisais un roman où le personnage avait froid, les rares mots que je prononçais étaient prononcés d'une voix malaisée, détournée, on aurait dit traduite. Je vivais trente vies, il y en avait une jaune pâle et une grosse pleurnicheuse, il y en avait une où j'avais un chapeau et à dix-sept heures j'ai eu un parapluie, il y avait soixante-dix misères, vingt-trois désirs et douze satisfactions ; mais j'avais beau vivre trente ou trente et une vies, c'était, comme m'en informait la glace triste, le même corps que je retrouvais, à mon réveil, tous les matins.

J'attendais une belle voisine dans la fenêtre d'en face, qui aurait été un semblant d'horizon, une espèce de début de vie, mais dans la fenêtre d'en face il n'y avait qu'une vieille femme tordue, verte et longue comme une endive, qui passait ses journées dans sa cuisine, auprès de je ne sais quels potages, je ne sais quels chats. Remarquez qu'à Brest, très peu d'animaux ; les gens n'ont ni chien, ni rien à promener ; on aperçoit seulement des rats, d'autres rongeurs encore, et des oiseaux perpétuels. A vrai dire, ça m'allait bien ; les animaux ne sont pas mon fort, c'est aussi pour les éviter que j'ai si peu vécu dans les campagnes (*Bouloire* : mai 81 - juillet 82 ; *Aiguebelle* : janvier 89 - août 89 ; *Coucy* : juin 06 - ...), alors que les campagnes je les aimais beaucoup. Notez à ce point qu'à Sacierges, nous avions des animaux. Bien sûr, jamais de chiens, de chats, jamais rien de banal, jamais rien de simple. Toujours la complication et la marge de la page. Mais il y avait eu de bien belles bêtes et bestioles dans notre maison, les deux cents oiseaux d'abord, qui s'agitaient dans la volière comme des bulles dans une bouteille de champagne, les oiseaux jaunes pétillants, les rouges soyeux, les orange un peu passés, les noirs farouches, les blancs légers, les bleus aimantant le regard, les cygnes qui caressaient l'eau de l'étang (le cygne noir qui m'avait mordu au mollet, et j'en gardai la cicatrice longtemps, peut-être jusqu'à vingt et un, vingt-deux ans, et le jour où je me rendis compte qu'elle avait disparu ç'avait été tuant), toutes les bêtes que les voisins nourrissaient l'année et dont nous profitions l'été, les lapins abrutis qui sentaient bon la moutarde, l'âne gris qui avait de bizarres reflets violacés, le hérisson, la tortue qu'on trouvait à paresser dans le garde-beurre rouge et blanc, l'oie qui se rappelait souvent son enfance, la chouette avec qui, tout un été, on avait partagé nos repas, le coq d'Inde et son grand cou comme un tuyau d'arrosage.

La tortue, je me souviens que maman avait trouvé en elle un appui solide pour ses petites folies – elle la considérait comme un vrai membre de la famille, du troupeau, et il lui arrivait certains jours de rester assise des heures sur sa chaise, en face de la tortue immobile qui avait sa tête sortie et qui ne savait pas trop quoi en faire, tout cela sous le soleil écrasant du jardin, et je revois maman penchée vers la tortue comme un psychiatre vers son client, ponctuer l'absence de conversation de mouvements de bras impossibles et contrariés, de hochements de tête compréhensifs, désabusés, de sourires entendus, de clins d'œil même quand on passait à côté en se moquant un peu. Ç'avait duré plusieurs étés, et personne jamais n'avait rien dit (papa avait abandonné depuis longtemps, et nous étions trop jeunes pour nous mettre en colère ; seule Romancine, peut-être, avait une fois ou deux rouspété vaguement) ; c'était une bizarrerie qu'on considérait, à force, comme normale, une étrangeté qui était entrée dans nos mœurs, comme les chaussettes dont ma mère n'avait usage que l'été, allant l'hiver nue dans ses chaussures, comme la surprise que constituait, pour le novice, sa consommation d'eau : rien pendant un, deux repas, un jour entier parfois même, et puis, subitement, cinq ou six verres d'eau à la suite, comme son obsession de s'habiller en noir aux mariages, avec grand chapeau aussi, comme son pied qui n'était ni grec ni latin mais gréco-latin avait dit le médecin en pouffant, comme les expressions qu'elle avait sorties de nulle part : au lieu d'une « omelette », elle parlait d'un « soleil d'œuf », naturellement. Comme la tortue, qu'on a bien fini par perdre un jour, égarée quelque part dans les bois de Sacierges, le soir encore maman avait parlé affaires avec elle d'un air sérieux, et le matin plus rien, le seul jardin qui s'étirait de sa nuit, maman hurlante, de couloir en couloir, fantomatique, éplorée, une part d'elle-même portée disparue. Sans doute que nous aurions dû davantage partager notre malheur à la fin, tout jeter dans le pot commun et touiller, touiller la chaudronnière. Cela n'aurait pas changé grand-chose, mais m'aurait fait des souvenirs en plus, sans doute une dizaine d'anecdotes et quelques histoires, de belles images. Je suis incapable de dire quelles images, quelles anecdotes, quelles histoires cela aurait pu être : la vie, tout de même, quelle imagination.

*

Dans notre cagibi, yeux peureux devant l'Amiral en grande prestance, nous vivions. Nous entassions. Nous entassions beaucoup, nous faisions des tas, des boules, des pâtés. Des tas de linge, des boules de mouchoirs, des pâtés de cheveux. Nous entassions, dans des grandes boîtes en fer qui avaient contenu des biscuits anglais et sur lesquelles on devinait la patte d'un peintre qui avait lu Dickens mais avait meilleure humeur, nous rangions le précieux, ce qui demeurait, ce qui – l'espérais-je – ne nous abandonnerait pas. La première boîte contenait des rouleaux et des bâtons d'encens, la deuxième était pleine de cahiers, de papiers bleuis de courtes histoires, d'ébauches, de projets de livres qu'il faudrait bien que je me décide à développer, un jour (cette boîte était cachée sous un tas de manteaux), la troisième contenait nos livres fétiches, la quatrième des photographies, des cartes postales, et la dernière était en haut de l'armoire, à vrai dire nous ne l'ouvrions qu'en de grandes occasions : elle contenait un matelas d'argent confortable, en liasses serrées et gondolées comme les pages des encyclopédies. Mais je ne peux pas avoir un goût pragmatique sur cela, parce que la caresse permanente qui consiste à ne se saisir de rien ne laisse de souvenirs qu'amoindris, que bulleux.

Je me rendais alors très souvent au musée. Je m'y rendais comme dans tous les lieux qui pouvaient m'éloigner de la rade, des cargos, de la couleur pierre ponce, des odeurs pétrolées. Le musée de la Marine me distrayait peu, le musée d'Archéologie m'ennuyait beaucoup, quant au musée de la Ville de Brest, je n'arrivais pas à m'amuser de poteries en morceaux et d'invasions d'il y a huit siècles. Le musée des Beaux-Arts me plaisait bien plus. Il couvrait beaucoup d'époques, et je m'y rendais toujours seul ; j'aimais passer trois heures d'affilée au milieu de trente années précises, un coin de peintures guerroyeuses, jusqu'à ce que ma tête en soit pleine, jusqu'à ce que j'arpente Brest comme l'Acropole, Brest comme un champ de bataille, jusqu'à ce que je devienne ce que j'avais trop fixé, Clovis, Louis XVI, le laitier, le marin, le musicien suave d'un orchestre ridé.

On devinait les couleurs des temps, les tubes utilisés lors de la peinture du tableau final des époques. Et qu'on ne bouge plus. On voyait bien que la préhistoire avait été brune et rouge glaise ; l'Antiquité grecque blanche et bleue ; la romaine noire et bleue ; le Moyen Age rose, or et noir ; la Renaissance était sang ; le dix-huitième citron ; le dix-neuvième brun et violet. Parfois, entre deux tableaux, entre deux stalles, une fenêtre s'ouvrait sur de la moiteur ; et derrière les rideaux sans couleur, il apparaissait que notre temps était noir, était blanc, s'embrouillait, était gris.

J'aimais mieux, encore, le musée d'Histoire naturelle. J'étais aimanté par ce bâtiment blanc rayé qui faisait face à la capitainerie, je fis bientôt tout pour l'éviter, car si je marchais au hasard, me perdais et débouchais sur la place encerclée par les deux bâtiments, la capitainerie, le musée, je ne pouvais pas m'empêcher d'y entrer. La caissière et les gardiens me connaissaient ; dans ses *Mémoires*, la gardienne du troisième étage écrirait : « Je voyais souvent venir le même jeune homme, un grand garçon d'une vingtaine d'années, avec une tête et des manières bizarres qui mettaient mal à l'aise, trop droit, d'un mystère trop facile, et trop habillé. Il passait dans le musée des après-midi entiers, dans un état paraissant amoureux, sauf que lui semblait amoureux des poissons, des fossiles, des pierres précieuses ; c'était énigmatique, j'étais si intriguée qu'il m'est arrivé de le suivre. » Ces *Mémoires* publiés en 1989 sortirent dans la maison d'édition où l'ami de Paul (qui arrive dans quinze pages) avait publié ses essais ; quoique remarquables, ils se vendirent très mal, mais j'en trouvais un exemplaire par hasard, oublié dans un hôtel de

Brest, dix ans après mes visites au musée. J'avais lu ça d'une traite, au fond de ma chambre de l'hôtel du Galion, sous la pluie et dans la lumière verdâtre d'une veilleuse, mais je n'avais pas osé retourner au musée. Et les gouttières, toute la nuit, sanglotèrent et souffrirent.

Certaines salles du musée me mettaient dans des états de transe calme, et Brest n'était rien vue d'ici. A l'entrée du musée je laissais mon sort extérieur avec mon manteau au vestiaire, je me débarrassais tour à tour du linge sale, des masques, des casseroles, tout mon encombrement d'alors. Je grimpais vers la salle des fossiles, déserte ; j'aimais ces coquilles fragiles qui semblaient de pierre et qui autrefois avaient vécu comme moi, ce vide maintenant, la vibration muette du passé, cette solitude sans bord. Au rez-de-chaussée, les poissons dans leur obscurité paraissaient si bêtes, si heureux, leur paix était d'une profondeur si enviable, si peu troublée… Je ne pouvais pas les atteindre, mais je pouvais les entendre : j'écoutais, dans le noir, leurs bloup bloup discrets, inconscients, venus des vitres des aquariums, d'autres mondes. Au-dessus, les animaux empaillés étaient pétrifiés ; une tête de requin était arrêtée, bouche ouverte, à une hauteur vertigineuse.

Les derniers étages, miraculeux : la serre d'abord, tropicale et humide, trouée de chemins, de bassins, de bouddhas aux sourires crispés, où il aurait fallu se perdre. Je terminais toujours mes visites par la salle des pierreries. Elle était cachée dans un renfoncement du musée, personne ne semblait jamais y être venu ; elle était couverte de bas en haut de tapisseries noires, et les lumières chétives projetées à regret aggravaient l'impression de se tenir sous un chapiteau, au bout du monde. Derrière les vitres, des pierres banales étaient éclairées, et je restais parmi ces perles sans valeur posées sur des coussins plus beaux qu'elles, dans la nuit simple. Au centre de la salle, sous un triangle de verre, une pagode chinoise taillée dans une pierre jaune paraissait habitée d'une vie autonome ; la rose des sables, l'améthyste, le jade étaient là, conciliants. Plus loin, dans la réserve, de vieux animaux empaillés (un ours blanc, un dodo, un guépard) montraient leurs yeux tristes, leurs pelages rongés. Ils semblaient dormir et attendre, dans l'expérience d'un futur infini. Ils ne servaient à rien, bons à être regardés, mais comme les poissons, ils ne me demanderaient jamais rien, ils ne me seraient jamais, comme le reste, un poids, un problème. Ils ne me feraient jamais de peine.

Je sortais dans la nuit, et regrettais qu'au lieu des pierres jaunes, des flamants empaillés et des poissons sans mémoire ne s'y trouvassent que les pétarades des échappements et les mouvements des hommes, qui, vus après ceux des poissons, paraissaient impurs, saccadés, prétentieux.

*

Ce qui m'est revenu au cœur, aussi, dans ce compartiment Vespasien, ce sont les deux virées du premier hiver que nous passâmes à Brest et de l'été qui suivait, les deux seules fois où, en trois ans, nous avons quitté notre ratage et nos pots de chambre. Des connaissances de la faculté des sciences s'en étaient étonnées « Quoi ? Vous ne connaissez pas la campagne bretonne ? » A la faculté, à cette époque, à Brest, le climat était toujours morose : peu y comblaient leurs vacances. Beaucoup partaient dans leur famille, chez des amis, des proches, ou bien entre eux, plus loin en France, dans les stations balnéaires proches (La Baule, Pornic), à Saint-Malo ou bien à Nantes, à Royan, en Normandie. Brest se vidait un peu, mais Brest ne se vidait jamais vraiment : la rue de Siam serait encombrée, hystérique jusqu'à la nuit des temps.

Nous gardons un seul bon souvenir de Brest, quand journellement nous ne voyions que l'Amiral, la rade et les cargos. L'été approchait, et début juillet nous avions décidé, avec l'appui d'un ami de longtemps (quatre semaines), de séjourner quinze jours dans une résidence de vacances qu'il nous prêtait, au fin fond des monts d'Arrée, au bout du bout de la route de montagne. Le 17 juillet, nous étions prêts. Nous avions vu la décapotable capotée qui freinait devant l'Amiral, la pluie tombait trop fort et nous nous étions abrités sous le porche de notre immeuble, nos valises à nos pieds, nos imperméables très stylés, grèges, nos mocassins en daim, nos velours qui ondulaient sur nos jambes. Comme deux étudiants parisiens qui ont les moyens. Nous ne portions que quatre ou cinq tenues, mais de la toute dernière mode, très chères, très haut de gamme. Des complets. On a couru vers la voiture, sur la place embrumée. L'averse avait un goût salé. L'homme, au volant, ne s'est même pas retourné sur nous, quoique la vitre était à ce point embuée qu'on ne pouvait pas en être sûr. En tout cas, il n'est pas sorti. Alors que nous ouvrions le coffre, on fourrait les mallettes de voyage dedans, la place se taisait. La brume mouillée, illuminée de gouttelettes. Et les sons, aveuglés comme dans la neige. Le coffre, sur le hayon qui me donnait l'idée d'un renflement de fesses, j'ai giflé, fouetté sa jolie cambrure vers le bas, vlan ; la voiture avait quatre portes, nous avons pris place dedans, il régnait un décor de break de famille des années 1960, amical, taillé pour les grandes aventures. Au-delà des portières un autre monde se développait ; mystique. Nous passions des villes aux noms fantastiques, aux existences insoupçonnées. C'est que la route, depuis Brest, avait été très longue et sablonneuse, un bourbier. Les pluies, l'enveloppe de hachis Parmentier, les routes de montagne, les embouteillages, la sortie de Brest, très chaotique, mouvementée, tellement longuette et filandreuse, cela concourait à allonger encore le chemin qu'on faisait. Et dehors, les blocs des avenues de Brest, qui s'étiraient à nos côtés comme les alignements d'une ville fantôme, quelque part en Sibérie. Les villas et leurs pierres brutes, apparentes. Les panneaux qui annonçaient le seuil des villes, un peu avant l'entrée dans l'agglomération comme partout et toujours, quelque part sur un monticule d'herbes pliées et dégoulinantes, sur le bord d'une route, à trente mètres des premières habitations, sur l'échafaud d'un terrain vague, un peu nulle part, dans une zone intermédiaire, par conséquent presque irréelle. C'est à peu près tout.

L'image d'un chantier extraordinairement étendu, laissé en plan par les entrepreneurs et les travailleurs, gigantesque… Un chantier d'URSS, une voie ferrée qui ne débouche nulle part, un arsenal naval qui employait des milliers d'hommes il y a cinq ans mais qui a été accosté par l'abandon, Ecbatane perchée et neigeuse, évacuée et menée à l'isolement, parce qu'il y faisait trop froid, que l'altitude était insoutenable. A Brest, dans le tour de ville, le désordre et l'entassement, dans la vapeur blanche. Brest dormait sous les brumes, je traversais un de ces paysages de Schleswig-Holstein ou de Poméranie. Cela a duré deux heures et demie.

Les faubourgs de Brest, sans mesure, au long de la départementale 712. Les neuf kilomètres pour évacuer Brest, de l'Arsenal à Guipavas. Guipavas. Landerneau. La vallée de l'Elorn, ses saumons visqueux. Les monts d'Arrée qui se dégagent sur leur barrière de cailloux. La roche Maurice. Landivisiau. La route qui escaladait le Roc'h Trévézel, les vingt-trois kilomètres d'ascension, et le temps, poussé à un paroxysme de lenteur, d'étirement… Une route beaucoup plus longue que le trajet par Morlaix. « Pourquoi faire ce détour ? » j'avais questionné. « Vous ne connaissez pas les monts d'Arrée, si ? » Depuis neuf mois, nous n'avions quitté la rade que pour nous rendre quelques fois au marché de poissons du Relecq, dans les champs de fraises de Plougastel, plus une excursion manquée à la pointe de Saint-Mathieu. « Eh bien, vous verrez ça, c'est sacrément *bien*. Quand on sera là-haut, il fera beau. » A la corde, nous nous jetions dans l'ascension plus qu'ardue de la barre d'Arrée. A Landivisiau, le temps était toujours à la bouillie. Lampaul. Saint-Sauveur. Commana.

Le paysage, toujours éteint et absent. Les éléments visibles et le reste, plongé dans la nuit. Des heures hantées, d'un magnétisme gris. J'écoutais le moteur qui, en boucle, récitait sa récitation. Et la voiture ne démarrait jamais ; on roulait à trente kilomètres-heure sur la départementale, dans le noir. Tout cela était épique.

Nous avions vêtu de noires soutanes, très amples, nous avions capoté le cabriolet qui nous abritait, nous étions comme couverts, habillés une deuxième fois d'un autre pardessus, dans le molleton de la banquette, sous la moquette pointillée du plafond. L'intérieur chiné gardait le chaud et le petit luxe, un espace raide et mou. Le climat se serait bien accommodé d'une cheminée, tant pis. J'aimais autant le chauffage manuel et poussif, son souffle tropical, tout ici incitait aux euphories feutrées, au calme, à la pondération. Au-dessus de nos têtes malades, la protection de la capote était impeccable, il pleuvait fort mais on ne sentait ni l'eau ni l'odeur de la pluie. L'humidité était contenue derrière les vitres. L'interminable averse battait la carrosserie de tout son poids, un déferlement, concentré et sourd comme la pierre, martelant la voiture carcasse de ses grêlons, ne s'excusant jamais, continuant, si inflexible et insistante qu'on aurait pu croire qu'on en aurait jusqu'à la nuit. C'était un bombardement, c'était d'ailleurs déjà la nuit, et le ressac noirâtre, qui se strangulait sur le métal automobile, l'âpre effort des eaux qui tombaient dans des bruits rauques, la route qui n'était plus qu'un grand canal dégoûtant où flottaient des rainures de goudron, de l'enrhumement, des feuilles crasses, des bouteilles d'enfance, des débris, un ballon de football déchiré ; tout cela qui s'ébattait, qui fouettait le paysage comme un âne battu, virevoltait de roche en roche et coupait tous les interstices, les lumières s'éteignaient ; le ciel, les champs, les montagnes, l'eau agglutinés, une mer de boue : là résidait le point final, la culmination des extérieurs, le gris tiède, complet, le noir froid comme la pierre, c'était la couleur d'un voyage, une absence de Dieu si évidente qu'elle dévidait le cœur. Nous nous enfoncions vers le milieu des landes, là où le sol se troue parfois, là où l'air s'euphémise, où la Terre tourne trop vitement.

A mesure, pourtant, que nous avons grimpé les versants de la montagne, le paysage est apparu et les marées ont décru. Au Roch' Trévézel, le ciel reluisait. Puis La Feuillée. Quinoualch. Berrien. Scrignac. Hellès. Et enfin Bolazec, un village qui apparaissait comme une postale, à la cassure du plateau, lové contre des montagnes surmenées par la bruyère, les gouttes, … face à la cordillère d'Arrée, que le soleil aspergeait à son point le plus occidental de ses spots, un arrière-goût, oh ! merveilleusement éloigné, mais zonzonnant en l'atmosphère, de côte états-unienne, de scène new-yorkaise, une broutille pas palpable au doigt mouillé mais décelable par-delà un horizon, là-bas vers l'ouest ; les monts d'Arrée, des acteurs célèbres, vieillissants mais ancrés dans le milieu, inatteignables, avec une voix qui porte, un peu éraillée, des répliques immortelles, des personnes enfermées dans un écran fermé ; on pense ne jamais les voir mourir. Dans le val où somnolait le village, nous avions beau. Une couronne de nuages se répandait sur les maisons, un couvercle pommelé sur une casserole, et dans la casserole du lait au repos, blanc cassé, qui avait tourné et retourné, rigidifié en plaques solides de peau.

Bolazec, c'était ceci, la douceur méditerranéenne pas garantie, pas un mouvement depuis potron-minet ; et depuis bien avant, il y a une éternité, pas un homme.

Ma première pensée, en arrivant à Bolazec, enfin en le voyant depuis la route, au fond d'une crique boisée, à deux ou trois kilomètres de nous, est allée à moi-même : j'étais assis à la place du mort, j'ai jeté un coup d'œil au rétroviseur, la température aurait mieux habillé un mois de mars que ce juillet de Bretagne ; le temps, pourtant, se vivait avec un plaisir surprenant, et je devinais dans un demi-sourire que se griffonnaient en moi des kilomètres de rédactions sur vélin, des pages et des pages (ou alors simplement des mots marquants, leur étoffe rude, des aphorismes bien sentis) ; oui, c'était toujours ainsi que ma personne se rouait, s'ébranlait, par des dissertations plénières qu'il me semblait traverser comme de drôles de rêves, et des commentaires composés, qu'au contraire j'empoignais, mais je n'en étais pas moins secoué, sonné, coupé menu menu, devant ma propre impuissance ; devant, surtout, cette dictature contraignante des mots sur mon corps.

Soudain, Bolazec a creusé une brèche : j'ai grandi de quinze centimètres, mes cheveux ont été balayés par une divinité de moyen calibre, sur ma nuque et mes tempes. Mes pensées pessimistes, qui trottinaient à mon bord, ont été soufflées ; mes doutes, mon scepticisme, des déchirures bien plus douloureuses, dépecés. Les alarmes ont cessé de hurler. La coupure des vues, le pathétique, qui à Brest nageaient dans l'ampleur des vêtements de l'Amiral, s'accordaient avec le village. Sur les bas-côtés, les tournesols, les aspidistras, les baies se tiraient la bourre.

Trois minutes après, nous débarquions devant la résidence, qui est conforme à ce qu'on doit penser d'une résidence de fin de semaine, à Paris. Des murs blancs dans une matière granuleuse assez inesthétique, presque pas d'ouvertures, un toit marron, le tout assez éprouvé par les mois, années, décennies. Autour, le jardin, et les carrés de plantes bretonnes, qui sont les moins odorantes, les moins distinguées et, en passant, les plus flétries que je connaisse, sans oublier les mauvaises herbes, les graviers, le compost, le muret, les barbelés, le poirier et le cerisier.

On ouvre le portail ; notre serviteur nous gratifie d'une visite guidée commentée ; on ouvre la porte : la visite reprend ; on s'engouffre dans les canapés ; on allume le téléviseur ; les orages ont abîmé l'image ; on repasse la porte et le portail ; on sort dans le village ; et, sur la place devant l'église, il y a ce que vous et moi appellerions un homme, différenciable des maisons parce qu'il bouge, des arbres parce que les arbres ne sont pas recouverts de peau rose saumon, et des animaux parce que les oiseteaux, les chiens et les chats qui peuplent Bolazec n'ont pas l'apparence d'hommes, un point c'est tout.

L'homme est assis sur le muret de l'église, il porte un *tuxedo* classieux, il fume une cigarette. Ses cheveux sont balayés sur le côté avec de la laque, il a une apparence de séducteur et un visage attachant, droit et ferme. Et puis, il y avait la fille qui marchait à côté de lui. La fille ah, la fille ! Ah, ah, ah, ah ! La fille, la fille ! Ah ah !

L'angélus a résonné ; de la messe, on s'évadait, la manne de cheveux blancs de Bolazec, les familles catholiques, touchantes, les volées d'enfants. Le reste, je ne m'en souviens pas bien. La passe s'endort ici. Je vais tenter, ces prochains jours, de siffler au vol quelques autres souvenirs. Le souvenir du temps, et celui de l'amitié, doit y aider.

J'ai appris à connaître celui qui allait devenir notre parent lointain, notre bon fé. Il s'agissait de Paul Bonhomme, un homme assez extraordinaire, qui s'était exercé jeune à la politique, avant d'être décapité, beau parleur, par qui plus rigoureux, qui plus mécanique. Notre rencontre fut un moment émouvant, d'une poigne rarement atteinte.

On s'est dit bonjour. Il faisait un soleil de plus en plus terrible, assassinant. On s'est salués. Et c'était tout. C'était extraordinaire. Le soleil n'amorçait ni décrue ni complétude hébétée ; il brillait, au juste. Oui, c'était inoubliablement ensoleillé. Inoubliablement insouciant. Il m'a emmené voir sa résidence, dans un autre coin de Bretagne, vers les coteaux de Bolazec. La batterie des fleurs ; le foisonnement des arbustes. Le cottage, longtemps invisible, épris des thuyas, de la nature mièvre et généreuse. Les oiseaux, dans les volières, en haut des bois, leurs feulements chétifs, sifflants à l'unisson ; les oiseaux qui sont des bestioles acides et grinçantes, susceptibles, je le crois, d'être des oiseaux ; rapportés sur la terre, ils prendraient l'apparence de jouvencelles superficielles et hystériques, accompagnées de grappes, comme eux qui volent en bande, en artillerie, ma foi bien inutiles, et bien démonstratifs. Inoffensifs. *Moins durables qu'eux-mêmes.*

On se serait cru à Nantes, à Toulouse, à Poitiers, Périgueux, Bourges, dans ce genre de villes à jardins, voltées avec l'agitation des papillons râpeux, pas les merveilleux papillons, à l'aile folle et embarrassante, non, les papillons d'Europe, leurs modèles réduits, leurs petites enveloppes corporelles nouées et harmonieuses ; ces miniatures de brouillards exotiques. Les merveilleux papillons.

C'était dimanche, ce dimanche, qui déjà inventoriait trois vies, bien distinctes, qu'on avait, avec la minutie toute bretonne des broderies, des taies, réinventées, trois fois. La première, à Brest, dans les bonjours à l'Amiral, dans les hoquets, les défaillances, la sudation. Une autre de nos vies, lancée dans un embrayage de voiture, interminable comme celui des 2 CV en janvier le matin, prolongée quand on s'encordait, innervés de vide, à l'escalade de l'Arrée, bouclée, enfin, quand l'effort commun en était à s'extirper des nuages. Nouvelle coupure, existence continue mais cours des jours brouillé, dans ce Bolazec, avec ses pommeraies et ses pommelles, ses mamelles et ses mamelons. Si si, ses mamelons, ses chairs bombées, lourdes de lait, lits de Bolazec et berceaux des herbées. L'allée en gravier. La maison. Les graviers de l'allée. Les baigneuses, potelées, fécondes. Je sors de la carlingue, claque fort la portière, ce geste vaut départ. Fondateur, c'est escompté, d'une quatrième vie de rêve, de cueillettes et d'entrain.

Chez lui, il nous invita plusieurs fois et, si son langage châtiait évidemment, il ressemblait fort à sa maison, chiadée, dissociée, compliquée. Un vieil alambic reposait près du puits. Du puits roulaient des chèvrefeuilles, qui touchaient une marelle. La marelle ouvrait sur une large allée, une avenue domestique, qui coulait jusqu'à la terrasse. Le cimetière pour animaux complétait l'alignement superbe. La maison, et, devant elle, ce parterre sensationnel, atterré, se hissait ; torturée, architecturale, belle. Il semblait que les coulures noires, qui séparaient en parts égales l'habitation, étaient en fait de quoi de minces bandes de chocolat qu'il restait à friper au fond d'un plat à gâteau. Les battants blancs des fenêtres, ronds et lisses, étaient des aspirines du Rhône prêtes à être avalées, avec un peu d'eau. L'intérieur, pourtant, effrayait ; une ferme au milieu d'un château. J'avais été étonné par la table vermoulue, pauvre, pas nappée, où, depuis des âges lointains, se mouraient un vieux pain d'orge et du lait gris. Un peintre, jadis, avait peint cela ; le tableau se mourait à présent chez une vieille immonde, qui buvait des tisanes au creux de sa cuisine carrelée.

Le langage, donc, toujours, châtiait beau. Et puis il avait des subtilités, des excentricités. Son séjour de jeunesse en Afrique opinait dans son vocabulaire des expressions souvent étonnantes ; « des manières de phacochère », « tu as la tête d'un fétiche », « un marigot compliqué », « toute une saison de pluies ».

Il aimait les voyages, le monde, les pays. Il n'avait pas démordu de la Russie, des bouleaux, des nuages de poussière, des barres d'immeubles lugubres, des grands oiseaux blancs. Il était juste convenu de son innocence, mais il s'égorgeait en regrets : « Le rajeunissement, il me confiait avec la neige qui recouvre les toits et la Neva rendurcie dans la voix, c'est le plus beau mot du monde. » Il se morfondait, toute insouciance rentrée, affliction y visible. « Un jour, je repartirai. Et je verrai tout ce que je voulais voir. Grenade, le Pandivere, Ruzomberock, l'Anagannesi Artas. »

A l'aube de sa vie, il ne mesurait pas les pièges qui l'attendaient. Il ne pensait pas non plus qu'il serait si seul.

Les roulottes, l'errance des chiens, les fermes désaffectées, les toits crevés, murs éventrés des maisons, la terre qui baigne dans son jus, les lacs bruns, pollués ; et les bouleaux, toujours. Les ornières de l'existence.

Ce qu'il faisait tout le temps, le mieux, le moins mal, c'était s'aiguillonner, se chicaner, pinailler, agioter, ferrailler, équarrir, l'avoir dans l'os, battre sa coulpe. La nuit, il en avait très peur. Il parlait des grandes nuits planeuses, du moment de deux heures du matin où la terre est morte, et ça lui donnait des frissons à l'âme. Il avait fait de la politique, avait été doublé par plus doué, par plus efficace. Lui s'apparentait aux métaux précieux. Souvent, par les après-midi à ne pas mettre un chien dehors, il se promenait gueule nue, truffe au vent, et lapait à larges lèches les gouttes. Lui, naviguant de-ci de-là, me promettait un grand avenir. Il avait l'estime massive, le collet franc, l'amour frileux. Du genre tout-puissant sentimental. Qui règne sans partage ni impairs sur le bout de terrain. Les lieux de son enfance. Une ville de banlieue. Les coins, les endroits. L'Orée-du-Bois. Le Bois-Salé. Le Chêne-Maillard. Le Kiosque. La fontaine de l'Etuvée. Les rues grises et froides. Les noms de rues, noms de notables. Les faubourgs, minces et longs comme les pattes d'une araignée dont le centre aurait été le corps. Les jardins. Le jardin des Palates. Le parc Eaunymes. Le square

Buissonnière. Le jardin de l'Intendance. Et encore le parc Eaunymes.

Je lui avais demandé s'il se sentait rejeté par autrui, incompris. Il m'avait débité une longue tirade. Incompris car incompréhensible, il certifiait. En lui j'aimais tout. Sa façon d'aborder les inconnus, la buée d'angoisse vague qui se lisait dans son œil, sa démarche ronde et large de *Jean sans peur*, et, sans flagornerie, sans forfanterie, ses phrases piments : « La bonne éducation, c'est génial », « Toi, tu as toujours le mot pour vivre », « Le nihilisme, c'est beau », « L'intelligence, ça n'existe plus… », « L'irrespect, c'est irrespectable ! », « Vous devez vous taire, si vous voulez plaire ! »

Un jour, il poussa, en aparté : « Si tu arrives à écrire un livre sur les landes de Bolazec, eh bien ce sera un coup de génie. » Sa saillie tomba dans l'air, veuve de réponse.

Il nous présenta ses amis. Un me faisait beaucoup rire. Il avait écrit de courts essais, publiés dans une maison d'édition brestoise qui carburait au gauchisme, aux goélands et à la camaraderie, sur des sujets peu traités, laissés-pour-compte, mal considérés. Paul les mettait en évidence, bien au milieu de l'étagère du séjour, et je me rappelle les cinq titres : « Débordement culturel d'un passage aux toilettes », « Comme on fait son nid on se couche » (sur les oiseaux – pies vertes, mésange à pois, ce genre d'ornitaux-là), « Le cent millième bouleau entre Moscou et Vladivostok » (qui fricotait, champêtre, avec un absurde très esthétique – on apprenait à la fin qu'il n'y avait que soixante-cinq mille bouleaux entre les deux villes) et un couple de contes moraux, plus intéressants, plus épais aussi : « Platon chez nous », où il décrivait la réaction du philosophe devant notre société (nous étions en 1983), « Sois poli et trais-toi ! », un essai amusant mais dramatique sur les codes de la courtoisie. Ça fleurait mauvais l'essai structuraliste des années soixante ; ça allait bien plus loin : monsieur remettait en question le sens, et le sens, et la nécessité, et la beauté de la politesse, qui figurait pour lui un « ciment destructeur ». Un jour, il m'avait confié que dans une journée – il avait fait le calcul lui-même – on disait soi-même merci plus de vingt fois, et qu'au long cours d'un repas réunissant dix personnes et durant deux bonnes heures, on pouvait dépasser les cent cinquante mercis. Une telle subversion (et je ne me baigne pas d'ironie) le mettait, c'est l'évidence, à la merci de la société – peu lui chaulait. Il avait par ailleurs traduit plusieurs ouvrages, *Le Chat* de Paule Spaals, *Deux bureaux* de Guitry. « Ah ! Et vous l'avez traduit en quoi ? » « En breton. » Evidemment.

Paul, attristé de politique, n'écrivait qu'en de rares occasions, et sa production était décousue, très touffue, illisible. Quand d'aventure il griffonnait et s'astiquait, tout restait planqué au fond d'un casier, scellé, dans l'armoire géante du couloir. Il faut dire que ses textes en auraient glacé plus d'un, syncopés, confus, loufoques ; tout juste talentueux. Il avait d'ailleurs assez honte d'eux. Il n'en parlait qu'à voix basse, la tête écarlate et la crainte au bord de la bouche. Paul n'était pas un bon écrivain. Mais il réussissait dans bien d'autres domaines, avec beaucoup plus d'éclat, sans ménager ses efforts, jour après jour.

Il nous présenta ses amis. Un publiait dans un petit hebdomadaire breton, « La vie », très curieux. Je feuilletai quelques exemplaires. Les titres sonnaient étrangement, qui auraient pu être ceux de journaux sportifs :

« La vie se complique la tâche »
« La mort, reine d'un soir »
« La mort reprend la main »
« Sale temps pour la mort »
« La vie se met bien bas »
« La vie, au bout du suspens »

Lui (Paul) nous décochait des phrases, au hasard d'un ricochet de jours : « J'aime pilot er de grosses voitures allemandes » ; « Je n'ai finalement jamais parlé à personne » ; « Les identités floues, les passeports travaillés, les existences dépolies, très peu pour moi ». Et il répétait sa phrase préférée. « Cela fait quarante ans que je vous le dis, que ça va très très mal se terminer. » Et encore un peu plus, même.

Le catastrophisme le plus radical, riant, moquant les joyeux drilles : eh bien oui la mort, c'est comme la vie, ça finit mal. Baroque, funeste, il est immense. Sa joie, sa grande joie dans le malheur, son appétit si prononcé pour la défaite, l'échec, la perte du moral, l'embourbement… L'homme des pataugeoires du non-sens. Très, très fort. Excommunié par le pape ; déchu de sa nationalité ; renié par ses parents et enfants ; rejeté par son chien et conspué, conspué par son poisson rouge.

J'entends les visionnaires qui le tournent à la risée, qui le disent pis que tout, qui désirent sa mort. Eh bien, monsieur, à quoi bon fallait-il te montrer si brillant ? A quoi servait-il d'avoir raison ? Non, vous savez, les vrais pessimistes, personne ne les a vraiment entendus. A la rigueur, on les a félicités, mais on ne les a pas lus pour de vrai. Il faut les lire comme on lit l'annuaire : vous en ressortirez pâle, angineux, sans plus une fraction de beauté. Si tout le monde avait lu leurs explications, aucune boulangère ne m'aurait servi mon pain ce matin, aucun passant pour me saluer dans la rue, aucun manœuvre en haut des grues pour combler le chemin. Je n'assure pas qu'ils seraient morts ; mais j'ai la conviction qu'ils ne joueraient plus au pain, au bonjour et aux grues.

Un jour, après qu'il m'eut appris (*ré*appris ?) que l'homme possédait moins de force que le premier animal venu, et que mon existence durait quatre-vingts ans, j'ai refusé d'avaler mon déjeuner.

« Cette fois, c'est une bonne vie. »
« Alors, qu'a fait Dieu aujourd'hui ? »
« Tu distrais tes vanités. »

Quel acteur ! Un plaintif de premier ordre. Trop habile, très manipulateur. Je me réjouissais de ces moments où je pressentais qu'il allait dévider sa pelote de jérémiades, déjà déroulée mille fois, toujours aussi merveilleuse. Là, il se confondait en pleurnicheries, défaitismes, déboires et dénigrements. Sur quoi ? L'important. Lui, le monde, la nature humaine. La politique, aussi ; parfois. Il distribuait ses compliments cuisinés maison : « Lui ? Vous l'aimez bien ? Il est totalement idiot, il est idiot, il est grotesque. » Un sadisme honnête se lisait ; il n'avait pas un bon fond ;

en secret, il jubilait de la déroute, de la déchéance et de l'échec, et je me délectais de la profonde négativité du personnage.

Sur la question qu'on impute au sens de la vie, son horripilance atteignait sa limite, il devenait chiantissime. Nocif et toxique. Jeune homme, il avait été cordial, malicieux. En vieillissant s'aimait très abject. Et que dire, alors, de sa vindicte personnelle, ses délations intérieures ?

Il superposait les défauts ambigus : oiseau de malheur, détestable, assez nuisible, encourageant opinément chez moi des mécanismes mentaux plutôt vomitifs. La batterie de l'âge, disions-nous. Un jour, un de ses amis m'avait confié : « Il aime de plus en plus se payer des gens. » J'avais trouvé cela minable.

Je vous ai touché un mot du défaitisme congénital. Tenez, un autre trait de sa personne : toujours annoncer une catastrophe imminente. Quand j'y resonge, il parlait trop, bien trop de la mort. Il faisait semblant d'en rire, de la saisir et de jongler avec comme les médecins avec le foie de leurs patients, mais s'il se gargarisait de l'idée, c'était sans doute pour le remplissage de ses illusions quant à la vie. Il semblait accorder le même crédit aux deux. Quand je raconte ses différends, ses expédients avec la mort, je me sens assez fourbu, rincé, frustré, frustré surtout. Je ne suis pas en mesure de me frotter à lui, pas plus qu'à la mort. Je bloque et me limite, et je souffre de tout. Mes doigts voudraient en dire des tonnes, mais ma tête ne suit pas. La sienne le suivait trop ; l'intelligence, jamais, ne le laissait tomber. La pensée se verrouillait sur lui, armure de chevalier importable et pesante. Il le savait depuis trop longtemps : il mourrait de réflexion comme il en avait (mal) vécu. Réfléchir, oui, c'était son plus grand drame. (Je crois que je n'écris pas assez bellement pour entretenir un souvenir valable. La honte et l'indicible.)

Quand je me demandais, parfois, lorsqu'il se taisait et que je le considérais de bas en haut, ce qu'il était au fond des vies, je ne me portais pas vers son érudition et son penchant contemplatif, ni vers ses acidités, ses distances, ni même vers son élégance, évidente. Troué. Voilà : un homme troué. De mémoire, certes, mais aussi ailleurs. Où ? Je ne saurais vous dire.

Il voyait les gens et, après trois minutes, il les avait catalogués : ami, ennemi ; mon clan, mes adversaires ; les vrais bons, les incapables. Après, il ne s'en démettait pas, quoi qu'en disent le temps et les destins, qui sont menteurs. Un chien de garde dont la mâchoire est verrouillée sur un mollet.

Psychorigide et visionnaire. Deux autres qualificatifs qui épousent sa pensée à merveille. Un amoureux des poncifs éculés, aussi. Tout ça à cheval sur son traditionnel pessimisme. Irritable à perpétuité.

Des qualités, empilées sur la somme des défauts : affabilité, malice, mystère. Enfin n'omettons pas cette dernière particularité : il se posait en spécialiste du faux embarras. Cela débouchait sur des moues biscornues, des tord-boyaux philosophiques. Des métaphysiques liquoreuses. Un seigneur et son vassal. Un maître d'armes, un cerveau, un saint. Un accélérateur de mandibules. Un baron, un cavalier, un gentilhomme sans révolte et sans foi, spirituel et indocile.

Un grand homme. Voilà, en quelques mots, tous les titres auxquels il pouvait prétendre. On ne peut que l'en féliciter. C'était mon ami Paul. Je ne l'ai fréquenté en tout que quelques mois, et douze jours cet été-là, mais je crois l'avoir fréquenté toute ma vie. Fumant, comme à l'habitude, d'innumérables cigarettes – « ça ne compte pas ».

Il avait connu le temps des aristocrates du pied et de la cervelle. Et les instants de ce qu'il croyait être le plus beau, le mieux, portés, balancés par le temps comme par un hamac, suspendus au-dessus du monde, marcheront à jamais vers les escaliers lestes, et il surgira dans la mort ainsi, sa mémoire à l'arrière du crâne, pure et parfaite.

Il avait ajouté cela dans l'acariâtre charroi de ses peines, son costume frangé brun, tout rêché. Il me parlait des temps de sa vie, bien rangée dans la commode aux fraises ; il y avait le temps « des efforts malheureux », le temps « matineux », le temps « des manœuvres et des tangages », le temps « de la bourrasque », le temps « glorioleux ».

L'air corrosif de Bretagne lui avait fait le cœur acide, et toutes ses déceptions l'esprit déliquescent ; et ses peines lui avaient blanchi le visage au rouleau ; et ce visage était un peu gentil, un peu ennuyé, un peu page, un peu marbré. Il n'était ni jeune ni vieux, c'était un natif de la fin de la guerre avec les complications, les mémoires pavées que cela engendre ; je l'avais retrouvé, dans la chambre qui sentait l'enfermé, photographié, sans doute vers quinze ans, et l'avais trouvé très beau, avec un sourire légèrement stupide et des yeux argentés ; je me demandais, par-dessus tout, à quoi il pouvait songer quand il tombait sur ce genre d'images.

Et puis il n'était même pas hypocrite, il ne brûlait les planches que de la scène de ses monuments du dedans, viscéraux, familiers. Pas de triche ; trop d'épines, trop de raideurs, trop d'amitié – trop de rigueur. Pourquoi ? Eh bien un jour que nous revenions d'une promenade, je l'ai regardé, dans ses bottes, son pantalon de toile, son ciré, son béret de travers, marchant lentement, amoureusement sur le chemin qui partait au-dessus de la villa et rejoignait la forêt. Il avançait à pas posés, réguliers, attentifs. Il avait l'aspect soulagé de quelqu'un qui a résolu sa meilleure question, enfin, sa question sentimentale. Il ne marchait pas seul. Il était avec son grand ami, son ami de toujours, le frileux, le prodigieux Pierre Valdès. Un ami avec un chapeau cloche, un air endeuillé, attristé, irrité. Chic et con. Consensuel. Froncé, au menton, aux joues. Des gardes-chiourmes de la pensée de chacun. Qui tenaient des discussions de haute voltige. L'un questionnait, anguleux et agacé, l'autre rattrapait les assiettes au vol, nuançait, infléchissait, corrigeait, atténuait, arrondissait.

Ce n'était pas un homme qui prenait les faux-semblants pour de la rigolade, comme c'est le cas de si nombreuses personnes de nos jours. Il n'aimait rien tant que la fidélité, il était un des derniers à employer certains mots, « loyauté », « hauteur » (dans le sens : hauteur d'âme, etc.), « vertu ». Il me paraissait clair qu'il se considérait comme un dépositaire de la pensée intime humaine, un interprète proche de leur sensibilité, aux hommes.

Un soir, c'était le soir, et pour faire simple, la terre brillait sans ménagement, et le soir, comme à son habitude, fumait ses cigarettes de dix-neuf heures. Après une journée de glaciation et de grimaces, Paul m'avait emmené dans le jardin, jusqu'au cimetière des animaux. J'ai souvenir d'un moment très paisible. Alignées le long du muret de derrière, les pierres tombales ressemblaient à de grands nénuphars gris, et toutes, sous l'effet du temps, s'étaient lourdement enfoncées dans la terre. Les espèces des bêtes n'étaient pas précisées ; et sur chaque pierre : un nom, deux dates, rien de plus. « Patati. 4 janvier 1960 - 21 mars 1974. » « C'était quoi, Patati ? » Patati était un chat, et il le serait jusqu'à la mort de Paul (25 septembre 1999) ; après quoi, il ne serait plus rien. « Gallimard. 2 août 1965 - 3 juillet 1966. » « Un canari japonais. » « John-Régis. 7 avril 1949 - 15 décembre 1962. » « Un vieux chien gris. » « Domaine. 13 août 1980 - 13 août 1982. » « Un petit lion. » « Grande bleue. 11 février 1968 - 20 août 1975. » « Une girafe. » Peut-être qu'il voulait me faire rire, mais j'avais trop peur et trop de mystère en moi pour m'amuser. Paul avait-il vraiment possédé cette jungle réduite ? « Et dans l'enchantement de ce rêve d'un rêve… » « Pinpaulalau. » « 3 octobre 1938 - 6 novembre 1943. » Les dates, noires, éloignées, sifflaient dans l'air maudit. « C'était ?… » « Je ne l'ai pas bien connu ; il me semble un dodo, mais je n'en suis pas sûr. » Un tigre. Un éléphanteau. Des dodos. Un ornithorynque. La Licorne rose Invisible. Le vieux Vide.

On contemplait le soleil à sa fin. Il y avait les rochers, canines étincelantes qui broieraient bien

Paul un jour. La plage, très très loin. Un lac. Brest. N'importe où. La ligne de l'Arrée sur la barrière d'horizon. Et dire qu'il y en a qui appellent ça vivre !

*

Je l'ai revu, deux fois, depuis, en 1989, par hasard, puis en 1993, par décision, et il semblait congelé à l'identique, et pour le restant de sa vie, dans les landes et la bruyère de Bolazec. Les années avaient peur de lui. Rien, dans sa personne, ne traduisait la soif de discrédit, de vengeance, la haine ; ni sa silhouette, raide comme un i, efflanquée, sèche, ni les angles du visage, ni le discours, aiguisé et pointu comme d'antan. Il y avait juste cette méchanceté qui doute et qui renâcle, quand l'hiver est trop dur. La patine du temps, il y résistait comme un dieu. Aussi prolifique et réfléchi qu'avant ; encore un peu plus, même.

Puis je le vis sur une photographie de journal, un an avant sa mort, en janvier 1998. Il avait vieilli de manière considérable, on voyait déjà la mort qui sautait derrière, bondissait. C'était comme si les rides, les craquelures, les contrariétés, qui avaient été rejetées au large, avec force, pendant des années, dont il avait, le plus longtemps possible, refusé la venue, repoussé l'augure, s'abattaient sur lui toutes d'un coup, leurs dix années sinueuses, d'un bloc autrement serein. L'orage, écarté une décennie loin d'ici vers les rivages, jusqu'ici ne rayait des dents que les paysages côtiers, eh bien lui, elle, la bourrasque, avait enfin quitté son littoral, elle avait gagné les terres centrales, les herses renvoyées à l'état de chimères, les cœurs vaillants boutés avec trop de facilité, et la flaque, après tant de mois de bataille, s'était déversée là où il fallait, quand il le fallait, puisque c'était bien ainsi que le monde tournait.

*

La côte de granit rose, mil neuf cent quatre-vingt-neuf.

Nous avons visité les Côtes-d'Armor. Saint-Brieuc, Paimpol, Tréguier, Perros où se couchait le soleil. Les péniches. Ce bracelet qui lui enserrait le poignet. Le rêve et les péniches. La côte de granit rose. Nos cœurs de granit rose. Assise derrière nous sur un strapontin, la confidence. Elle nous alliait, tenace et inaliénable ; nous avions seize ans, deux potaches à Perros-Guirec ; nous nous souriions sans inflexion, nous aimions ces moments où nous partagions nos hinterlands étroits, nous nous aimions, nous flambions en projets.

Désormais, nous aimons des remembrances. Ce n'est même pas complémentaire, c'est contradictoire, oui. De Perros à Trébeurden, la côte se dépliait ; d'ordinaire, ces endroits s'apprécient mieux en célibataire, mais desséché, asséché, orphelin éperdu de ma mélancolie, avouons que sa compagnie n'était pas vilaine. Lui qui se plaisait tant à penser, programmer, fignoler un hypothétique futur. Un futur de tisanes et d'humanisme.

Brest, mil neuf cent quatre-vingt-treize.

La mousse rousse des châtaigniers.

Le froid de l'hiver imaginaire à Bolazec, les routes pleines de boue.

A Brest, sur le parvis de la gare, il m'apparaît dans un coin de la foule, il a un long manteau d'hiver, les mêmes grosses lunettes, le menton galoché. Il est moins chevelu, plus moustachu. Les ans. J'avais de la tendresse pour cet homme ; de l'attachement à sa générosité, de l'admiration pour sa tricheuse impassibilité. A mon sens, il était beau et grand. Comme tous mes personnages admirés, je crois. Sauf l'église du Faou. Je vous raconterai ça une autre fois.

Je suis assez nostalgique de cette période.

Son aisance, ses manières et son côté bonimenteur en faisaient le Baron de cette époque. Aujourd'hui, ce n'est pas trop mal ; mais très différent, aussi.

On est allés au bar. Le bar est d'un beau rustique ; pas très net, mais tellement *busy*. Le mobilier date un peu, on dirait un caravansérail. Il y a des mosaïques vertes, des tables et des chaises de style colonial, des céramiques du début du siècle. Le populaire dit « … ». Deux poêles d'émail, la bonne ambiance, le bruyant des télés, conversations, verres… ne me laissent pas indifférent. On rencontre beaucoup de monde, plus ou moins louche. Ce n'est pas pour rien que ça s'appelle « Restaurant du Peuple ». La patronne a des tissus, les sols ont des tapis, les murs des tapisseries. Trois toiles naïves couvrent un mur ; un fleuve et des bateaux, un toucan arc-en-ciel, un incendie de fleurs. C'est très inspiré. Les plats, dans la courette. Les verres se boivent au comptoir impeccable. Dans l'absolu, ça a une apparence de fondouk, de troquet gargotteur. La rue de Siam est la troisième à gauche, en remontant la rue Macé. Dans le fond de la salle, on joue à tout. Il y a là l'acharnement des dominos, le flegme distancié des échecs, la soupe provinciale du tarot, la pipe bourrée de la belote, la classe rusée du poker, la chance crispée de la roulette.

On était au bar, ce samedi soir de décembre 1993. Et on a joué aux très vieux cons, qui ont élu l'aigreur comme fanion et fierté. On s'est souvenus. De toutes ces années tressées ; leurs fils illusoires. Je lui raconte que je suis devenu un romantique : je chéris l'*unrequited love*. Et il me parle de Bolazec. C'est, par nature, un monde de bourgeoisie, d'humiliations, de rustines.

Je me rappelle un concassé de conversation ; j'essayais de faire mon malin et tentai :

« MOI – Je me sens presque heureux aujourd'hui (j'avais un poste à Paris).

PAUL – Un peu moins de bonheur, si tu veux bien. »

Tout au long de ma vie, je rencontrais de ces personnes extraordinaires, qui auraient pu être dans l'or, qui étaient dans l'amertume. Je leur en avais voulu, ne leur en voulais plus : je sentais que j'allais finir pareil.

Alors, si tout foirait (je remarquais qu'il avait deux larges rides sur les joues, graves, morbides), seul comptait le temps d'avant. Le temps où les couleurs de la prochaine saison n'avaient pas d'importance, délicieux fers de lance, des années démodées… Démodées… Le temps où partager un repas, une partie de football, un rendez-vous amoureux, familial, festif, courir, marcher, lire, écouter, créer, jouer, éduquer, méditer, c'était aussi le sel de la vie. Et c'était bien. Ce serait, quoi qu'en disent les avalanches, toujours bien. Les voilà pourtant, blanches, qui descendent.

Un temps de fraternité : à Bouloire, à Bolazec, à Brest.

Un mot, une poignée de main, une bise, un regard.

Lui, par définition, était depuis toujours un heureux inguérissable ; et moi, depuis longtemps, un malheureux forcé. Secrets d'enfance ; fantômes bretons ; humour discret. Tout sauf une idéologie de la vie totale, tout sauf la vitesse, le bruit.

Nous figurons deux taches sombres, abandonnées, pluvieuses, grises, obscures, ventées, pentues. Et du vent, avec son torse haletant qui grignotait l'Arrée.

Vêtu d'un long manteau, il me regardait froidement, plus froidement encore il fixait les gens, il dévisageait les serveurs avec la glace au fond des yeux, et la rade, qu'on devinait seulement derrière la paroi, il lui lançait de très doux, très alanguis regards de désespoir. Son sang, encore jeune et froid. Son regard d'acier, capturant les regards. Et une voix posée, monocorde, qui fait le minimum. L'image d'un homme résigné, qui n'attend plus grand-chose de l'existence. Une ombre imperturbable, impassible.

Comme à l'époque de ses déceptions politiques, idéologiques, détérioré à hauteur d'elles, Paul avait ses phrases, ses phrases pour se consoler, pour que la pilule passe, un peu mieux.

« Il faut se remettre dans le bain. » « Mais… mais c'est sans appel. » « L'espoir, ça ne pèse pas lourd, dans l'ensemble. » Et de conclure, défenestré : « Les temps ont bien changé… »

Les intérieurs humains sont des paysages.

Son paysage intérieur se devinait dévasté, prés et champs, zones industrielles. Terrains vagues, déchetteries. Poubelles. Landes puantes et polluées. Marais salis. Il avait trouvé la Russie.

Ce bar, décidément, c'était un voyage au bout de l'enfer. L'épanouissement d'un sacré pathétique.

Puis nous avons pris le chemin des monts d'Arrée, calés dans la Citroën Topaze. Je suis donc retourné à Bolazec, un peu moins de onze ans plus tard, et j'ai lancé, dès après que je me suis démis de mon attaché (pas le même qu'à l'époque de mon premier séjour ici, une valise en fer-blanc défoncée, qui avait vu Villefranche, Tours, la Maurienne...), une œillade insistante vers le garage, pour vérifier de suite ce qui allait, ce qui n'allait pas. La Domaine, ce mignon break, quoique poussif, était là ; la 4 CV de luxe, ses pneus à flancs blancs, son antibrouillard, ses sièges fuselés, ne manquait pas ; la Grégoire-Hotchkiss, jadis révolutionnaire et hors de prix, obtenue d'occasion fin 70, levait un doigt provocant à l'appel ; comme les deux Panhard, la Dyna Z et sa fourrure métallique verte, et la 24, surbaissée, claire, moderne, malgré son moteur sous-dimensionné, et poussé, très poussé, comme on le faisait alors ; l'Aronde placide, sage, et l'Aronde de luxe, le coupé Rue-de-la-Paix griffé, aux suspensions moelleuses ; la Frégate Transfluide et la Colorale patraque, elles étaient toutes là. Sauf la Manoir, confidentielle déjà aujourd'hui oubliée, qu'on aurait dit volée, cambriolée, qui d'ailleurs laissait un vide, un manque, entre les étagères à tréteaux de bois, où l'on découvrait les tubes, les pots, les flacons, les vestiges, du côté droit, et à gauche, le voisinage de l'Aronde couleur ciel de printemps. La Renault Manoir 1960 s'en était allée. Pour de bon. Je n'interrogeais personne à son sujet : ce n'était pas à moi de puiser dans le temps, ce n'était pas le moment, ce 2 janvier 1994, pour escalader le passé à contre-courant. Mais la Manoir manquait, comme plusieurs autres menues choses. Le chat, qui manquait dans son panier, et je savais très bien de quoi il en retournait ; un plant de roses trémières, excommunié des allées. Lui non plus, je ne le chahutai pas dans son armoire à souvenirs, dans ses annales. Son attitude décontractée et facétieuse, ses trois mètres treize sous la toise, relais parfait des gravillons, pourtant. Que dire alors des aspidistras et des baies de la route, envolées ? Les fleurs bleues s'étaient racornies.

Après la Manoir, après les trémières et le chat, après les aspidistras, d'autres objets, suivant le cours des années, mil neuf cent quatre-vingt-dix d'abord, puis deux mil, s'éteindraient aussi, dans un ordre dont le sens nous échappe sans doute, avec une sidérante assiduité. Et, après les étagères, après la clôture, après le pin de l'arrière-pays niçois qui se craquellerait comme une brindille d'arbre cassante, après les accrochages, les incidents et les jointures des mains, après l'impuissance, après la distance, lui-même manquerait, et ce ne serait plus une surprise – la vie estourbit et le temps fait le reste. Devant, par la concorde, il n'y aurait plus de trémières, plus de rameaux, plus d'allée, rien qui n'éclaire d'autres émotions. Et le pas régulier, attentif, coupé de la vie et rangé, définitivement, dans le placard, se fendillerait, et tout le cottage, privé de soleil, sans pouvoir raviver mieux que des escarbilles, se dissoudrait avec ce pas, entrerait au mouroir des stigmates, des vestiges, celui-là même où le pas se dirigeait, qui descendait les escaliers vers la crypte, dans la continuité empesée, rébarbative, des grosses pierres, avec une minutie identique, soucieuse d'un rythme perpétuel, en direction d'un tombeau. Toute l'existence nous revenait au cœur.

Oui, les brandons s'amenuiseraient en braises; Bolazec toussotait, crachotait, peinait à redevenir ce qu'elle avait été; ballottée, et moulue de fatigue. J'ai quitté Paul : il me regardait en face, et dans ses yeux qui s'emplissaient de frissons, au moment de mon départ, on lisait une tendresse inquiète.

*

Bolazec, mil neuf cent quatre-vingt-trois.

Le premier soir, nous avons foncé vers les hauts qui hululent, les passions des rochers. Dans une camionnette 4L postière. Un ami du pays nous avait emmenés dans les montagnes noires. Les Montagnes Noires, leur géographie lunaire, l'architecture de granit et basalte, les inaccessibles villages empanachés sous les clochers, dans le brouillard qui ajoute à la pluie. Nous avions roulé toute la journée, à Huelgoat, à Carhaix, à Châteauneuf-du-Faou, à Scaër, à Guéméné, et même jusqu'à Pontivy, au son de la jeune et turbulente radio locale – parce qu'il avait couru après des commissions ma foi assez intrigantes dans ce coin de Bretagne, ce trou breton, le centre bosselé, désertifié depuis les années 1950, 1960, assez fièrement solitaire, et dangereux au demeurant; puis la soirée déboula, les mains dans les poches, attirante, désinvolte. Il y avait, autour, une nue toute sombre et profonde, des squelettes d'arbres et aucun point lumineux à plusieurs kilomètres ; de mortes broussailles jonchaient le sol. La chape avait éteint les feux des marques humaines, des croix où les cailloux d'espoir s'empilaient, des chapelles qui débordaient de fleurs ; on ne croisait plus rien du regard, la nuit s'assombrit encore un peu. De jour, on découvre, depuis les landes des montagnes noires, la ligne parme des premiers mouvements de la mer. De loin, elle a cette nuance rose d'Inde, très agréable à l'œil, récréative pour la rétine ; d'ici, la mer coulisse, s'étiole et se retire, et la distance, par-delà collines, vallées et abers, lui offre le charme fou, le charme, la couleur feuille de pommier aux rivages, les tons ponceau au loin du loin du littoral, de la tempérance, de la modération.

Nous traversions la Bretagne intérieure, la glaciale, la désolée, celle que hantent des couleurs de cyclamen brûlés, celle qui, frileuse, venteuse, tempétueuse, toute de délires et d'incertitudes, voit le temps la saborder un peu encore, celle qui se souvient d'années passées, de paix d'humus et de chênes hauts, de sommets plus glorieux, de cités plus illustres, celle qui regrette des dieux plus immortels, des campagnes plus riantes, des jours moins ténébreux.

Le sommet de Toul Laeron. Vingt-trois heures passées, les jambes en compote, dépliées après dix heures de conserve dans la fourgonnette (nous nous en étions bien extirpés à Pontivy, mais on avait juste tourné sur la place, monté une rue, acheté des cigarettes et de quoi engloutir un déjeuner, on avait jeté un œil dans l'église et on en avait eu fini, sinon nous attendions, coincés dans l'habitacle, devant des maisons à soupçons, dans les petites banlieues de petites villes, que notre conducteur en termine, nous auscultant les dehors, les broutilles du décor autour – parce que les débuts de conversations, bâtards, faisaient chou blanc les uns après les autres, et le silence, cyclique, se mettait vraiment à filocher – lui pas fier les orteils au-dessus de la panade, anxieux qu'il était, genoux choquoteurs et souffle retenu, avant de procéder à ses livraisons, un paquet dans les mains – ce qui ne l'empêchait pas de croiser les doigts). Nos jambes, donc, à ramasser à la cuiller, les dos en vrac, les bustes en capilotade. Le sommet de Toul Laeron, à vingt-trois heures et des brouettes.

Nous sommes sortis de la carlingue. Et nous l'avons précédé, qui se dirigeait, s'orientait à vingt-trois heures comme il l'aurait fait à midi précis. Par contre, nous n'avions pas accès à sa discussion – dès qu'on l'abordait, il se rabrouait, et, timidité, indigence ou contrecoup de la fatigue, se barricadait, nous laissant bien bêtes, à chipoter, jacasser, picorer, peser, tanguer, enfoncer… à deux seulement.

Le deuxième soir, nous avons découvert les enthousiasmes des corps de la Bretagne, les maisons de tolérance du Nord-Est Finistère (Lanmeur), qui ressemblaient à des bocaux de chimie, des laboratoires d'études pratiques et appliquées – et nous en gardons un souvenir ému.

Le troisième soir…

*

Souvent ensuite, chaque jour, Paul m'emmenait sur la lande. La grande lande, velue, de Bolazec.

Je dévisageais la lande devant moi ; on aurait dit du seitan à la sauce miso, du miel caramélisé. Tout était orange, vermillon, châtain roux – et des scintillements, plus dilués, aux coins de la peinture.

Devant moi, l'aigre des rivières à saumons, le froufrou des fleurs jaunes, le coulant d'une colline, le renfermé profond des pierres.

Devant moi, plus bas que ça, le noir des dolmens, le gris des tumulus, le vert tendre des monticules…

Les landes où la bruyère faisait des parcellaires rosés.

Des chemins.

Herbeux ?

Le ciel était bleu baleine ; la terre, un oileau, croyait nager, vaine et folle vogue, aux grands airs suspendus. Elle qui n'était, au vrai, qu'un petit moignon de paysage.

Dans leur cuirasse d'aube, les étoiles sifflotaient : « le soleil a rendez-vous… » L'Arrée, impensable. Elle avait été des montagnes neigeuses, elle aurait aimé mesurer encore trois mille mètres ; l'aurait-elle voulu qu'elle n'aurait pas pu.

Le paysage était en grand romantisme ; au fond, un flot d'arbres soutenait des voilettes christiques, qui rappelaient la mort. Il s'allongeait, et on s'apitoyait parce qu'il était tout piqueté, riveté d'herbes mauvaises, de marâtres à tiges, qu'il portait avec une beauté spéciale. Le ciel passa au gris ; les pluies qui en jaillissaient. L'étendue verte des landes dégorgeait les sémaphores, comme l'aurait fait, par exemple, un sirocco glacé. Les gros rochers lourds, comme des sacs jetés au coin de l'existence. Bien malin qui pourra les chercher.

Devant la lande, je pense aux vies, et derrière, j'imagine qu'une fois, ici, un moment d'une vie humaine peut-être; existence ici, mort là; un jour il y eut de grandes montagnes.

La première image de la nostalgie, immanquablement, est celle de collines rousses, au soleil finissant, leur vieux sourire allusif, jauni, c'est celle de mes yeux qui les parcourent avec lenteur, qui s'affaissent et s'envolent, au fil d'arbres morts et d'herbe sèche. C'est mon regard fluide et malheureux qui décèle, au-delà, des formes disparues ou lointaines, crée un univers décédé ou inaccessible, fuit en compagnie de collines parcourues les yeux grands ouverts, le sourire crispé, plein d'ancien bonheur, et se perd dans un dédale de croupes. Puis, se démultipliant, les collines développent d'autres recoins de la nostalgie, qui, se dépoussiérant, créent autour d'elles un cadre où des yeux plissés composent d'anciens accès aux infinis… des montagnes. De hautes carrures d'athlètes, mais un peu délavées et gommées, plus éloignées dans la mémoire, en voie d'effacement. Au pied des collines et des formes évanescentes des sommets bleu clair, évasifs comme des apparitions et immenses comme des univers décalés, au pied des successions du relief, évocations qui, en une seconde, nous transportent à deux mille kilomètres, vers le sud, le nord, ou très loin vers l'ouest.

On a parlé, on s'est rappelé, remémoré les choses, les événements, les importances. Mon baptême écarquillé, dans une église fortifiée, au début du mois de mai. Ma communion, courant octobre, dans une lessive de feuilles d'automne.

On entretenait, sous les serres, comme de jeunes tiges, un certain romantisme de la mort. Cela consistait tout bonnement à ne pas croire en des jours meilleurs, dénicher dans le cours aléatoire de notre existence un paradis perdu, un éden qu'on camoufle, et s'y accrocher comme des moules à leurs rochers. Toute une époque ! comme avait dit l'autre un jour, toute une époque ! Les édens qu'on camoufle. Un romantisme de la mort. La belle époque, on avait dit ça il y a longtemps, comme qui rigole. Agrafés comme des yeux rubiconds sous un regard sournois de grand percolateur, des glabrismes, des grains, des mouchettes, que le vent balaie. S'accumulant au reste, les verres de ses lunettes à contours d'écaille étaient roussis. L'avant-nuit violacée, olive, comme dans le passage d'octobre à novembre.

Un jour, depuis les forêts, les bois qui dominent la lande, il me parla de ses désaltérations politiques, et de sa capitulation face à qui, face à un maroquin, un cuistre, une dandinette, un colmaté, un veuf, un ottoman, une canaille ; un habitué des coups montés. Parlant de son arrivée dans ce paysage, Paul arrimait : « Une tuile… Une tuile, une tuile. Un coup du sort (moues, hésitation)…hmmm… cruellll. » Paul, dans la lande, son bâton de maréchal.

Il avait l'expérience, la confiance, le charisme, la légitimité. Le plus intrigant, le plus acharné, aussi, peut-être, chez lui, était son apprentissage du monde, qui avait consisté en vingt ans d'épicerie sur la rade de Brest, d'où il avait appris à connaître la ville, pour mieux fourbir ses armes. Désordonné, sans forfanterie, d'abord ignoré, il avait le buste droit comme l'Espagnol, des tendances crapoteuses, et l'estime des cercles.

Paul était immanquablement un homme d'un autre temps. Il fallait d'abord qu'il ne parlât pas d'ordinaire ordinairement, mais dans la langue un peu chiadée dont je vous touchais mot tout à l'heure. Il ne disait pas lettre mais monogramme, pas bus mais autobus ; et les mêmes mots désuets, obsolètes pimentaient sa conversation qui, quoique noble, semblait à l'évidence dégarnie, presque chauve, et très attaquée par le temps.

Paysage confus, brouillon que la lande de Bolazec. Air vicié, plaintes sourdes, maisons en enfer. Bougainvillées, sous leurs luxuriantes corolles, hortensias, rhododendrons, topinambours. Intrépides églantines. Le lieu idéal, vous en conviendrez, pour rêver aux malheurs des autres.

Au-delà débutait l'avant-bras, et sans doute une autre physionomie terrestre et inconnue ; j'avais peur, j'avais peur de moi. Les nuages à la sieste ; le soleil à la diète, aux pins secs et à l'eau. Il me raconta des histoires sur lui, une notamment qui me marqua beaucoup. Paul était d'une hétérosexualité sans vergogne, sans verte guigne, ni repos ; droite, roide, stoïque, aimable. Rossé pensant.

« Tu sombreras dans la décadence et l'homosexualité », lui avait prédit son dernier ami de collège.

« Et la débauche, il avait ajouté, et la débauche ! »

Il faut se méfier des diseurs de futur. Moi…

Je me souviens que sa voix normalement statuaire devenait vague quand il disait « la vie »… Mais enfin je sais aussi qu'à ses côtés, je ne serai jamais qu'un petit garçon. Parfois, il racontait ; parfois, je me disais que peut-être son fond était un grand mépris. « Vous empestez le monde… », il m'avait assené. Je dois dire malgré tout que, bien qu'étant un monstre, il était apprécié de tous, et de toutes ; de lui, notamment.

Dimanche, l'histoire s'arrête. Le temps.

Un soir, dimanche soir, dernier soir, Paul s'assied dans un fauteuil très fatigué, il nous dit : « Je vais vous redire une histoire. » Et il s'est tu toute la soirée.

Il lui arrivait de parler de Brest où il avait été, vingt ans avant. Mais Brest, ici, n'était pas de ce monde. Ce n'était pas la Bretagne qui se développait autour de nous, je ne pouvais pas croire que Brest et sa rade se trouvaient à si peu. Au croisement que fleurissaient les rhododendrons par touffes et les boutons d'or par poignées, un panneau kilométrique intrigant plaçait Brest : 92. Quatre-vingt-douze : la longueur du mot, sa grandeur, ses attraits d'univers décimaux et de centaines obscures me plaisaient : comme Brest est loin.

Comme Brest était proche. Retrouver le pont m'avait déchiré tout entier, revoir la rade inchangée et de nouveaux cargos encore plus tristes que les autres m'avait brisé, le bonjour de l'Amiral avait achevé mon cerveau en peine – un coup de grâce offensif et pleutre. Notre retour sur Brest ne fut qu'ennui pinçant. Le treillis du temps. Et puis le moulinet des jours a rebattu de sa coulpe les paysages. Les paysages…

Mais la lumière a chu, car tout choit ; Brest est revenu, a cousu son fil de malaise, son collier d'inconfort, la rade et l'Amiral tricotaient leurs mailles de sottises et de consternations, et nous nous essoufflions, laids, sur des vagues qui ne nous portaient plus. Juillet, août, les ciels bas. Les temps étaient lourds, à Brest. Alors que le froid avait englouti la ville, c'était tout nous qui grelottait, ces derniers temps. Chez l'Amiral, on ne parle pas de crise : on patauge, c'est tout.

Tous ces entretiens…
Tout ce vent…
Toute cette eau…

Toutes ces nuits. De vraies nuits profondes, noires, tièdes, toutes ennuyeuses, toutes vécues dans notre cagibi, dans le placard à balais de Monsieur l'Amiral. Depuis le premier mois de mai qui suivit notre arrivée, dix mois après le débarquement donc, jusqu'au mois de février qui précéda notre départ, nos journées, toujours, se répétaient, nous nous adonnions jour après jour à des rituels identiques : les tâches sans importance reléguées à l'état de dépôt (qu'on considère que mon travail était sordide, mes études ratées, mes « occupations » inexistantes), en rang par deux (nous étions deux), nous marchions, nous arrêtions, marchions, nous asseyions, avec rigueur, sans fantaisie, pour perpétrer l'immobilisme… serein ? qu'il fallait donner à nos… vies ?

Les lieux traversés : en général, nous nous retrouvions devant l'hôtel, celui qui n'héberge qu'une personne et que ravagent d'agressifs cocards tricolores. Libération, Siam, pause dans une brasserie – repas souvent identiques, que nous payions peu cher, des saucisses, des pommes de terre, des escalopes, et d'étonnants plats du jour, avec d'inévitables cafés, fournis en noirceur et en amertume. Nous descendions de la rue de Siam jusqu'au port, longions la rade, revenions sur nos pas quand dix-huit heures guettaient, buvions encore un ou deux cafés, poussions en général un peu vers Lamellicorne, ouvrions les portes de Cerdan quand s'y tenaient des rencontres sportives, ou celles de bars, de cabarets, de salles qui ont toutes disparu, ce qui est tant mieux : « L'Etron vert », « La Geôle », « Le Guetteur de nuit », « Le Bilboquet ». A vingt-trois heures, l'Amiral nous saluait de nouveau. Alors, pendant une heure ou deux, autour de minuit, comme les humains avaient glissé au lit, nous redevenions nous-mêmes. Oh, toute la journée nous maintenions la barre de même ; souquer ferme, montrer gros cerveau, belle émotion, rien que nous ne sachions faire.

Seuls, plus élevés, plus sordides, plus didactiques, nos conversations, nos rapports, nos pointes d'humour pleines de cirage et de sarcasmes, nous sauvaient de la platitude du grand fouillis brestois : plus spirituels, plus significatifs, certes moins abusés mais bien plus amusés, nous évoluions dans un perpétuel sentiment de supériorité – un an du moins ; un an de supériorité, un an de désespoir, un an de rêveries nostalgiques et impuissantes, de neurasthénie : une suite logique de choses, qui aurait, d'après les meilleurs conseils, abouti, au terme d'un cycle normal, après deux nouvelles années à Brest, à la disparition.

Monsieur l'Amiral : nous avons, pendant deux années, ouvert, toutes les nuits, la seule fenêtre que l'architecte avait apposée à notre boîte à chaussures afin qu'elle respire (ât ?) ; c'était coutume, la rareté des nuits pluvieuses compensant d'horribles journées d'eau – fit-il beau une fois avant notre départ, dans ce Brest des années… ?

Et l'avant-nuit, cent vingt minutes magnifiques et terribles, enfin soudées à notre patte. Nos compagnies, quoique discrètes, nous suffisaient : un Amiral, des murs et un mobilier qui ressemblait à celui, à l'époque, de François Mitterrand rue de Bièvre (nous n'avons en outre jamais cessé d'entretenir une ambition politique, et davantage président que secrétaire), des arbres et des autos dans le sommeil, des livres, et ceux qu'on écrivait. Mon talent d'écriture, ma mère elle-même l'infirma, n'était pas nul. « Mais tu fonctionnes par petites touches, sans élan » – la honte plantait ses griffes, me saignait à l'os ; je relisais les pages de mon père, leur élan recherché que ma mère ne découvrait plus nulle part. Mon talent s'exerçait surtout dans la poésie ; et le décor de Brest vivifiait une envie de versets. A Tours, au contraire, mon penchant allait aux sonnets, si roides, que j'ai toujours vaguement réprouvés.

Notre voyage était totalement imaginaire, certes. Mais nous voyagions quand même. *Quand même* nous voilà aux sommets encycliques.

*

A l'automne de 1984, les feuillages tournèrent au rouge ; Brest tristouna au poil ; l'air libre se carapata. L'hiver, puis le printemps, s'épanchèrent très lugubres. L'été enfin sortit des eaux. Mais à Brest, dans cette ville où il n'y a pas d'étés, pas de saisons, à peine du temps, nous sentions que rien n'était plus possible.

Un jour, on m'avait dit :

— La coupe est pleine.

— Pleine de quoi ? j'avais demandé.

Nous traînions dans les vieilles librairies brestoises, mais nous ne savions pas comment être d'un pays ; en être ses vasières, ses monuments, des lieux sur le tard. Je me souviens les liaisons de bus qui ressemblaient à des rêves de ciels, Guingamp-Brest, Quimper-Brest, Brest-Cancale, Châteaulin-Brest.

L'hiver aussi existait à peine, un hiver à dosette, les boulevards d'arbres aux feuilles caduques. Car dans les boulevards le ciel était loin ; pleurant du haut des arbres, de petites feuilles pendaient, se suivaient ; ourlées, légères et rondes, comme des sphères sur un boulier, comme des perles au fil d'un collier – bien des songes en plus, et combien de soleils !

*

Les journées galopaient comme les lévriers des courses, et une vitesse phosphorescente les poursuivait, furtives. Sur la longueur de trois ans, certains vendredis reçurent une variante, une pichenette dévia la courbe qui, déjà, plongeait dans le vide. Les vendredis mouillés, je ne faisais rien, les cours s'arrêtant à midi ; je restais à la maison et écoutais, emmitouflé comme on pouvait l'être là-bas, des airs, adossé aux grands murs nus, parfois enroulé d'une couverture parce qu'il faisait vraiment trop froid dans le pot de chambre, et comme les notes tombaient dans la pluie brestoise l'Amiral pleurait avec moi. Des pleurs mouillaient ses yeux noirs sans prunelle, il lançait des signaux détrempés dans ma direction, ne pouvait s'essuyer d'un mouchoir, s'emplissait d'eau qui créait des flaques, et ses creux débordaient comme des lavabos qu'on avait oublié de fermer.

Donc, quand il arrivait qu'il ne plût pas, je me rendais à ce qui s'appelait « la Pagode », qu'on appela plus tard « la Petite Pagode », et qu'enfin on appela, comme je l'ai appris à ma dernière visite (qui a duré à peine deux jours car l'angoisse que j'endurais à deux, et que quelqu'un me rendait tenable, je devais l'affronter seul, elle était noire, ramifiée, tentaculaire, comme une angoisse) plus du tout, parce que la pagode avait versé une nuit, emportée dans sa chute, et qu'on la voyait maintenant par transparence, à vingt mètres, au fond des eaux du fleuve comme au fond d'un bocal. J'y allais seul en trouvant des excuses, grimpais la rue en pente par-dessus Recouvrance, où se trouvaient l'ancienne douane, l'ancienne prison, d'anciens crânes et d'anciens hommes des tavernes, des formidables dorés au bout des doigts. Je montais par-dessus l'ancien fort aux vues inquiétantes (les donjons dégraissés, de cendre sèche), passais le quartier de prostituées qui se trouvait sous les érables du cours de la Mer, en contre-haut de la terrasse, si bien qu'on pouvait voir depuis l'avenue leur figure, depuis la place leur arrière, ce qui donnait lieu à des scènes caduques, à mes soupirs. A Brest, cette époque-là, il y avait beaucoup de filles, rue Jaunissart, rue Elbeuf, derrière le Chevet de la colline, sur le Regard du Port ; il y avait à Brest des tas de filles, des tas d'épiceries, des tas de statues, des tas de cimetières, et tout le monde, les filles, les épiciers, le capitaine, l'osseuse dépouille, regardaient, tout le jour, passer les bateaux d'un air penché.

Je glissais le long du demi-sentier qui descend entre, à droite, la douellière des Cascades, à gauche, les ruines de l'ancien château Perrier-Nauzic. Je marchais sans effort et qui m'aurait vu se serait dit que j'étais un garçon paisible, sans tache, mais enfin nous avons appris à quel point les gens sont simples, à nous méfier de leurs jugements hâtifs. Au bout du demi-sentier, dans un croc, on saluait une petite plage dorée, ombrée, qui étonnait au milieu des débuts de landes, des ruines avachies ; son sable lourd, brun, bruissait sous le pas comme des maracas agités ; je jouais donc, sans le vouloir, des maracas dorés. Parfois, au sol, un coquillage attirait mon regard, ou dans l'eau, car la nacre rendait un éclat si lumineux, si fluorescent qu'on devinait parmi le cours du fleuve ces petits monuments dédorés. Il n'y avait pas de bruit, le vent pour une fois n'affichait pas sa peine, pas de mouvement non plus, pas d'odeur, on pouvait marcher au milieu du tableau en évitant d'y, poussière, disparaître tout à fait, une toile pointilliste granulée, rêveuse, native, un tableau de Cross ou Seurat. On pouvait, légitimement, se demander si le temps s'écoulait encore, si la Terre tournait ; mais il y avait longtemps que je ne portais de montre, foulant la Terre je ne pouvais l'observer, et de toute manière je n'aurais jamais eu l'occasion de la regarder, comme j'aurais aimé, dans le fond des yeux. A ce point je me demande si je ne me trompe pas, si ce n'est pas ailleurs que j'ai longé comme cela la plage, pour me rendre à la deuxième jetée… (la troisième…)… Ailleurs avec dix-huit quintaux de désir qui brûlaient dans la nuit (et vous n'en saurez rien)… Mais ne compliquons pas les années, emmêlées, tortueuses, leur jungle – accostons la rade. C'était Brest. J'entrais à « la Pagode », le visage en prière.

L'entrée était insolite, sous les vols des freux, solaire : au bout d'un couloir de roses pourries dont le plafond était un courlis de sapins (les pommes de pin en moulures), on accostait un portail noir que formaient deux poutres gravées au niveau du regard, les glaives avaient marqué des dessins incompréhensibles, sur lesquels s'empilaient des graffitis au feutre. L'allée centrale : courte et longue, sa hauteur, son aspect d'avenue, son noir antique laissaient dans les yeux des marques hallucinées, parce que les tons sombres les obligeaient à inventer eux-mêmes les couleurs, qui créaient des arcs-en-ciel en perroquets vagues, des kaléidoscopes naïfs, une armée tapageuse de toucans mélancoliques. Sur la place principale, empierrée d'un banc d'ermite, d'une fontaine d'églogue, l'imperfection régnait ; et vers les nuages, qui s'abîmaient sur les épines des roses. La fontaine était une baignoire de sorcière, et les stèles ébréchées, et les tuteurs penchaient, et les oiseaux estropiés à se colleter les buissons : ils couraient de travers avec de petits bonds, sautant des haies. Se dégageait çà et là quelque chose de féminin, c'est-à-dire de sensuel, de fumeux et de putassier que je n'aimais pas rencontrer dans la vie, moins encore en le tunnel poussiéreux de mes rêves.

La rue des Saules… l'avenue Robespierre… l'allée centrale aboutissait dans les champs. Posés sur la longueur de ces rues, un ensemble illogique de dalles, de poteaux numérotés, de tombes ; un poucet plus aisé que l'autre avait égrené des coffres, des pièces de monnaie, des cupules ; de vieilles pendules à l'arrêt se cachaient dans les arbres, une quinzaine de statuettes, dans des nichoirs. Sous le sapin, une cloche à fromage ou un de ces globes qui, agités, se remplissent de neige, abritait une statuette de saint, couverte d'une pourriture blanche que j'avais souvent vue déjà, sur les barques de Sacierges ou des pages à Paris, sur des fruits italiens et des feuilles danoises, tant il est vrai que la pourriture est la même à tous les endroits de la Terre, qu'elle emporte toujours le morceau. Dans le ciel, le ramage des tourterelles musardait, pointillait le grand jour éclaté.

Dans les clairières de lutin étaient semés objets étranges, inscriptions qui n'avaient de sens que rêvé. Que voulait dire « SAC LAM LAM IIV » ? Rien ; et ces chiffres, ces signes créaient une tension supérieure, relayés ici par un autel en vrac, là par un bassin en béton qui ne crachait plus d'eau, dont la présence à cet endroit, entre le magasin de dentelles et les bouleaux, me hantait faiblement. J'avais l'intelligence plumeuse des songes éternels, d'amour, de mer, de magie, que rejoignaient les cabossés, les hayons de voitures, les cargos comme des requins, l'Amiral à soupçons. Sur la rive du mini-Styx une statue se promenait, superbe, mais je ne vais pas faire comme si ça avait de la valeur.

Cul-de-sac Lavallière-Fontainebleau, la roche imitait une pile d'assiettes. Une église d'arbres alignait des caroles, et les consolettes des chênes, décorées comme des bords de miroirs, accueillaient les coquets ; les vrais miroirs se trouvaient ailleurs, dans les bouts d'eau livide où je n'osais plus regarder mon reflet depuis que mes yeux avaient changé de couleur. Ils étaient désormais de la couleur de la montre que j'avais reçue à mes douze ans (bleu ciel souillé). S'annonçait le damier de Mercure, une plaque de béton de cinq mètres sur cinq où on avait peint un jeu de dames, il y a bien longtemps : les couleurs fuyaient, le jeu était grêlé, des feuilles se décomposaient comme du tabac grené. Un ange auquel il manquait les jambes et dont la bouche était arrachée, par un trop vigoureux baiser, surveillait le jeu abandonné, tout pourpre de mélancolie et d'un air de dire « tant pis ». Car on avait joué, bataillé ici autrefois, et la duchesse Mélampyge y avait battu, au terme d'une lutte formidable, après quatre heures quinze de combat et sous l'attention d'un peuple bruyant, le comte Pousse-Pied, renversant la situation, un beau mardi de mai dans un air de fête.

Il y avait cette femme en pierre rouge que je savais avoir déjà croisée, au fond d'un autre bois ou d'un autre songe, mais les bois, leurs lumières, sont d'une espèce mystérieuse comme les songes, d'une essence même. De vieux princes allongés sur les feuilles mortes buvaient, sans me voir, des formidables dorés au bout des doigts. Ils riaient d'une vieille nymphe manchote, ridée, retirée de la profession, qui buvait, quel ridicule, dans un macaron d'ivoire trop beau pour elle. On se sentait posé sur la surface d'un atlas, d'une carte jaune et déchirée, ornée d'une boussole en couleur, calligraphiée en lettres penchées, où sont marqués les courants, les villes de foire, les monastères. Et des carrosseries d'autos démontées apparaissaient par surprise ; une 202 noire, une Darl'mat aux airs de joujou, une Talbot non identifiable, une berline Anjou qui avait été bleue, le cabriolet Côté-des-Bruyères. Tout cela dans des couleurs semi-teintées, en chrome et poudroiements. Elles provenaient d'un espace différent de ma vie, un espace de vallées dépassé depuis trop de temps : depuis dix ans j'avais vu le jaune, l'orange, j'avais vu le bleu, j'avais vu le noir et le gris ; pourtant, entre 1974 et 1982, ma vie ignora le beige, le violet, le bleu-vert ; entre 74 et 82, ma vie ignora la teinte bordeaux.

Les plus beaux moments, je les passais loin de l'idée des choses, à glorioler, un peu avant les vagues, dans les faubourgs de l'esprit. Un jour que je revenais de là, allongé sur la plage où une barque était posée (quel nocher ? quel Atlantique ? – on entendait la mer où, cinq siècles plus tôt, un palangrier avait sombré dans les cris), je sentis, plus bas que moi, quelque chose d'inexorable et de lointain qui se déboîtait et montait vers ma tête. Un bruit de profondeurs, une fonderie disparue remontaient à la surface, dans un élan. Une branche tomba d'un arbre, une seconde, qui flottèrent sur l'eau comme des pirogues ; des fleurs aussi tombèrent, coupées par un ciseau transparent, car c'était leur heure. Il fallut que, le lendemain, j'apprisse qu'il s'était agi de ce qu'on appelait encore un tremblement de terre, ce que la une du *Télégramme* corroborait : un tremblement très faible mais extraordinaire, Brest n'en connaissait pour ainsi dire jamais. Je ne perdais pas mon temps ici. Ce que le journal ne disait pas, et qui me fit passer une dizaine de nuits de crispation et de tangage, c'est que suivant la secousse j'avais écouté, venant cette fois des buissons, d'autres bruits, et j'avais cru à un petit séisme d'arbuste avant d'apercevoir, qui sortait des branches basses un chien, jaune fallait-il préciser, plus gros encore qu'à l'époque, au même regard atone, igname, dans lequel j'aurais aimé trouver des regrets mais où je ne lisais qu'une férocité identique, qui m'inspirait une peur agrandie. Son poil lichéneux, sa tenue placide et la pensée du temps qui s'était écoulé me faisaient me demander si ce chien jaune portait une fibre éternelle, mais la rencontre ne se prolongea pas, il se tourna et s'écrasa sous une ronceraie, me laissant me relever, courir vers l'Amiral, ne jamais revoir la Pagode debout.

*

Un 14 juillet, nous voyions les feux d'artifice depuis les hauteurs de Brest. Nous avions, avec de la chance, rencontré des gens l'après-midi au café, étions montés en voiture sur les rochers qui font face à la rade. Le ciel de bronze avait fait place à la nuit souveraine, enluminée d'étoiles. La vue sur le port, attirante. Les bateaux, les ponts, les quais étaient piquetés de points lumineux, et le ciel troué des tubes blancs, gris ou jaunes des bateaux. On entendait, venant de la ville, des grondements, des sirènes, des chocs, et, venu des landes, un vent nocturne. Des oiseaux noirs, blancs, gris passaient sur le ciel en silence, mais seule la connaissance nous avertissait qu'ils étaient des oiseaux : on ne reconnaissait pas leurs formes mais d'autres, insolites, représentant comme dans un dessin japonais une feuille, un parapluie envolé, un tout petit nuage.

Nous nous étions assis sur la lande, dans un champ de coquelicots, près d'une petite plage de galets où débouchait une vaseuse. Et sous l'effet des bouteilles que trahissaient des tintements durs, nous avions parlé longtemps, nos têtes invisibles, nos voix rajeunies de dix ans. Enfin, nous nous étions endormis confusément, là éparpillés comme du linge sale, comme lui ici roulé ensemble. Je me souviens, le feu éteint, un tiers noir un tiers gris un tiers indéfinissable, avoir dit ceci : « J'aime bien les feux d'artifices. » « Et ta sœur ! », on m'avait rétorqué. Puis il y avait eu des bruits coupants de bouteilles cassées. Et ma sœur, en effet… Cet été-là, je l'avais complètement oubliée, ma bonne vieille sœur aux yeux d'eau de canal. Ma sœur (quand je disais « ma sœur », je ne pensais qu'à l'une de mes quatre sœurs, Jeanelle, qui avait deux ans de plus que moi (d'ailleurs, quand je disais « mon frère », je ne pensais qu'à Stéphane, pas aux cinq autres)) croupissait sans doute dans une ville anglaise de moyen calibre, nageant dans une vie blanche où seules perçaient les taches bleues, roses, jaunes, rouges des fleurs, qui formaient des massifs sur lesquels elle posait son regard, par ennui, par affliction.

Elle n'avait, comme moi, pas soutenu l'effondrement des plafonds qui remontait maintenant à huit ans ; elle avait fouillé un temps les débris, tenté d'y retrouver des traces, des empreintes – rien, les lieux étaient inhabités, les coffres fracassés, les journées neutres. Son souhait, elle ne s'en cachait pas, était de devenir présidente de la République ; elle disait ça sur un ton simple, « présidente de la République », et elle y avait cru à dix-sept ans, comme elle réussissait des études triomphales, dans un grand lycée parisien. Puis elle s'était mis en tête d'aller étudier les sciences politiques au Royaume-Uni : elle y était toujours, en Angleterre, désaimée (car elle n'était pas belle, avec son duvet d'homme et sa libido de cocher), sans argent, et trop paresseuse pour pousser ses études de sciences politiques plus loin. Je la croyais bonne pour la broderie et les songes déçus. C'est pourtant cet été-là que sa vie se décanta, comme elle me l'apprit lors de la dernière conversation que nous eûmes, dans l'automne, cinq heures trente au téléphone, elle suffocante de joie à la vitre de son bow-window, moi un peu hébété sous la pluie de Brest, dans un immeuble jaune, déconfit et giflé, veillant sur l'Amiral qui m'écoutait en coin. Elle me raconta comment, assistant à un *meeting* de Margaret Thatcher dans la petite ville de Bath (les élections approchaient), elle était tombée amoureuse et comme une militante, montée à la tribune, le discours terminé, avait improvisé une harangue conservatrice pleine de fougue et s'était fait accueillir par les applaudissements en papillote de deux mille cinq cents personnes. Un conseiller quelconque l'avait attrapée, tout enthousiaste, et l'avait convaincue de venir aussitôt à Londres, où il allait lui offrir un poste gratifiant dans les tréfonds d'un cabinet. « Tu penses bien que j'ai accepté ! », elle me hurla ça trois fois ; elle gagnerait Londres début novembre, elle allait se faire naturaliser, elle voyait des dossiers fabuleux, des ronds-de-cuir sublimes se lever dignement devant son regard arrêté. Je lui avais dit que je ne la comprenais pas, pour lui cacher, hélas, que je ne la comprenais que trop : sa bêtise, sa méchanceté. Je ne vis plus jamais aucun lieu avec elle, ni rencontre, ni lettre, ni coup de fil ; mais je fus bien étonné de voir son nom inscrit, quelques années plus tard, comme je lisais une publication politique, sur la liste des députés conservateurs anglais. Entre...... et...., se tenait le nom anonyme de *Jeanelle Muirbay*. Elle ne serait pas devenue présidente ; alors à quoi bon ? Et ce Mr Muirbay, qu'est-ce qui maintenant m'importait d'en savoir ? Frappé mais touché par l'inutilité de l'action entreprise *(député)*, conforté dans ma paresse et mon rôle de spectateur, je regrettais que ma sœur ne fût pas devenue rien, comme moi, et qu'elle ne m'eût pas invité courtoisement, tristement, dans un cottage anonyme, à l'été 88, au printemps 91. Il est malheureux de dire qu'elle se fit connaître peu après dans la déplorable affaire de ******. J'appris sa mort (prétendument accidentelle, mais non élucidée) qui survint très peu après, en 1998, en feuilletant le *Courrier international*, qui lui avait dédié les six lignes d'un encart minuscule. « Tiens, ma sœur est morte. » Je ne m'étais rien dit de plus.

*

Entièrement défaits, loin des feux et des étoiles, démobilisés, anéantis, nous quittions Brest, enfin. Nous ne savions pas que nous laissions derrière nous les veilleuses allumées de nos meilleures années.

Encrottés comme nous l'étions, nous avions peiné à nous secouer, à actionner les poulies rougies et rouillées qui nous avaient rendus ici : devant l'arrêt de bus, pas loin du taxi ; à peu près à l'opposé de la rade, devant de grands panneaux de béton grisâtre.

Cette journée-là, je n'éprouvais plus aucun sentiment. Mes gestes s'étaient transformés en fatigues migraineuses, un torticolis persistant et rongeur durait, des points m'étaient apparus un peu partout, mes articulations, d'ici quinze ou vingt minutes, s'effriteraient en débris. Je n'éprouvais, en plus de ça, et cela vous étonnera sans doute, plus aucun sentiment – mais ce n'est pas pour ça que je suis un monstre – car j'étais incapable de me situer dans l'espace, de m'orienter, une impression m'affleurait : celle d'un camion large et peu agile qui doit commander bien à l'avance le moindre de ses mouvements, qui souffre dans les virages et les courbes, qui peine à se diriger. Un gros tank, voilà ce que j'étais lorsque nous avons vu Brest pour la dernière fois. Un gros tank et tous ses efforts malheureux, maladroits. Des démarrages, des tangages, des bastingages, dans des bruits de mines, de forges, tubuleux.

Plus rien. C'est légitime : abattement des départs. Même pas. Ni une sensation ni un sentiment, mais un envahisseur, un barbare qui avait pris mon corps d'assaut, ou alors un anesthésiste de qualité – d'habitude, les anesthésistes font mal et ne soulagent rien du tout. Le trajet depuis la place de l'Amiral, qui avait – enfin ! – acquis dans mon cœur des courroux et des certitudes éternels, des tracas dont, ça y était, on ne devinait plus le bout – juillet d'il y a trois ans, rendez-vous compte ! – elle pouvait s'appeler, sans que j'y trouvasse quoi que ce soit à redire, place du Diable Vauvert.

Le temps, vous voulez connaître le temps ? Bon, il ne pleuvait pas, il ne grisaillait pas depuis une semaine : c'était juillet, et juillet, à Brest... Gentil ciel mais comment dire ? Fade. Trop cotonneux. Moyen.

Debout encore, au milieu des langoureux lampadaires qui assouplissaient la longueur de l'avenue. Derrière ? Des champs de choux, des élevages, des usines pour sociologues : sourire en coin, nous abordions presque les voies divines lorsque arriva le taxi.

Je m'éponge le front, je titube. Nous guettons la marche du taxi sur l'étendue de « l'avenue ». Quel mal de crâne, et quel goût infect ont ces cachets, et quelle chaleur... Toute cette eau dans ce corps – vidons-en un peu, tu es partant ? Il arriva sur le seuil des espaces stellaires, le ciel qui s'ouvrait sans porte et sans poignée. La giclée vient de rompre l'avenue. Je suis mort, quel effroi. Il est mort, je veux dire. Etendu par terre, il bégaye au pied des espaces de la certitude éternelle. Une mélancolie immense et *a priori* irrémédiable gagna tous mes membres, rendus plus mous et inconsistants encore. « Comme ça sentait mauvais, ce marché, à Morlaix... » « Dieu ! Quelle tristesse, Dieu ! Quel effroi ! Dieu ! il est plus lourd encore de mourir que de vivre. » « Les cochonnailles, les saucisses, les jambons... » Une minute après, le miroir qu'il fixait le matin, le miroir qui avait été, pendant quinze ans, le seul spectateur des ruminations plaintives que la déception occasionnée par son reflet orchestrait avec monotonie, fila devant ses yeux comme la bande glissante d'une projection, et, un quart de siècle après avoir lâchement quitté les vérités tranquilles de la voûte céleste, il gagna, depuis l'avenue criblée de poubelles, de réverbères, de voitures, les cieux.

*

Il y eut de nouvelles nuits d'été. Parmi la nuit d'août menteuse, bruissante longtemps après minuit, peuplée d'airs chauds, de pépiements d'oiseaux et de rares et furtifs passages de voitures. Les nuits d'hiver sont trop glaciales et trop sourdes, celles d'automne trop grises et confondues. Les nuits de printemps n'en possèdent ni la chaleur naissante ni le dos rond. Elles sont impénétrables, longues, opaques et noires, mais elles brillent sans éclat d'espoirs bouffants et de miracles inconnus ; parmi les soirs d'avril ou de mars, sombres mais plein de lueurs.

Il y eut, pour ce que j'en sais, des matins d'hiver. Dans le passage d'octobre à pluviôse, tournant à senestre une tête brisée, je décèle, formant un mur entre moi et le monde, des ronds légers, sans relief, paraissant blancs. Sont-ce des flocons, des grêlons fondus au ciel, des gouttes d'eau froides et cubiques ? Ils se rappellent gaiement à mon bon souvenir.

Je nous revois dans la petite nuit de six heures, sur les boulevards, les arbres volaient au vent comme mille cordelettes. Nous revenions du centre-ville. Un soir, en rentrant d'une séance, il m'avait confié : « Ce n'est pas le cinéma qui va changer ma vie. » Je n'avais pas su quoi répondre.

1985 : regardant par les fenêtres du train (« *27 juillet 1985. Brest – 19 h 44. Rennes – 22 h 02.* » Et : « *28 juillet 1985. Rennes – 17 h 04. Tours – 21 h 00.* ») les boulevards qui s'enchaînaient et s'annulaient, imaginant les torches de Brest parmi les containers, *Cerdan, Le Bilboquet, La Pagode*, j'avais bon espoir de quitter Brest pour toujours. Il restait pas mal d'années à souquer ferme sur cette mer agitée, vent mauvais. Malgré tout, je savais que les choses viendraient à changer, qu'il y aurait encore un tournant, du nouveau, mais au fond je n'avais pas vraiment envie que tout change : je m'éternisais, traînais en queue de peloton, étirais le temps comme un élastique ; j'avais fini depuis longtemps de lire la page mais je m'attardais sur son numéro.

Lyon

(1985-1986)

La neige avait décru, puis cessé ; le ciel s'était dégagé d'un coup, d'un seul ; et c'était comme ça désormais que je voyais le monde, ce monde neigeux avec le grand ciel naïf qui le recouvrait de sa pure bienveillance ; et toute cette neige ouvrait mes appétits, qui donnait une envie passionnée de gâteaux, de beignets, d'œufs battus, de crème montée, de blancs en neige, de sucre glace, de montagnes de pâte au caramel, à la pistache, de boules de glace nacrées et soyeuses, avec des couleurs froides et appétissantes. Tout cela n'était pas sérieux, on était dans un conte, une fable, les cases d'un illustré.

Le ciel bourdonnait. Les traces de ma sensibilité y étaient peintes ; sa pâte triturée, modelée, granuleuse, son bleu tonnant et sculptural, les nuages rouges ou noirs (on se demandait bien d'où ils pouvaient venir) donnaient une impression de haute intensité, d'effarouchement ; le ciel criait, turbulent, certainement pas de paix mais batailleur, pugnace, frondé.

La neige fumait des cigares épais. Illuminait le jour, le ciel ; on imaginait qu'elle illuminerait les nuits, longues et cloîtrées, médusées, calmes ; dans le noir elle écarquillerait les yeux, serait un animal veillant et éclaireur. Dormiraient les peupliers et les bouleaux, totémiques dans les prés floconneux, les villages qui semblaient se blottir autour de leur église comme autour d'une mère, comme autour du poêle, et le froid avait enserré les maisons, qui se collaient vers l'église et la place centrale à la recherche de chaleur, s'écrasaient vers le clocher pour ne pas mourir ; et les maisons isolées : fantomatiques, morbides, insoupçonnées.

*

Dans une librairie, à Tours, chez moi, deux semaines plus tôt (déjà presque la préhistoire), j'avais acheté une carte de la banlieue de Lyon. Donc, quand je me suis lassé, après plusieurs heures, de la contemplation (les gares ! des chaumières sibériennes), j'ai déplié la carte jaune acidulé côté Lyon-banlieue et me suis amusé des noms improbables de la banlieue lyonnaise, incompréhensibles, secrets, ne collant pas du tout aux villes qu'ils désignent. Rillieux-la-Pape. Cailloux-sur-Fontaines. Champagne-au-Mont-d'Or. Décines-Charpieu. Tassin-la-Demi-Lune. Pierre-Bénite. Caluire-et-Cuire. Et puis Lyon. J'inspectais l'agencement des rues, rigides comme une poignée de main politique, car on pouvait décider de la beauté d'une ville à la simple vue de son plan.

Ce nom de Lyon, au contraire, collait très bien à la ville. Un lion imparfait. Un lion sans crinière ; et ce « y » assez artificiel, assez faste et pompe, assez parvenu. Lyon. Un nom plein, qui adhère à la bouche, consistant, presque gras. Le L coulant du paysage, le

L liquide des eaux, le L lit du fleuve et de la rivière. Le Y, aristocratique, petit doigt en l'air, le Y assez crâneur et le Y affecté, rare. Le Y confluent. Le ON plein, ample en bouche, le ON ascensionnel, le ON fort. Le tout pour un nom très court mais très expressif, sonore, comme la ville, concentrée et étirée à la fois ; ville diérèse, synérèse, chaude et froide, dorée, déshéritée.

Du reste, la ville, je ne la connaissais pas encore. Mais Lyon serait bien celle que j'imaginais, rien ne m'y choquerait. J'avais l'impression de connaître déjà la longue, large, ventée place Bellecour, les traboules minuscules, enlacées et sonores, les quais parisiens, les boulevards et les avenues symétriques, même le parc de la Tête-d'Or, dont le nom me disait quelque chose. Y avais-je passé une autre de mes vies ?

Les couleurs de Lyon apparaissaient tout de suite ; claires. Il faut dire que les villes que je connaissais m'étaient devenues des couleurs sur la palette, comme certains tableaux, amours, fleurs, etc. Toulouse, par exemple, était parme, ocre et noire. Strasbourg marron et blanche. Bordeaux, gris clair et beige. Lille, noire et rouge. Marseille : jaune poussière, bleu délavé. Nantes, bleu ciel et vert. Brest blanche et grise. Rouen, fumée d'usine et pavé sous la pluie. Orléans n'a pas de couleurs ; Paris les a toutes. Et Lyon trilogique, en trois actes. Lyon or. La richesse de la ville, le luxe des boutiques, le mont d'Or, la tête d'Or ; la terre et les toits, du même blond doré. Lyon crème. Couleur prospérité, bourgeoisie. Couleur Haussmann, couleur province. Et couleur fade, insipide, écœurée. Lyon rouge. Rouge grandeur historique, rouge fierté, rouge carrefour de commerce fébrile, féroce. Or, crème, rouge. Un or clinquant et dépoli ; un crème de gâteau fourré ; un rouge d'étendard. J'ai eu le temps, avant de m'endormir, de penser à ce que devait être Sacierges, aujourd'hui, sous la neige (que je n'avais jamais vue mais tous les hivers imaginée).

*

L'arrivée en train ; le rideau de mes paupières un peu lourdes se soulevant sur les rails. On était en 85. On était dans le centre de la ville et on se pensait à la campagne, à la montagne ; en vacances. Je crois qu'il y avait des luges, des traîneaux, des gens qui patinaient sur le Rhône et la Saône, mais c'est peut-être mon imagination. En tout cas, dans les paysages de l'hiver, les maisons ressemblaient aux fermes cévenoles ensevelies sous la neige. Les arbres tapissaient un flanc du mont Lozère, de l'Aigoual, d'un causse perdu.

Je suis au bas de Fourvière et je découvre, amusé, stupéfait, une route sinueuse de campagne avec, tout au bout, une ferme, une colline blanche chapeautée d'une chapelle, à l'étrange opulence. Les fermes blanches, et le fleuve, pris dans le dur. La ville me faisait penser à un village, tout au plus un gros bourg, de ceux qu'on imagine en Allemagne ou en Autriche, avec des gens souriants, des traîneaux en brindilles sur la crème pâtissière, des carillons qui pleuvent, s'arrêtent, retombent dans l'air. Le ciel noir, la terre blanche sentaient l'univers (mais il fallait avoir un bon nez).

Je crois que j'étais resté quatre mois à l'hôtel. Il s'appelait l'hôtel du Soleil. Sous la neige, ça m'avait amusé. Un jour, un peu malade, j'étais allé voir un médecin. Je ne sais plus trop quand ni dans quel quartier. Je lui disais que toute cette neige, ça me changeait de Brest ; quand j'avais dit « Brest », il avait ouvert des yeux ronds. Un drôle de toubib, un très grand blond, mince, avec un nez sensationnel. Je n'avais pas continué sur Brest, il m'aurait pris pour un fou. Tout ça est un peu mélangé.

Dans sa salle d'attente, il y avait des magazines, leur vent incolore, inodore, mais, chose curieuse, pas mal de journaux. A l'époque, je me fournissais en presse dans un kiosque de la rue Longue, derrière le carrousel Tourneray. Il en était rempli à ras bord. Je revois l'étalage des journaux quotidiens, *Libé* pourri, avarié, mité ; *Charlie Hebdo* encore plus moisi ; *Le Monde* qu'on ne peut feuilleter (étudier) sans barbe, lunettes graves, café ; *Le Figaro*, que j'imaginais lu dans les wagons de première classe, et qui respire fort les duffle-coats vert foncé, et les services à thé, ceux de bonne-maman ; *Le Canard enchaîné* vipérin et gouailleur ; sans oublier les journaux genre *L'Idiot international*, dont je me demandais si leurs journalistes savaient parler, avec leur femme, d'autre chose que de politique. J'achetais un peu n'importe quoi, et *Le Figaro Magazine*, pour l'incomparable odeur de son papier.

*

Je me souviens de la ville complètement démangée de neige ; mais sur Lyon, ses cours sales, ses nuages dégoûtants, ses répugnantes rues, son espèce de blues crasseux, ses ponts mornes, ses immeubles ternes, ses églises monotones, ses quartiers maussades, la neige était du savon, du shampooing et de l'eau de Cologne. La ville perdait sa lumière grise, huileuse et quotidienne pour une lumière brillante, jaune, atone. Lavée de ses horreurs, délavée de ses peines, elle semblait sourire pour la première fois depuis cent, deux cents, trois mille ans, d'un sourire contenu qui ressemblait à des larmes. Il y avait ces mots qui parlaient soudain, vibrionnaient dans l'air engelé, angélique, qui fleurissaient comme des perce-neige, des crocus, du tapis du néant (qui ne coûtait pas cher mais qui s'usait très vite), des voix qui résonnaient curieusement dans l'espace, avec des échos puissants et profonds, une signature dans l'espace, qui faisaient le tour de Lyon, le tour des rues, et revenaient dans mon oreille, la ville était ferrée d'échos, entre chaque mur, à chaque croisement, sur chaque quai des paroles, des voix et des conversations, des phrases erraient, baladeuses ; le ciel, en ces jours de neige, avait la blancheur, la candeur et le dégagé de la crème fraîche en brique.

L'air plein de grain à moudre, d'ouvrages sur le métier, de fil à retordre, de chats à fouetter, de fers à battre, de tabac à priser ; magnétique et léger. L'air comme une promesse d'autres lieux, d'autres temps, d'autres mœurs que Lyon, 85, la bourgeoisie pénible et le reste tout aussi emmerdant : un espoir qu'il puisse exister, au milieu du marigot, quelque chose de sensuel, de sensible, de calmé. Je me souviens d'une promenade dans la neige par Lyon sous la lune, les étoiles étaient énormes, hallucinations que réverbérait l'ingénuité écarlate, halos désincarnés, purs corps d'étoiles géométriques planant à des kilomètres, pures formes glacées, de neige aussi, congelées dans leur symétrie éternelle, espace de raison et de non-sens, de fin de vie à contempler le soir. Place Bellecour, on avait l'impression que les étoiles allaient s'écraser, surtout la Grande Ourse, gigantesque, uniforme, d'un classicisme sans nom, tellement sublime, tellement formidable, tellement peu virevoltante mais immuable, et sous les espaces clos de la vérité illimitée Lyon et sa neige s'étendaient, ânes, Fourvière cognée de vent, Bellecour linceulée de flocons, les rues au cordeau du centre qui faisaient un cordon blanc, où toutes les administrations, les bâtiments publics avaient l'air d'endroits où une troïka se serait réunie pour parler collectivisation des biens et achèvement des mauvais, la mairie étouffée, collée au sol, basse de neige, le vent qui soufflait sur les quais, sur les eaux, plus encore sur le pont de la Guillotière, il fallait s'y plier en deux, plisser les yeux, rider son front, d'une main tenir fermé son imperméable, son ciré, de l'autre enfoncé son chapeau, on avançait maladroitement, lentement dans le vent sous ce merveilleux soleil, parce qu'après les premiers jours de neige il avait été là une semaine, soleil de décembre, isolé, surpris, amusé d'être là, comme s'il s'en était fallu d'une erreur de paperasserie, qui riait franco, bouche ouverte, le sourire contenté et béat, oisillonneur.

La neige était venue. Elle était repartie. Retirée, subreptice, d'un claquement de doigts de Dieu, « allons bon, enlevez-moi cette neige de Lyon, les gens sont cloîtrés chez eux », mais il se trompait, la foule marchait dehors, la neige gardait sa blancheur, sa floconnosité, malgré les pas qui la martelaient, pas marquée d'une empreinte. Plus elle demeurait, plus elle semblait provenir de l'imagination folâtre, trouble, terrifiante d'un enfant, plein de recul et de mise à l'écart, qui, seul, construit des représentations de mondes tentaculaires et magiques.

Je marchais dans Lyon. Je me souviens comme le froid, sur les visages des gens éteints, dans l'air exact, faisait ressortir leurs yeux, qui s'étaient mis, à défaut de couleur, à s'exagérer. Les yeux frémissants comme l'eau avant de bouillir, les yeux noirs puissants, conquérants, volontaires ; les marron malheureux, détachés, presque fades ; les gris vieillis, blêmes, en pointillés ; les verts piquants, rieurs, explosifs ; les yeux bleus subtils, aquatiques, profonds.

*

A Lyon, j'ai rencontré un jeune homme brillant qui faisait des affaires dans la région. Nous logions au même hôtel. Il voulait publier deux livres, « Moins de gaz dans la visite de courtoisie » et « Un peu d'homélie dans la daurade ». Plus tard, sur des quais ou dans des bibliothèques grinçantes, sur des étalages, j'ai recherché ces titres ; il m'arrivait de les demander aux bouquinistes : ils me regardaient avec des yeux fous, que l'inquiétude semblait diminuer comme un yaourt vidé à la cuiller. Je les chercherais longtemps, longtemps. Je ne le retrouverais jamais. Les avait-il vraiment écrits ? Le voulait-il alors seulement ?

En ce moment, il faisait fortune. Il vendait aux gens des produits bizarres, qui venaient de Bolivie ; sur sa voiture il avait marqué « Approvisionnement bolivien ». Je faisais comme si c'était normal. Il m'a proposé de l'accompagner. On a sillonné, ratissé le coin. Mâcon. Bourg-en-Bresse qu'il fallait prononcer Bourque, sinon il se fâchait. Oyonnax. Nantua. Belley. Saint-Julien-en-Genevois. Aix-les-Bains. La Tour-du-Pin. Roche-la-Molière. Et encore Mâcon. Je me souviens que nous traversions toutes ces villes sous la neige, et c'était un peu comme si on voyageait sur du coton, une ouate soyeuse et très douce, dans un rêve. A Mâcon, les quais de la Saône peinturlurés de blanc. Les petites rues avec de la bouillabaisse marron sur le sol. Les plaques de verglas dans l'agglomération. Bourg. Le vieux quartier sous la neige. Bourg, la Margeride et à nouveau Bourg. L'église de Brou, une chapelle enneigée de l'Aubrac, et encore l'église de Brou. Oyonnax. Je me rappelle les usines qui fumaient sous la neige. Belley. Les rues longues de blanc. La frontière, et derrière la Suisse, plus blanche et cotonneuse encore. Au loin, les toits de Genève. Blancs. Aix. Les grands immeubles, les thermes très tristes et très peinés sous les monticules de neige. Les atermoiements du lac enfermé sous le givre. La Tour-du-Pin. Les collines de La Tour, maculées de blanc. Le Sud. Roche en blanc. Bourgoin en blanc. La vallée de Grenoble, les grandes usines saccagées de neige. Vers Grenoble, le paysage se perdait. La Terre, ou une autre planète. On était à Bourg, à Mâcon. On était loin, très loin, sur la Lune, sur la planète Mars.

Il espérait voyager, partout, dans le monde. A Bassora. A Kaliningrad. A Princeton. A Rio. A Ottawa. A Fukuoka. Il écrivait un roman très compliqué : c'était délicieux. Ça partait comme ça : « Revendiquer un succédané, une pestilence, c'est exposer subrepticement une galéjade ; c'est combler, minorer les janissaires, élargir les galipots conjuratoires, s'ébranler en psalmodies et en agapes ; entrevoir, déceler, sous l'impermanence des fariboles, des collapses, des rodomontades, des pérégrinations. » Je m'en rappelle par cœur. Il faut dire que j'ai une très bonne mémoire.

*

Aujourd'hui, quand je repense à ces années, le souvenir est celui d'une période de flottement, coulante, assise, un round d'observation. Les jours avaient leur couleur, leur distinction, leur minéralité, ils s'assouplissaient, s'arrondissaient. On perdait la vie sinueuse. Mais, et comme tant de fois quand on joue avec le temps d'un peu trop près et qu'on s'y brûle les mains, la linéarité de ces jours lyonnais s'est perdue, échevelée ; seules, de vingt-cinq années de distance, me reviennent des fulgurances soudaines, matraquantes, enfouies dix secondes plus tôt et incontestables soudain : « comme si c'était hier ». Et, sous la couche de monotonie des choses, sous les couvertures d'ennui, elles éclairent un temps toute l'étendue de l'existence ; oh ! des moments revenus qui, lorsqu'ils furent vécus, étaient sans charme particulier, sans génie, mais qui, colorés de passé, sont tout à coup dans le sublime, qui, enrobés par mon cœur, le temps, mon cœur dans le temps, deviennent féconds, galvanisés, de plénitude dans le souvenir. Et cela pour deux raisons : car débarrassés de la souffrance qu'il y a à vivre, de la perception vitale sensible et douloureuse, de la fleur de peau, des écorchages et des heurts, et devenus donc de simples images, des tableaux, des personnages et plus des personnes, des décors et plus des paysages ; car, aussi, repeints par la mémoire, enrichis en chromes, qui magnifie les instants, qui, malgré l'impuissance, la fragilité, le rugueux de la vie, procure au genre humain sa grandeur, son souffle et sa beauté ; ce genre incomparable, tellement vivant et tellement mortel ; fini mais fantastique. La neige, son sérieux presque trop sobre, ses couleurs trop neutres, n'était pas un exemple de recherche chromatique, et n'avait pour elle que sa contrefaçon d'éternité, dérisoire.

La neige : on avait du mal à se croire au milieu d'une ville d'un million d'habitants. C'est toujours ainsi, la neige amoindrit les villes, les capitales deviennent des villes de province, les villes de province de gros bourgs, les gros bourgs de petits villages ; les fermes se transforment en huttes, en cabanes, les cabanes sont écrasées par le froid. La neige diminue le monde. Et moi-même, j'avais durement maigri ces temps-là, je revois mon torse nu dans le miroir, raide et blanc comme un bout de craie, avec des côtes et des crevasses, que la vie avait fini par rendre ridicule (alors que vers dix-huit ans j'étais très beau de corps, leste, souple – et c'était il y a seulement sept ans !) et qu'heureusement personne ne voyait.

J'ai bien dû me rendre compte, une fois la neige fondue, que j'étais toujours malheureux. Elle avait été une distraction, un léger apaisement dans mon chemin de croix (et les cadrans saule air…), mais c'était vraiment trois fois rien, de quoi calmer cet énorme caprice que ma vie faisait sans cesse, et au final je tournais en rond. Je ne croyais plus à mon bonheur, et j'essayais de retrouver quel avait été le dernier jour vécu de ma vie, cherchais en vain, remuais ma mémoire, je pensais qu'il y en avait eu après Sacierges, ce soir-là où, depuis la chambre, je regardais le jardin, les oiseaux, la chèvre crème aux grandes pattes maigres, mais peut-être que ma vie s'était arrêtée là, dix-sept ans sur soixante-quinze ce n'était pas si mal, pour certaines personnes c'était zéro, cela resterait zéro toute leur vie, le compteur ne se débloquerait jamais, des vies entières sans les plongées, en apnée douce, pas de couchants et de souvenirs ailés, zélés, et le cynisme dur qui naît dans les alpages d'un bonheur inconnu, alors que le bonheur je l'avais fréquenté, apprivoisé, un voisin de palicr et chaque matin je lui serrais la main et autour des étangs et dans la forêt noire on faisait de longues promenades, je n'avais jamais eu la résignation fataliste du cynique et toujours se dire qu'il faisait beau au loin, qu'on y faisait des promenades et qu'on discutait, et maintenant même Saclay paraissait désirable, tout bien réfléchi il ne faisait pas si gris, je me souvenais maintenant des jours où il y avait du soleil, la route qu'on prenait pour aller à l'église, les blés qui dessinaient une gangue autour de la voiture et la route et le ciel qui se découpait là-haut, je me rappelais le jardin de Saclay et les odeurs pas si affreuses, au moins ça sentait encore quelque chose, et puis *many other things*, les voyages en Chalosse trois étés de suite chez ma grand-mère, et peut-être était-ce plus beau encore que Sacierges, les voyages interminables, la forêt des Landes merveilleuse, l'entêtant des pins, la résine sur les doigts, que je croyais à jamais collée aux ongles, et je fouillais encore les années qui suivaient mon départ, 78, 79, 80, 81, 82, 83, 84, des nombres encore à peu près humains, pas encore lunaires, des années à taille à peu près humaine ; je n'y trouvais pourtant que de l'amertume, du fatalisme et du regret, rien qui me fasse vivre, qui ne me mette dans les yeux feu cette nostalgie orange, musicale, rien qui ne m'émeuve, ces années me semblaient petites, proches, tassées, je me souvenais de mon séjour à Paris comme de ma soirée d'hier, alors que les derniers jours de Sacierges étaient déjà un autre monde, tous ces moments d'avant étaient les miens, les miens propres, leur unicité fabuleuse et troublante, personne, jamais, nulle part, n'avait connu des jours aussi heureux, le mieux quand même cela restait Sacierges, bonheur, ciels, les mots à côté étaient faibles, je me souvenais la propriété, le bord du ruisseau, la soie des mots le soir, la cour intérieure, le poirier sans fruits dans le coin du fond et le cerisier du Japon au milieu, la Terre qui au loin se courbait comme le toit Eclipse de la ligne Fuseau Sochaux, et l'autre terre, blanche et poussiéreuse qui nappait les sandales, l'ombre recouvrant tout et la vue sur l'ouest, les pâturins qui se succédaient jusqu'à devenir invisibles, sur des dizaines de kilomètres, la vue sur l'ouest si profonde, si dégagée que j'avais le sentiment qu'au bout, par beau temps, on verrait à cent kilomètres. Gageons qu'en vérité ce n'était qu'un mirage.

J'avais déjà, à Lyon, le sentiment que ma vie était finie. Je n'avais que vingt-cinq ans, confondais encore les bleuets et les jacinthes sauvages, mais le sentiment de l'échec personnel était celui qui, tous les matins, me venait en premier à la tête. J'ouvrais les yeux, visualisais le chevet, la fenêtre, la date, la couleur du ciel (qui pouvait faire varier d'un rien, la sentence, le ciel bleu, pendant dix minutes, me plongerait dans de lointains souvenirs ; le ciel gris me soufflerait qu'il était de la couleur de ma vie, qu'il le serait toujours, qu'il n'y aurait plus de repos et plus d'abri), une présence à côté de moi (qui occasionnait aussi une variation, mais minime) et j'entendais en moi la voix qui me disait que j'étais vivant et que j'étais mort, et que désormais, c'était du pareil au même, la vie et ma mort. Du pareil au même.

Je revoyais, de plus en plus souvent, une Sacierges naïvement pimpante, alors qu'ici, à Lyon, tout était décoloré... Le temps de la vie, aussi, était blanc. Il ne comptait pas, plumeux qui ne laissait pas de souvenir, les journées s'écoulaient trop lentement et trop vite ; sans compter la peur d'avoir oublié un souvenir dans un coin de son existence, comme une chaussette dans la maison des amis où l'on a dormi.

J'abusais du passé pour me garder de vivre. Car maintenant c'était la part ombreuse. Les nuages n'étaient plus, comme autrefois, d'immenses représentations aériennes, mais de petits animalcules mesquins pesant de tout leur poids. Où étaient passés les grands nuages longs, clairs et libres ? Leur immense bonhomie. Etaient-ils tous devenus de petites boules mauvaises, malformées, crachats suspendus à quelques mètres du sol, et qui ressemblaient à cette nouvelle vie, sans hauteur, sans altitude ? Le petit théâtre d'ombres lyonnais me montait à la tête. Il me grisait d'une façon très désagréable. Et toujours la griseur de l'aube, la messe basse de la ville, l'eau dormante du fleuve, la rumeur des banlieues. Les odeurs de pollution, permanentes et pénétrantes, voituraient des cancers. Comme elles étaient loin, *les odeurs disparues*. Les rues se pendaient autour des quais. Les places vides ressemblaient à des cimetières. Les gens vivaient endormis.

Je me rappelais les promenades dans la campagne de Sacierges, qui donnaient l'envie diffuse mais ferme d'écrire, de dessiner, de créer, même sans matière et inspiration, qui signaient les plaisirs des fusains et des copies noircies, les mains et le souffle retenus, la précision dans la recherche de l'art. Et le passé, après avoir plané, miroité, finissait par s'écraser sur moi. C'était vivre dans l'ennui et la résignation, avec la mousse sale du passé comme seule trace, assez opportune il faut dire, et qui finirait par sécher.

*

J'ai été amoureux. Il n'était pas de Lyon, il n'habitait là que par nécessité. Son grand projet, il en parlait souvent. Alors il fut là un temps, sa présence exista, je crois bien. Je vécus ainsi huit semaines. Les hallucinations, la neurasthénie se maintinrent pourtant ; la solution c'était la mort, mais je ne pus jamais m'y résoudre, car je n'aimais pas mourir. Je vivais à Lyon sans « le vivant ». Mon corps était là ; mais moi j'étais déjà une ombre, un fantôme, rien de plus qu'une présence dans les angles de la place Bellecour. J'étais fondu dans les affiches collées, les noirs des façades et les silhouettes des voitures, dans les arbres en carton, au pied d'énormes statues sombres. Sur chaque place une statue : un capitaine, un maire oublié, un religieux placide (Teilhard de Chardin ?), une légende, un cheval monté d'une armure et d'une épée. Je passais dessous, sans oser les regarder, même d'en bas, car je pressentais que leur regard serait en lave, en acier, en épines, ou alors vide et creux, d'une absurdité lointaine, issue d'un passé taiseux, morose. L'Amiral, depuis son passé, sa Bretagne inaccessibles, était leur maître à tous, et, au centre de la petite place qui dominait le fleuve, et qui ressemblait à celle où, quatre années plus tôt, j'étais arrivé avec mon fer-blanc, il fallait que je lise sa plaque plusieurs fois pour me persuader que le général ignoré de Lyon n'était pas l'Amiral. Lui m'attendrait, pour toujours.

Eros était un peu mieux que la moyenne des jours ; rien à voir avec les folies que je connaissais pourtant, plus vagueux mais limpide, funambule au milieu de l'ennui, de l'inévitable ennui. L'ennui tordait les jours, les enroulait comme de la réglisse, et une mélancolie imprécise, pesante, lyonnaise flottait sur les rouleaux de réglisse, mais elle n'avait pas le nez sucré et les tons doux des confiseries : elle était noirâtre, sans goût. Je me rappelle que parfois, en plein milieu de ce qui aurait dû être un moment de satisfaction, de plénitude, je pensais à mon passé d'éclaireur de gouffres, d'allumeur de lanternes, à la ruelle sombre où guettait une fenêtre menaçante que j'avais repérée la veille (l'impasse de la Borgne). J'étais là, dévêtu, caressant, gentil, mignon ; et dans ma tête il y avait le temps. Il m'avait amené chez lui plusieurs fois, à dix kilomètres qui m'en avaient paru mille, car la R20 roulait à la betterave et que Lyon semblait ne jamais finir : une maison à jardin compliqué, à couloirs, à pièces vides. Un jeune homme normal (mettons, un jeune homme – car c'est moins que je n'étais pas normal que je n'étais pas un jeune homme) aurait dû aimer ça ; ce garçon (je n'ai pas le prénom, les prénoms je ne retiens pas, les prénoms c'est pour les mères) était beau, peut-être pas beau comme avant, parce que de toute manière avant était indépassable, mais j'aimais les yeux en trèfle et le sourire charmé. J'aimais surtout les yeux, sans haut, sans bas, les yeux ciels, car au-dedans il y avait *loss*, ce qui était mieux que tout.

Quand il venait à l'hôtel, nous passions des journées, des après-midi, des soirées entières sur le lit, dans des positions qui faisaient mal aux muscles car le lit était étroit, et nous restions ainsi des heures, pastoraux, languides et pâteux. Certains soirs je l'accompagnais à son travail, il travaillait la nuit dans un bar (j'ai l'impression qu'entre vingt et trente ans, dans certaines villes, tous les beaux garçons et les jolies filles font ça, « travailler dans un bar »). Il servait les consommations, incessamment pendant quatre ou cinq heures ; il avait le visage en sueur et le buste en nage, semblait à moitié hystérique et l'autre moitié allait encore plus mal. Je ne sais pas pourquoi mais il y avait beaucoup d'étrangers, des Espagnols, des Noirs, des Italiens, des Yougos, des Asiatiques… vraiment beaucoup d'Asiatiques, très petits, maigrelets, pâlichons, caoutchouteux, presque ensorcelés de laideur. Il terminait vers deux heures ; il me disait : « C'est l'heure, faut que je rentre dans ma boîte » ; nous sortions dans la nuit. Il pleuvait souvent et les rues étaient fraîches et ruisselantes, spongieuses comme les prés sur le plateau de Millevaches. Le béton sombre, baveux, dégoulinant de pluie. Et les boîtes de nuit, petites cathédrales verdâtres, prosaïques ; les enseignes électriques, leurs lumières menues, un peu de chaud dans les déserts, le vivotement minuscule des cierges, au noir de l'église, au loin de la nuit.

Il y a ceci d'étonnant à Lyon que la plupart des bâtiments pourraient passer pour des prisons. Les façades sont hautes, plates, unies, trouées de petites fenêtres et couvertes en tuiles. Il y avait bien les fleuves et Fourvière pieuse, mais en tout cas, emprisonné à Lyon, ce n'était pas un sort heureux. Et j'ai l'impression qu'à cette époque il y a eu d'un coup plus de jeunes filles, j'avais l'impression qu'il y en avait partout, de plus en plus, elles s'exposaient, poussaient comme des mauvaises herbes. J'avais toujours vu les jeunes filles comme de gros tournesols vulgaires, et les femmes comme de petites choses cornues et infamantes ; mais je n'aimais pas trop non plus les hommes, à partir de trente ans ils devenaient gris, se décoloraient ; et tout compte fait les garçons aussi c'était assez énervant, très commun et quand même assez bête. Au fond, je n'aimais personne, et c'était embêtant car j'aimais bien la vie, enfin l'idée de la vie mettons.

Je me souviens qu'il croyait en Dieu, très croyant, très pratiquant. Une fois, j'avais fait une plaisanterie là-dessus, alors que nous allions au temple, sous un ciel arlequin. Il avait essayé de m'initier à la religion, aux caresses et à la mayonnaise (mais moi je défendrai toujours la moutarde, contre le monde entier je défendrai la moutarde). Il m'embêtait avec la religion parce qu'il y croyait vraiment, c'était bizarre, il m'emmenait au temple chaque semaine et au cimetière aussi parfois, et moi je n'avais jamais cru en rien, j'étais allé à la messe avec mes parents jusqu'à douze ou treize ans mais je m'y ennuyais beaucoup, à la fin moi et ma sœur n'écoutions plus rien des psaumes, des cantiques, des Evangiles, nous faisions des cocottes, des bateaux, des chapeaux avec les feuillets des chants, tous les gestes à l'envers, chantions trop fort ou d'une voix fausse, et le comble de la provocation nous semblait de répondre « Merci » au lieu de « Amen » lorsque le prêtre nous présentait l'hostie. Dans les rues qui menaient au cimetière, il me disait que croire c'était essentiel, qu'il n'y avait rien d'autre, j'écoutais ses discours, il était gentil, je l'aimais bien, mais je ne pensais jamais retourner à l'église, ni à la catholique et encore moins à la protestante, car l'église catholique, avec son impression de solennel, de sacré, me semblait plus sérieuse et on pouvait, à défaut d'écouter la messe, contempler les tableaux, la voûte ou les vitraux. Un dimanche où on avait fait un détour pour aller au cimetière, par l'avenue de la Chaisière et le quartier de la Manufacture des tabacs, il m'avait presque sermonné. Je pense qu'il voulait que je devienne comme lui, comme ses amis, des jeunes gens normaux, gentils, qui faisaient des choses agréables et de temps en temps un peu plus, qui faisaient des choses de jeunes gens, qui avaient les occupations qu'on a à vingt ans, mon Dieu c'est formidable j'ai une nouvelle tenue je sors, ah ah l'amour, hi hi coucher ; pitoyable, pitoyable, je ne pouvais pas voir autrement. Je ne pouvais pas lui répondre grand-chose. Il pensait que j'étais déprimé, ou dépressif, ou un de ces autres termes qui ne correspondaient encore à rien mais qui étaient à la mode, et qui à force d'être à la mode rendraient les gens réellement dépressifs, tant les gens ont peu d'imagination ; déprimé à cause de l'amour, ou des études, ou d'autre chose d'insignifiant et de banal, et je sentais bien, je sentais de plus en plus que mon problème n'était pas dicible, pas communicable, pas audible, que je m'enfonçais dans le labyrinthe, sans même encore chercher une sortie, je souhaitais seulement m'enfoncer plus profond, là-bas où les buissons dansaient dans la nuit, je voulais m'éjouir, m'ébattre et me perdre définitivement dans les ténèbres maousses, au fond du parc du château il y avait peut-être, qui sait, la source de la Nuit, et un peu plus profond les bosquets hululants bruissaient en ombrages noirs et j'y menais, avec majesté, la déroute de mon fantôme ; je savais bien que j'étais dans l'impasse, mais après tout l'impasse pouvait être fleurie, sa promenade agréable.

J'écoutais, depuis ma chambre d'hôtel, les miaulements de la ville nocturne, le grand brame du soir, le matin cliquetant, les après-midi silencieux. Quand il faisait moche, j'allais me promener jusqu'au Rhône ; je mirais dans le petit océan crasseux, les ombres des goélands, des goélettes. Je remontais par Lafayette, devant des magasins où de grandes dames passaient, des grappes de sacs dans les mains, en tordant les genoux et la bouche. Elles non plus n'étaient pas heureuses. « Un bain, un demi-Lexomil… et au lit. »

Il m'arrivait de m'attarder dans les boutiques, celles d'un petit quartier derrière Lafayette, où s'entassaient de vieux antiquaires qui, au milieu des décors du passé, imaginaient tout le jour les anciennes joies du monde. J'achetais parfois un livre dont je lirais dix pages avant de dormir dessus, car je n'ai jamais aimé lire et que j'ai toujours été grand dormeur, de petites toiles pour « quand j'aurais une maison » (et quand j'en ai eu une j'avais perdu les toiles), des choses inutiles parce que tout allait dans ce sens, une patère dorée rococo, une collection d'albums de photos appartenant à une famille indiscrète ou finie, ou bien des cartes postales, ou bien une mappemonde, ou bien une énorme bougie, et des cigarettes, toujours, qui accentuaient le grisâtre, le brouillé de ce que plus tard j'appellerais ma vie. J'achetai aussi, un soir, des dizaines de feuillets et un stylo-plume cher, car je voulais écrire un livre. Mais je dors beaucoup, moi.

A la sortie des boutiques, une lente nuit tombait; quand je rentrais nous nous embrassions tristement, longuement, dans la pénombre.

Quelques soirs, à l'hôtel, il m'avait amené trois amis exotiques, un Espagnol, Trancha Xonxe, un type de l'Est, dont je n'ai jamais connu le prénom, qu'ils surnommaient Boro, et un type des Iles, bizarre, Tahiti Branchier. Plus Lee. Quand Boro riait sans cesse, avec une bouche en tunnel, quand Trancha ne se taisait jamais, Lee ne disait rien. C'était un grand Noir secret, mutique, de ceux qui ont des histoires compliquées et qui n'en parlent pas. Et puis ce nom : Lee. Ça vous conférait un drôle d'air d'apatride, ça venait de n'importe où, ça avait des airs de n'importe quoi. Etait-ce un nom ? Un prénom ? D'où est-ce que ça pouvait venir ? Ça vous embaumait l'exotique et le rare, le perdu, ça vous collait une étiquette de fauve échappé de l'enclos, de fou furieux.

Ces secrets bizarres dans cette ville pleine de coins, de quartiers invisibles, ce Rhône à goélands noirs, ces couloirs étouffants, ces noms morbides, rappelaient parfois sur le plafond de la chambre l'ombre de mon père, qui avait vécu dans ces rues, qui avait connu un Lyon encore plus prenant, encore plus foncé, plus angoissant. Il était né près d'ici, dans les années vingt (24 ? 25 ?), à Saint-Tombeau, qui est une petite ville ouvrière triste de la banlieue de Lyon. Je ne sais pas comment j'ai su cela, il ne m'en parlait pas, il ne me parlait pas. Ni d'ailleurs des dix ans qu'il passa à Lyon, de 38 à 49. Et, ne sachant rien, je vois mieux comment ça pouvait être. Cc qu'était Lyon en 41, 42, et ce qu'y faisait mon père. J'aimerais peindre la fresque tragique et obscure, un grand tableau goyesque, les nazis en plus, mais je ne suis pas bon pour cela, les ambiances de terreur, la Milice, mon père qui embrassait une Allemande, la ville occupée, « les heures les plus sombres » etc. Plus sombres, plus sombres… Les miennes étaient plus que ça, éteintes, dans des lumières de photographies, de rayons blancs. Mes années 80 étaient sans doute moins gaies que ses années 40. Où avait été mon père ? Quelles rues empruntait-il ? Quel était son parcours quotidien ? Cette boulangerie ébranlée, qu'y avait-il acheté, qu'il avait mangé comme un enfant, de ses mains ? Avait-il étudié dans ce lycée fermé de la Butte, ce lycée à la façade de prison ? *Saint-Charles, Lycée. Internat de jeunes gens* ? La place Bellecour, était-elle balayée de vents identiques ? Les rayons du soleil sur les quais pâles étaient certainement les mêmes ; mais l'air ? Les boutiques ? L'horloge qui se tenait debout sur la place du Petit-Trône avait-elle indiqué ces heures immenses et lointaines ? L'hôtel même où je couchais était sans doute déjà debout ; un immeuble voisin, d'apparence très proche, était daté « 1911 ». Qui avait dormi dans cette chambre ? Que cachaient ces murs repeints, cette armoire sévère ? Une ville passée pouvait-elle surgir, le papier neuf arraché, comme un océan vidé de son eau, dont le fond apparaissait faillé, sanguinolent comme un corps écorché ? A certaines heures, je crois qu'elle faisait presque surface ; il me semblait que vers dix-huit ou dix-neuf heures, juste après le coucher du soleil, ou juste avant, la ville était prise d'un bref sanglot de nostalgie ; une ville plus ancienne sortait des eaux et des ombres ; je n'aurai pas été étonné de voir défiler un cortège de tractions sur la longueur pavée du boulevard Sautier.

La guerre était à peine déclarée et mon père empruntait le boulevard du Trône. D'après les photos que j'avais trouvées chez un antiquaire après Lafayette, le boulevard était très différent de ce qu'il est aujourd'hui. D'ailleurs, il est en train de changer de nom : aux intersections, sous les panneaux « Boulevard du Trône », il y en a de nouveaux : « Avenue Paul-Bert ». Cela donne cette impression curieuse que produisent souvent les rues à deux plaques ; ça cache un mystère, il y a une énigme sous cette superposition de noms, quelque chose de secret, de sinistre, de murmuré et qui remonte à loin. Que j'invente. Mon père marchait sur le trottoir de droite, manquait de se faire écraser par une hippomobile, traversant distrait comme le voulaient ses quinze ans. Il croisait des prêtres boudinés dans leur soutane, des militaires en uniforme ; sans doute ses cheveux étaient-ils cachés par la casquette de son pensionnat. Quelques années plus tôt il était un petit garçon et il voyait les familles lyonnaises se promenant à intervalles calculés sur les quais du Rhône, assistant aux concerts donnés sur les estrades, sous les kiosques, parfois même sur le sol que je piétine maintenant. Il sentait des odeurs de vinaigre au nord-est, de chocolat au nord et de biscuit plein est, que le vent n'arrivait pas à déloger de leurs quartiers respectifs. La foire aux petits cochons, tous les dimanches de l'hiver sur la place Douine, ne sentait rien, mais elle attirait un tas d'écharpes, de porte-monnaie, de chapeaux, et peut-être qu'en soulevant un de ces chapeaux serait apparu, ingénu, son visage.

Surgissaient dans l'air, dans la crainte des têtes et des bouches, l'écoute radiophonique de Paul Fredonnet, les espions de la Cinquième Colonne. Sur de grandes affiches jaune et noir : *Attention, les murs ont des oreilles, l'ennemi guette vos confidences.* Des noms s'infiltreraient, Marcel Vonon, Albert Moulin, Pierre Chenessaix, Emile Tinet, Dernazaulds… Il m'a toujours semblé que les noms des gens qui ont fait la guerre différaient des autres, qu'ils avaient absorbé le parfum des heures troublées, et que de la prodigieuse banalité de ces noms ne demeurait, la mémoire resucée, que le prodige, celui d'avoir été de si petits individus au milieu d'un si épais destin, comme quand vous êtes invité à une fête très chic et que vous avez le sentiment de baigner dans mieux que vous. Sur la pellicule qui montre un carrefour du centre s'additionnent, un élément après l'autre jusqu'au fouillis, jusqu'au vertige, le hurlement lugubre des sirènes, les torpédos Panhard et Levassor bondées, matelas sur le toit, avançant péniblement au milieu des voitures d'enfants en forme de suppositoires, des tombereaux tractés par des chevaux trop fatigués pour être réquisitionnés, d'autres autos surchargées, des cyclistes et des piétons qui marchent affolés comme dans un hôpital, arrivent enfin les véhicules militaires, noirs et boueux, et des voix qui semblent tirées hors de la scène, légèrement suppliantes, dont on entend que des bribes mais toujours la même chose, qui parlent d'essence, d'ennemi, de débandade.

*

Villeurbanne. Je revois très bien Villeurbanne sous la neige, trois ans plus tard.

Mon père avait étudié à l'école libre de Collonges-au-Mont-d'Or, puis au patronage de la Fraternelle. Il y côtoya le père Martin ; et André Buffière, qui deviendra une célébrité du basket-ball. Il soulèverait le trophée de champion de France du côté de Sainte-Marie-de-la-Guillotière, de l'UA Marseille, de l'AS Villeurbanne.

Mon père l'a revu une fois. Il avait assisté à la finale du championnat de France de basket-ball, nous étions en 1949, et ce nous est bien bête car je n'étais pas né. Le vélodrome de Nélaton, gris, rouge ancien. Le ciré grinçant du parquet ; du plancher, plutôt. Les couleurs. Rouille, orange, roux, ocre, minium. Les résonances pleines, fortes, criées ; grésil des encouragements, brûlé, consommé des vivats. La main courante et les barrières crème. Les gradins en bois marron. Les rebonds secs ou juteux de la balle. Les grandes barrières d'éclairage jaunâtres au plafond. Mon père avait été là-bas, il avait participé à ce décor, ému. Il trônait, comme en pointillés (d'ailleurs il porte un costume à chevrons), grisouille, fugace, dans le rouge cassé ambiant. Le printemps 1949. J'ai l'impression que l'évocation des dates suffit parfois, que la simple prononciation du chiffre des années remet en action leurs mécanismes rouillés, engourdis. Mais pour combien de temps ?

Moi aussi, j'ai vu André Buffière une fois, c'était en 1988, à Villeurbanne, rue du Docteur-Pierre-Fleur-Papillon. Il marchait côte à côte avec un autre vieil homme, sur un trottoir qui mélangeait une neige sale à des samizdats de boue. Nous étions en 1988 (non, non, pas d'inspiration). Buffière avait un air penaud, dépenaillé. Désemparé de ses fleurons, de l'épaisseur de leur écharpe ; qu'il portait, ainsi qu'un chapeau très enfoncé au sommet. J'avais du mal à croire au Buffière de mon père, léger et preste. Chaque pas lui pesait, et à un moment il a même trébuché dans la neige. Le temps n'allait pas à l'amélioration, et Buffière marchait dans la neige, et je le suivais dans ce mois de février. A cet instant alors, j'ai songé à Oullins, à la Fraternelle, à la rue Nélaton ; désormais, j'avais aussi de plus en plus de mal à créer 1949, le vélodrome de Nélaton, et lui, alors fier acharné, il semblait abandonné à la moiteur de solitudes irritées, de halos hallucinatoires et abstraits, et il avançait dans une neige sale. Le bas de son velours était dans un état pitoyable, il avait un maigre dossier dans la main gauche, qu'il collait à lui. Le mont d'Or, la Fraternelle, 1949, la rue Nélaton : ces lieux me parurent inondés de lumière, d'un temps bleu et beau. Frissonnants, éblouis. Et immensément irréels. Halos. Je m'entourais d'un papier peint de souvenirs. Et là, sur Villeurbanne, une neige molle et souillée commençait à tomber. A un angle, une pharmacie sonnait quatre heures. Elle n'avait pas compris que le temps s'était arrêté.

Tours, Maurienne

(1989)

D'autres années passèrent, car c'est convenu ; nappées, je crois, d'une pâle incertitude, la même que celle qui ourlait le turban de la lune ; en magicienne, elle les rendait à une inexistence pâle, condamnées : d'autres avaient connu les dorures, elles se contenteraient des lambris. Certaines années étaient au bal ; d'autres mélancolissaient ; d'autres n'existaient même pas, passaient comme un nuage et ne revenaient plus : je me souviens cependant que des personnes furent rencontrées, qui répondaient par des noms, des buées (des visages ?), des personnes en éclipses falotes ; enfin d'autres lieux furent croisés, qui pouvaient être des villes grises, ou des stations thermales de province – y rouillaient des pédalos – qui parfois étaient absents, déguisés en précipices : ces précipices mêmes qui, ce jour de presque fin de siècle où je n'ai pas arrêté mes histoires, et au lieu d'éclipses, faisaient nager à leur surface des ondulations de soleil et des nuages blancs qu'on pouvait dire timides, qu'on pouvait dire discrets. Mes souvenirs qu'on pouvait dire vains, mais qu'enfin j'aurais plutôt appelés ballonnets d'oxygène ; eux, comme les montgolfières, m'empêchaient pour de bon, sur le sol sans mémoire, de m'écraser.

*

Voyager dans le débit de fleuves d'imagination, c'est assez honorable ; mais on peut se laisser porter aussi loin sans naviguer ainsi à vue, dans l'air du large, les mauvais vents contrariants : je pensais à cela en descendant le pont Wilson, et je me demandais si la Loire gèlerait dans la nuit. De loin, les tourelles du pont semblaient de plâtre, et Tours presque moyenâgeuse, château, clochers, clochetons, beffroi, cathédrale, abbaye. On reniflait un parfum heureux. Le pain, l'éternelle soupe, la disputaient à la vie. Ça sentait fort le lait d'ânesse, le crépuscule, la crème fraîche. A vue de nez, on mirait blancs en neige, poudre de riz, sucre vanillé, pistache. Sur le pont Wilson, un parfum brut en même temps se développait. Je songeais soudain que le ciel pourrait être bas, comme il sait l'être aussi ; dans une ville grise et assoupie, un ciel un brin cruchon, d'un engourdissement naïf. Qui aurais-je été, alors ? A quoi aurais-je pensé ? Cela ne devait pas être, le dais brillait d'orange, je savais où je me rendais et ça me plaisait à l'avance. Je quittais Tours.

Les années que je venais de passer, dans ce sac blafard qu'on appelle une ville de province, étaient risibles et effroyables. Après l'écroulement des premiers temps, et le léger espoir du début, la mauvaise herbe avait mangé les murs de ce que j'avais cru une forteresse, la saleté les avait repeints en noir, en vert quand elle était morveuse, en jaune lichéneux quand elle était gentille. Tours 85-89. Période fumeuse, sans attrait. La récitation des saisons débitée à toute vitesse, la boucle pareille des mois et de leurs attributs revenait sur la toile, le printemps et ses casseroles de pureté énervante, le sèche-cheveux brûlant de l'été, l'automne et son blason mouillé, l'hiver en apnée, paisible néant, froid et beau d'inexistence… L'épaisseur des saisons était la seule chose un peu tenace, un peu parfaite dans ma vie, sinon ce n'étaient qu'effilochures, lambeaux, gravats, peluches. Rien de fixe, rien de fiable, je ne me *tenais* plus, et la vie qui s'éparpillait, s'éparpillait, en cercle autour de moi… Comme le vieux donjon écroulé.

Moi, depuis l'adolescence, j'avais bien tenté de me garer, mais tout – la circulation de la vie, les choix – concourait à me plonger dans la crevasse. J'étais arrivé à Tours fin 85, certain qu'il fallait un renouveau. Il y en eut un, qui me permit de passer quelques années d'apparences gaies, encore, avec des voyages comme j'aimais. Il s'effectua pendant l'hiver, cet hiver tourangeau qui dura trois ans, trois années terribles où on entendait les gonds des portes crisser et le vent sempiternel qui sifflait sur Grammont. Nous vivions dans un immeuble très cossu, très fagoté, du Haussmann de province, avenue de Grammont, à quatre cents mètres de Jean-Jaurès et de l'hôtel de ville. Nous y vécûmes trois années affreuses. Ma mère m'avait rejoint à Tours après l'événement ; car mon père, lui, à trop rester à son couvent, à force d'écrire jour et nuit, avait fini par y passer. Il était mort à soixante ou soixante et un ans. Une nuit, elle l'avait retrouvé, le teint farineux, la tête tombée sur la page qu'il rédigeait, comme confit sur son écritoire, dans la lumière de fin d'automne. C'était l'automne 1985, dans la nuit du vingt-quatre au vingt-cinq octobre, à une heure du matin. Ma mère m'en parlait sans affectation, pas parce qu'elle considérait que le couvent et l'écriture l'avaient vidé de son énergie vitale – encore que – mais parce que, pour elle, la perte de la maison et l'écroulement qui en avait découlé, onze ans plus tôt, pendant ce printemps qui ne nous inspirait que des mauvais sentiments, tout ce qui gravitait autour de cette dégradation progressive qui s'était muée en catastrophe humaine, avait sonné le glas de l'existence de mon père comme de la sienne. Je n'ai jamais su si, nous aussi, elle ne nous voyait que comme des fantômes, comme des ersatz humains qui n'avaient plus la fierté nécessaire pour combattre dans la vie, la sienne, celle des hallucinations et des joliesses rongées. Je ne sais si elle songeait à ce que la jeunesse saurait ériger elle aussi, je ne sais si elle plaçait encore des espoirs en l'avenir, en nous qui aurions prolongé ces instants merveilleux. A voir sa mine ravinée, l'âge qui lui avait sauté dessus (joues bâchées, cheveux d'épouvantail, et ses yeux, de la couleur exacte de l'eau croupie, si bien que je m'étais demandé s'ils délivraient la même odeur fétide, ses yeux aux pupilles pleureuses, tout remplis de vieux désirs échoués) et son absence perpétuelle de sourire, on pouvait légitimement croire que non.

Depuis Meaux où elle vécut entre 1982 et 1985, par correspondance (lettres, appels téléphoniques) puis à Tours encore, elle nous racontait ses nuits invivables, combien de fois elle avait tourné, viré, avant de trouver le sommeil, une parcelle au moins, l'endormissement après lequel elle courait, la mort des sentiments qui, après l'ultime sursaut d'intensité rayonnante, était devenue son but le plus cher. Dès qu'elle quittait sa baronnie, à Meaux, il fallait qu'elle trompe sa torpeur, là, tout de suite, sans quoi elle s'y engouffrait et on devait la rapatrier d'urgence. Alors elle nous envoyait des cartes postales. En plus des lettres habituelles, des correspondances. Toutes de retenue malgré les maux du pays, élégantes et gentilles. Qui me faisaient plaisir, qui me flattaient. Qui n'empêchaient pourtant pas que, quand j'entendais au bout du fil sa voix qu'elle voulait flûtée, quand je l'imaginais choisir les mots de ses lettres afin qu'on eût l'impression qu'elle était heureuse, je la voyais horrible et blanche, accrochée au téléphone, en équerre sur son bureau, essayant de forger dans ce corps malade et cet esprit au fond de tout un bonheur de jeune fille, ce qui m'inspirait de la désolation, du rire, du dégoût. Elle raccrochait, et sur la litanie de « tût » qui suivait débarquait toujours la même crainte, qu'elle se suicidât.

Elle écrivait cependant très bien, un peu sèche, très pointue, sans qu'elle osât pourtant mettre sérieusement la main au papier pour autre chose que des lettres ou des formalités. Et ce n'était même pas par prétendue supériorité. Non, tout simplement, elle avait compris très tôt que l'écriture était l'affaire des gens de talent, qui étaient les autres, et elle se payait la tête de ces pitres qui croient se forger un statut d'écrivain à force de ratures, de redites, de retouches, qui griffonnent et s'astiquent, dans un pourtant irrépressible vide talentueux. Elle aimait tout avec de confus ressouvenirs.

Mon père, lui, était un bon écrivain. Oh, bien sûr, il ne s'amusait pas à faire mousser son style, il ne voulait pas être lu comme on se régale d'un spectacle ou de foie gras, mais, comme je l'ai dit, il écrivait des romans rectilignes, dans un style intelligent et convenable, avec des péripéties lentes et des personnages calamistrés. Je ne connais pas les titres de ses romans. Sauf un, qui est resté des mois et des mois sur notre étagère du salon, à Tours, qui me tenait compagnie lors des brasses coulantes, des plongées morbidiques, tous les tristes après-midi de l'avenue de Grammont, et que je n'ai jamais lu ; posé à la verticale, couverture de face (noire et blanche, très classieuse) et ennui frontalier, c'était : *Ma prétendue existence.*

De mémoire je dirais que je l'aimais bien, surtout sur la photo couleur prise à ****** dans les années quarante où il avait une grosse tête, des gens étranges autour de lui, et une bouche carrée comme une fente de tirelire (quelqu'un avait dû dire « clic clac merci Kodak »).

*

Je me rappelle les niaiseries de la vie, derniers remparts avant l'effondrement. Un repas de Noël en famille. Un instant, quelques heures insuffisantes, la maison reprit des couleurs, un peu de rose aux joues, un peu de rouge aux lèvres, un peu de chocolat autour, heureuse de recueillir un peu de monde en elle, soudainement moins ennuyeuse… (Il faut dire qu'en ce qui concerne les fêtes, il y avait de quoi. Les grandes fins d'année de ma jeunesse (mettons six-quatorze ans) éclairaient les autres jours de loin, elles illuminaient tout décembre et janvier, répandaient même un peu de lumière sur novembre et février. J'ai gardé le souvenir des fêtes de décembre dont toute la famille sortait lourde, ventrue et nauséeuse (nous arrivions à maintenir une tension digestive du 24 décembre au soir jusqu'au 1er janvier à midi ; Noël durait donc quatre jours et la nouvelle année cinq), en général nous parvenions à étager les réceptions de la famille sur la semaine, tel jour ce serait les oncles d'Allemagne et leurs moustaches bleues, tel autre les cousins stupides du sud de la France et que je n'aimais pas, et on terminerait par la grand-mère Oie et son vieux mari Noé, ça tournait sans cesse, ils arrivaient le matin très propres et ils repartaient le lendemain sur le point de vomir (d'ailleurs, je me souviens d'avoir vu Jacques-Paul vomir une fois, et à table, c'était, je crois, les amandines à la pistache et au chocolat qui l'avaient achevé, elles étaient un peu lourdes, il faut dire, et fourrées à la meringue). Les repas de fin d'année étaient, sincèrement, miraculeux, je ne sais pas d'où ma famille tenait cela mais ça me plaisait beaucoup, les pièces pleines d'emphase lumineuse, les dizaines d'invités que je voyais perdre au fil de la journée et leur contenance et leur minceur. Les repas étaient interminables (les convives arrivaient vers onze heures tous les jours, on déjeunait de midi à trois heures trente, à cinq heures on goûtait, et à vingt heures trente on remettait cela, jusqu'à parfois une heure, parfois deux, parfois trois ; le lendemain matin le petit déjeuner était servi à neuf heures, et tout le monde repartait vers dix heures trente, on respirait une demi-heure et de nouveau voilà tante Ludivine, Pascal Ebréché et ses enfants, la vieille religieuse Ménard et ses amies du couvent, il ne manque plus qu'Henri, « non regarde il arrive, il nous fait des signes »), la journée était un grand bordel de discussions et de mastications, et les repas, en plus d'être sans fin, gais et joyeux, étaient délicieux. Tout le monde s'y mettait, maman se plantait au milieu de la cuisine et régentait, et autour les domestiques travaillaient sans relâche, sans broncher ; ils finissaient en général les restes, une fois les repas passés, et les seuls restes étaient un festin. Que mangeait-on ? Je me souviens moins des plats salés (une dinde aux olives, une terrine de saumon, une pièce montée d'asperges et de poireaux) que des desserts. Il y avait les crèmes, d'abord (la pâtissière lourde et jaune, l'au beurre sèche et douce, la fouettée d'allure toute naïve, la crème aux fraises suave et molletonnée), qui recouvraient les gâteaux. Chaque midi, chaque soir, cinq danseuses au milieu de leurs plats ; à la fin, on les connaissait si bien qu'ils finissaient par entrer dans la famille, et au bout de cinq ou six jours je voyais débarquer la charlotte aux marrons sur la table comme une amie sympathique ; sympathique, car si tous les desserts étaient bons, tous n'étaient pas aimables. Il y avait deux camps qui s'affrontaient ; les desserts méchants, que j'avalais comme dans un assassinat, et les desserts bienveillants, que je retrouvais avec plaisir. Les gentils étaient plus nombreux ; les méchants se cachaient parmi eux, il fallait les débusquer. C'était la tarte au citron luisante, fourbe et jaune de caprices, la marquise au chocolat qui me toisait, l'opéra qui lui carrément se fichait de moi ; je connaissais tout ça, et le mépris agressif que me portaient les sabayons, et la méchanceté rentrée du soufflé aux groseilles. En face, l'autre camp réunissait bien de valeureux combattants, et je me souviens de quelques-uns ; de la charlotte aux marrons et son côté bonne copine, de la tarte aux pralines timide et rouge, de la pompe à la frangipane qui retenait les regards, de la bûche aux fruits exotiques qui semblait sur le point d'entamer une chanson du pays, des profiteroles et de leurs voluptueux sourires, de la crème caramel toute collante d'amour.) Parce que le coma souffreteux, mièvre et douloureux qu'était ma vie d'alors était tout taché d'obsessions, tout démangé de mythes. Je les revois, je les entends encore tournoyer dans ma tête comme des fils dérisoires, je sens leur ballet inévitable et malsain qui court à travers mes boulevards intérieurs, comme une grande manifestation pénible et solidaire. Ma vie avait été un rêve, et l'interpréter était bien trop facile. Mes désirs étaient très flous, je ne savais pas bien où la vie m'amenait, je ne savais pas ce qui m'attendait au-devant, mais je savais très bien quelles laisses, quelles ficelles me retenaient en arrière. Me tiraient au cou. Empêchaient. Me barraient l'espace de leurs présences embrumées.

Je me levais tard à Tours, et mes journées étaient tellement vides que j'aurais pu ne pas me lever du tout. Je sortais dans le couloir, la maison était dans toute son austérité bourgeoise et mélancolique, le piano, les cadres où patientaient les morts, le parquet qui ne grinçait jamais, alors que ce parquet de Sacierges avait été grinçant et grimaçant, tout fendu de lattes mal cirées, imparfait, orchestre de craquements. Je me levais plus tôt là-bas, et souvent au réveil je marchais vers la fenêtre, fermée l'hiver, ouverte l'été, et, bien que tous les jours le tableau fût le même, je restais plusieurs minutes, à la frontière de la maison et du dehors, devant ce que la lumière me donnait à voir, les découpages, tous les matins identiques comme mon corps mais emplis de songeries nouvelles comme mon esprit, la Madeleine dans son matin bâilleur, éclatante, le village, mon visage qui s'enamouraient d'elle, le ruisseau aux eaux toujours pareilles, secouées, agitées, blanches de remous sur les gros cailloux, le ruisseau et le pré autour, et au loin le viaduc qui franchissait la vallée suivante et renvoyait au sol une ombre aérienne.

Je me rappelle sur le dos les vêtements de l'époque, démodés, affreux, tout à fait dépareillés, et celui qui a dit que les beaux habits étaient un signe de joie avait oublié d'être moi, car c'est à partir des cahotements que j'ai commencé à m'habiller, à développer une coquetterie infecte. Et, bien sûr, mieux je m'habillais, plus je tentais d'apparaître beau, élégant, désirable, plus je m'enlaidissais, plus mes traits perdaient leur union d'étendard, leur unité presque héraldique. J'ai été très beau jusqu'à seize ans, assez beau cinq ou six ans encore, puis on pouvait penser que j'avais été beau, enfin on pouvait ne plus rien penser du tout.

Il faut se souvenir des arbres, taches et pointillés, grands comme un ongle, pédoncules de bougies sur la ligne orange de l'horizon, des tableaux depuis le village, de la clarté des ciels, des heures légères du matin, des nuits d'alors, bouffantes, glorieuses, rouges, bleutées, toutes d'émotions, minuit à la porte de ma vie, et la Madeleine, toujours la Madeleine le matin depuis Tours, et toujours le soir les vergers, la Madeleine pleine de chants, d'apothéoses et de prières, les vergers où pas un bruit ne perce, et puis elle, toujours elle, dans le jardin, blanche et crème, la chèvre, la beige avec les longues pattes maigres qui sautille de talus en talus. Elle est morte il y a trente-cinq ans.

Je me souviens les après-midi vides, les matins pauvres et les nuits nues. Il n'y avait plus donc que le squelette des saisons qui donnait encore un peu de dureté, de poids à la vie. Ailleurs on se perdait dans le brouillard, la vie était couverte de ses chiffonnades blanchâtres, on ne voyait plus rien, à peine restait-il deux ou trois bornes kilométriques qui indiquaient le chemin de derrière, les mois qui s'éloignaient, le passé qui reculait dans le temps, jusqu'à ce qu'un matin on le retrouve plongé dans une nuit sourde, éternelle.

Je passai deux années surréalistes, lunaires. La solitude était désolée, le souvenir orangé et brumeux, la vie veule. C'étaient des heures entières, la mâchoire disloquée, la bave qui s'en échappait, les yeux bruinés de néant, face au buffet, marron de gêne, aucun mouvement aucune pensée rien que le mouvement des roues des voitures dans l'avenue en bas, le mouvement de maman qui faisait des va-et-vient d'opéra, le mouvement du temps qui semblait étonnamment proche, comme si l'horloge qui nous l'imposait avait été cachée ici même, dans l'immeuble, au fond d'une petite pièce de l'étage supérieur. La vie était en sens unique. Et j'avais pris, insouciamment, le sens interdit. Au plafond du salon, ballottait un lustre réchappé de Saclay, que nous n'allumions jamais, un lustre d'antan.

Je passai deux années surréalistes, lunaires. Les frustrations et les douleurs dégoulinaient. Autour de moi, les pièces étriquées et suantes se refermaient, sentinelles de solitude. Cette plaque mauve d'humidité témoignait du creux des impressions parfois ressenti, lors des interminables face-à-face avec la penderie, la tache verte qui éclaboussait le plafond au lampadaire sinistre était ce malaise de dix-sept heures trente, partagé avec l'empathie de la tasse, la compréhension douloureuse de la nappe, le sourire mourant du thé sombre.

Les armoires, les cartons où transpiraient les versions de latin, la pendule, le buffet, tout ce bois mort m'encerclait. Sur l'interrupteur crème l'inscription « GAZ » semblait tendre les bras. La fenêtre, fermée, offrait sa liberté ; un cadavre écrasé, aussi. La porte, enfin, silencieuse et pâle, n'était plus le bloc plein et aveugle d'autrefois ; elle faisait écho, entre ses jointures et ses coins, des murmures de la cage d'escalier, des cris de l'ascenseur, du parfum immobile et moisi des panneaux de bois, qui, amplifiés par la vue des mocassins, exagéraient mon envie d'exotisme. J'aurais pu voyager loin, plus loin, comme tous, mais j'étais, toujours, attiré de plus en plus fort vers le point fixe, central, où j'avais la certitude qu'un grand événement arriverait, enfin, à l'heure précise régie par les pendules de l'immeuble.

*

Je quittais ce que maman appelait, la bouche tordue, « le cloaque », et me rendais dans la, mettons riante, vallée de la Maurienne. Ce ne sont pas là les grandes Alpes effrayantes, les trilogies de granit, les tragédies de blanc, c'est verdoyant et lumineux, avec cette légère nuance de nacre qui fait penser à une salle de bains. Vers Aiguebelle, cette lumière un peu divine et un peu creuse des grandes montagnes va chercher sur la plaine des pétillements jaunes et orange, un air moins comprimé. Je fus donc là-bas en janvier 89. Trouver de vieux, très vieux amis.

J'avais quitté Tours dans le petit matin, et y abandonnant une maman bien fade, bien apathique, bien inactive, ficelée dans ses couvertures et attendant... Je la laissais avec les cascades de tracas et les dépits qui se camouflaient où ils pouvaient – dans les armoires, les placards, sous les meubles – au milieu du pire, je savais que je fuyais et que je l'abandonnais, mais il fallait que quelque chose se passe. La vie ne peut pas tout faire toute seule. Je la revois, dans son lit, sa bave, ses marrissures ; je l'entends murmurer un au revoir chétif et débile, un tout petit au revoir qui ne valait pas grand-chose mais qui, compte tenu du contexte (catastrophique), valait beaucoup, valait « si tu me revois, c'est que j'aurai de la chance » ; mais je me demande si ce n'est pas moi qui m'exagère les faits, maman n'aimait pas le pathos et, après tout, elle ne m'aimait pas beaucoup non plus. Elle avait cinquante-huit ans, en paraissait soixante-quinze.

J'avais pris l'autoroute en direction de Lyon ; entretemps, fin 86, j'avais acheté, avec l'argent que mes papiers sans intérêt publiés dans des journaux tous morts avaient amoncelé dans mon coffre-fort, une voiture, et je peux dire que ç'avait été un moment grave, comme quand petit j'avais obtenu des souliers d'adulte : j'avais le sentiment qu'avec une voiture, des mocassins, on pouvait faire ce que l'on voulait. J'avais pris l'autobus en direction de Saint-André-les-Flots, qui est un quartier de Tours où les zones commerciales poussent, fraîches et jaunâtres comme les piedsde-mouton. J'avais abordé un concessionnaire (j'avais eu un mal fou à me faire au mot, comme à presque tous les mots nouveaux ; je devais les répéter devant la glace, dix fois, exactement comme pour une langue étrangère) qui avait l'air d'un garçon aimable, et je crois même que nous avions sympathisé. Pas les mimiques du commercial usuel, pas les dents trop bien cirées, pas de cravate parme. Un type bien ; assez bien, disons, comme la maîtresse notait en classe. Satisfaisant. Je vous félicite, Guisbard. Vous sortez de la norme, vous êtes relâché juste ce qu'il faut, vous savez donner les bons renseignements, vous êtes clair, droit, précis, probe et joyeux ; vous plaisez. Vous parlez avec des expressions impayables ; vous êtes drôle, de la caisse à enregistrer au fond du joint de culasse, vous êtes drôle. Il me proposa un grand nombre de modèles, j'étais désespéré de ne pas retrouver les coupés efflanqués, les longs breaks pataudS des années 50-60, mais des voitures au charme plat, ternes, de ce genre « ne nous fatiguons pas » qui a prévalu dans l'automobile des années 80, et longtemps encore dans les années 90. Les câbles pendaient d'un haut plafond jauni. Je pris finalement, pour une somme mettons… comment faut-il dire ? ah oui : modique, une Poire, une Renault 14. 31 000 kilomètres ; elle finit sa vie à plus de 200 000, complètement cuite, les phares en pleuraient.

Je roulais donc dans ma Poire couleur rouille direction la Maurienne, et l'après-midi de janvier était beau, très beau, merci pour lui. Le ciel avait cette légèreté, cette liberté des ciels de départ en vacances, il y avait des flaveurs de chaud dans l'habitacle, mes cuisses brûlaient à feu doux ; j'allais peut-être, en Maurienne, trouver de quoi m'occuper enfin, et, qui sait, l'ombre du bonheur.

Et puis maman déjà. Sans prévenir. Tours. La chambrette. Le vomi. Elle était vraiment un oiseau pour le chat ; une proie facile pour la mort, qui n'aurait pas à exagérer son talent. Il faut dire qu'inconsistante, léthargique, errante, amorphe même dans l'air bouilli de sa chambre, elle n'était pas dans ses grands jours. Donc, un instant, dans l'air léger, fantastique et léger, sur l'autoroute, je songeais à elle. Ses gestes lents, ses mots forcés. Longtemps, pourtant, 85, 86, 87, elle avait donné l'illusion de tenir tête au déclin, mais elle perdait le fil de la partie, et ce qui est certain c'est que la fin n'avait pas perdu de temps. Le dérèglement était total, tout dysfonctionnait, j'avais appris depuis peu qu'il fallait l'écrire avec un y. Sa vie s'écroulerait et elle qui, autrefois, avait vécu si beau, si haut, sombrerait dans une détresse humiliante, indigne. Tant il est vrai que, non pas les fous, mais les gens toqués, discordants, uniques, comme était ma mère, finissent toujours un jour ou l'autre, après une vie fantasque et royale, par chuter dans leur ennui, leur vieillesse, leur excentricité plus fort que les autres. La grisaille était londonienne, sur Tours, en cette fin janvier.

En abordant Lyon qu'on devinait comme une grande tache d'huile sur la plaine, j'avais encore maman dans la tête, qui y végétait, dans sa latrine, dans ma latrine de tête. Je voyais la mort qui étreindrait avec une facilité dérisoire les rares velléités de rébellion, les gestes du désespoir, et maman, lessivée, le massacre qui se profilait. Elle boirait tout, le bouillon, la cuiller et l'assiette, dans des mois qui ressembleraient à un calvaire chuchoté, une mise au supplice dans le silence d'une minuscule ville de province. Remontée à Paris, reconnue, aimée ou désaimée, jouant ici et là dans des fêtes, elle aurait pu se suicider, le bruit aurait été à sa mesure ; mais ici, la détonation du gros pistolet noir ferait un bruit cru que personne n'entendrait, car l'immeuble était vide. Etre un cadavre ignoré dans une ville moyenne de province : le programme était médiocre, peu tentant.

J'arrivais sur Lyon ; de dehors me parvenaient les couleurs primitives de seize heures. Le ciel n'était qu'une chiffe molle pleine de cailloux. La chaleur disparaissait et, avec elle, la gentille âme orgueilleuse de cent mille dépassements paysagers. Je passais les villages les uns après les autres, tâchant de m'imprégner de leurs noms, de ressembler, de prendre l'apparence de leurs pierres nues et de leurs toits, qui, à mesure que j'approchais du but, et comme les montagnes gagnaient en pente, gagnaient, eux, en verticalité. Leurs murs chauves ; leurs toits en murs d'escalade. Puis Saint-Jeoire-Prieuré, Montmélian, la roche du Guet, mille deux cent neuf mètres. Et Aiguebelle, sous la dentelle des montagnes, vertes, pas blanches, gentiment vertes. Ici et là bleuâtres comme des mers.

J'arrive, la maison est comme dans mon souvenir, elle ressemble à s'y méprendre à celle de mon souvenir, souvenir de 69, 72, 74, 81, 82, avec ses briques posées sur chant, son toit en crépi violacé, ses grosses baies, ses petites portes, son énorme cellier. Derrière, le jardin, où plutôt l'*orchard*, comme dit François qui, je l'oublie toujours, a vécu en Angleterre ses onze premières années.

J'y étais allé une fois en Angleterre, avec lui d'ailleurs. Ce jour-là, j'avais embarqué en ferry au Havre, dans le port, dans la nuit. Je me souviens les lumières du port, je me souviens les grandes barres d'immeubles qui veillaient sur la ville comme de hauts conifères californiens, je me souviens surtout les avenues énormes et sombres qui s'étiraient vers la Normandie. J'avais l'impression d'être à New York. Je me rappelle les fumées des usines, rouges et grises, leurs panaches montants et épais qui embrunissaient le noir de la ville. Je me rappelle les quais, les docks, le béton, les containers. Je me rappelle qu'il était deux heures du matin, et que j'embarquais en ferry pour l'Angleterre. Je me rappelle tout. Le confort trop outrancier du bateau, les hôtesses qui avaient l'air de droguées, les Anglais qui parlaient, qui buvaient, qui s'exprimaient dans une langue incompréhensible, les Français penauds, dépenaillés, les familles bourgeoises avec des lavallières et les tripotées d'enfants, les hommes et les femmes solitaires qui faisaient semblant de ne pas s'ennuyer. Je me rappelle tout, ne cherchez pas à trouver des failles, des lacunes, je me rappelle tout. Je me rappelle que je suis monté sur le pont, on était dans la nuit, et c'était une sensation extraordinaire. On ne voyait pas à deux mètres. La nuit tout autour, les formes des barrières du bateau, les coursives, et l'immensité du ciel et de la mer. Qu'on ne voyait pas, d'ailleurs. Juste une toile noire, un monochrome. Alors donc voilà, la nuit entièrement noire, et comme un peu brumeuse, vaporeuse, avec des traînées noires sur le fond noir, des espèces de fantômes noirs qui prenaient un bain de minuit. Et le bateau sous moi, qui grondait comme une briqueterie. *Hoooooooonnnnnnnnnnnnnnnnnn....* Et le noir. C'était un moment magnifique, vide, pur et loin de tout souvenir. Un des amis avait proposé de se placer dos à la rambarde, au bout de la plateforme, sur le petit bout de balcon, et de faire une photo, là, nous trois au milieu du noir. J'ai un peu rechigné car j'ai très peur du vide, et le vide était vertigineux, infini. Ça a fait rire les autres, mon vertige ; et y avait-il de quoi ? En tout cas, j'ai cédé, on s'est pris par les épaules et on s'est collés à la rambarde, avec derrière les fantômes de deux heures du matin qui faisaient trempette. La photo a été prise ; on m'en avait donné un exemplaire que j'ai gardé longtemps, je revois très bien cette photo. Je me souviens, derrière, de la date du développement ; je revois l'inscription *mars 1982*. Je n'ai plus la photo, mais elle m'est restée longtemps ; on la voyait encore couramment il y a dix-quinze ans.

Car si j'étais venu en Maurienne, c'était pour François, un des rares amis conservés de l'époque où j'en avais beaucoup ; il avait alors un peu moins de trente-cinq ans mais son âge faisait toujours débat : étant moi de 60 et lui de 56, je disais, ce qu'il contredisait, que nous n'étions pas de la même génération. Quatre autres années de passé, ah, quand même, rien que ça, quel soulagement ç'aurait été. Je ne vous raconte pas comment nous nous sommes connus, le roman serait trop épais ; nous nous sommes vus pour la première fois je pense à mes neuf ans, la dernière à mes quarante. A chaque fois, avec le même abattement, je pouvais constater à quel point son visage était allé dans la bonne direction, quand le mien, d'enfant adorable et de jeune adolescent charmant, passa à adolescent défiguré, jeune homme morne, adulte mal fait. « Tu es beau, mais tu n'as pas un physique agréable. » Les sentences de maman, j'aurais dû toutes les noter (sur des petits carnets, qui tomberaient en poussière !...)

Je venais alors pour plusieurs raisons : fuir maman me semblait la plus odieuse, la plus intelligente, la plus valable ; j'avais aussi un ancien drame « financier » à peler avec François, et il m'avait dit, la dernière fois que je l'avais eu au téléphone (juste avant que je ne jette ce téléphone, qui était noir et le dernier téléphone à cadran que j'ai eu), qu'il avait « quelque chose pour moi ». J'étais devenu moins exigeant, évidemment, avec les années ; je n'étais pourtant pas sûr d'accepter de gribouiller des notes pour le *Dauphiné libéré*. Qu'est-ce que ça serait ? Encore des magouilles ? Du sérieux ? Je verrais bien.

Il avait eu, depuis le temps qu'on se connaissait, quatre femmes ; il me présenta la dernière ; j'avais envie de dire, tiens, « c'est nouveau ça vient de sortir », mais je me suis retenu. Je n'ai pas oublié que François était très beau, et que c'était, déjà en 89, presque une gêne entre nous. Il est rare qu'un très bel homme devienne ami avec un type « au physique pas agréable », ce que j'étais devenu ; petits, pendant les très longs étés de la Chalosse (du temps où j'écrivais des poèmes sur les plats que l'on mangeait chez mes parents le dimanche, où je lisais une heure le dictionnaire aux toilettes (*mélampyge, alcyonien, chapellenie)*), puis encore à Orléans, à Tours, 79, 82, il n'y avait pas cette distance entre nous qu'induisait ce malaise de la beauté. A regarder, chez eux, les photos des autres, j'avais toujours éprouvé un certain effroi : chez la plupart des gens, le visage s'améliore nettement à la fin de l'adolescence, les formes se tendent, les yeux se durcissent, les lèvres se rembourrent, l'ensemble devient cohérent. J'avais vécu l'exact contraire, et cela restait un des mystères de ma vie; les compliments sur mon physique que je recevais à quinze ans s'étaient volatilisés à dix-neuf, et plus encore après. Quand je comparais une photographie comme celle-ci, tenez, *Sacierges – mai 1973*, et celle-là, *Brest – juillet 1985*, j'étais sidéré : mes cheveux avaient tourné en paillasse, mes yeux s'étaient enfoncés, réduits, ma peau était passée de la soie au parpaing, je n'avais pas de menton. Qui sait, pourtant, si un physique avenant, précieux n'aurait pas empiété sur la qualité de mes voyages intérieurs ?... A quelle fin, dans ce cas, fallait-il encore espérer ?

Ici, pourtant, je m'en rendis vite compte avec une joie grandissante, quelque chose semblait *comme hier, comme avant*, et que je ne savais pas préciser. Les enfants, l'air doux me consolaient, mais il y avait sans doute autre chose qui fit qu'à plusieurs reprises, pendant mon séjour, je me demandai en quels mois, en quelle année j'étais. Je m'élevais vers les ponts, les marigots, la centrale nucléaire. Dans la salle à manger basse, le regard sur l'*orchard* et François qui me parlait de sa voix d'adolescent poli, j'étais en 1975. J'allais me retourner, et tout rentrerait dans l'ordre, le présent cesserait de se raidir sur moi comme un cordage, un serpent. Les longs cours ne se changent pas facilement. Ils se changeraient. Ce serait le passé pour toujours.

On s'installa au salon. Le café, dans les tasses noires, bouillait comme au fond d'une marmite ; et puis, comme avant, il y avait les petits gâteaux. J'essayais, pour ne pas casser la bulle de savon qui m'entourait, bienveillante, de prononcer ça comme maman le faisait à Sacierges, au goûter. Il fallait que je fasse pareil, et alors tout serait facile. Tout deviendrait simple. Elle disait « le cafêêê ». Les petits gâteaux, très vite, comme un bout de comptine, lépetigato. Si François m'avait dit « Tu as de plus en plus la voix de ta mère » (ou : la tête, ou : les yeux), ou alors « Tu n'as pas changé », je crois que j'aurais été parfaitement heureux. Il m'a dit : « Tu as mauvaise mine. Tiens, reprends du café. » Du caféé. Je n'entendais plus que ça. Reprends du caféé. Sur la table, les gâteaux pourtant étaient les mêmes, les Petits Brun dans leurs étuis gris cru, bleu cru, rose de pierre. Du caféééé. « Tu as mauvaise mine. » Moi qui ne suis pourtant pas sentimental, j'avais dû serrer la mâchoire pour ne pas commencer à pleurer.

Je faisais tout pour qu'il ne me parle pas de lui. Après tout, je le savais que sa jeunesse avait été limpide, que son enfance s'était passée loin d'ici, en Angleterre, qu'il était étranger à ce mot que je n'osais plus employer au singulier tant ils étaient nombreux, grouillaient, le passé. Il savait bien cela : nous étions alors presque de vrais adultes, qui parlent jusque loin dans la nuit, avec le café, le sérieux que cela nécessite. Je ne sais plus qui avait dit qu'on devenait adulte à la mort de sa mère ; cela m'ombrageait et me donnait des pressentiments.

Les jours suivants, nous avons fait des tours dans le capharnaüm de nos émois. Il se souvenait qu'à vingt et un ans, j'avais émis le souhait de devenir écrivain, et il y croyait toujours; c'était touchant d'ignorance, comme s'il ne savait pas ce qui ne s'était pas passé. Il me demandait « Tu écris toujours ? » Son projet était de me faire écrire un livre : il avait le sujet, l'idée, il allait m'aider; il prévoyait déjà la publication, qui j'allais inviter, le cocktail qu'on donnerait. Ce n'était pas une si mauvaise époque, tout de même, on disait encore *cocktail*; on ne disait pas encore « apéritif dînatoire », « brunch ». Sa culture se limitait à peu près au *Nouvel Observateur*, mais lui avait appris des choses, pendant toutes ces années, et je trouvais bizarre que des gens aient pu continuer à vivre alors que moi j'avais arrêté; comme sur une course automobile, longtemps nous étions restés côte à côte, et puis j'étais tombé en panne. Maintenant j'étais sur le bas-côté, mais personne ne venait me remorquer, et je voyais les autres qui faisaient des tours, de plus en plus vite, de plus en plus grisés, et moi je levais lamentablement le bras dans l'espoir faiblissant qu'on vienne me réparer.

Il me montra sa collection d'épées, leur estoc, leur plat, leur tranchant; il me montra une pièce inestimable d'ambre gris, qu'on tire de l'intestin de cachalots, animaux rares en Maurienne; il n'arrêtait pas de me montrer et en même temps de me parler de leur dernier enfant, j'ai mangé son prénom, qui avait un an ou deux. Il me fit découvrir leur plant d'églantiers; nous causâmes musiciens de variétés, juges de paix, sagesse des nations, Tokyo, diligences, devins qui, d'aventure, interprètent des compositions florales. Il me montra sa collection d'antiquaire (ah oui !

c'est vrai, il était antiquaire), les statuettes en ébène, les dessins d'aréopages, les effigies en bois ; sa femme semblait très amoureuse, lui moins, mais ça me semblait extraordinaire de s'aimer autant ; personnellement je n'avais jamais vécu ça, je ne voyais même pas comment faire. Elle était ravissante, avec d'énormes boucles d'oreilles en grappes de groseilles ; ah, je me disais avec une pompe molle, si seulement j'avais pu aimer les femmes, combien ma vie se serait décantée.

*

Passent les heures, passe l'ellipse, passe le temps.

*

C'était un amateur de cartes, comme moi. Nous y passions de longs après-midi. Il aimait le jeu en général, surtout quand il y avait des mises, et c'était aussi mon cas. Je me souviens qu'un jour de pluie, en rangeant les jeux de cartes, les points, dans un coffre, un coffre foutraque où on trouvait des choses banales (poupées en bois, recettes de cuisine en classeurs) ou moins (un écureuil empaillé, des candélabres armoriés), j'avais trouvé des boîtes de jeux de société, dont un Monopoly. Non seulement je n'y avais pas joué depuis des lustres, mais j'avais presque oublié que cela existait, au point que, comme avec d'autres noms, le mot même me paraissait bizarre. *Monopoly*. J'aimais bien, du temps où j'étais en bas de cette colline dont à mon avis je ne redescendrais pas, professer ceci, qu'il y avait dans la vie deux types de personnes : celles qui ont beaucoup joué au Monopoly, celles qui n'y ont peu ou pas joué.

Nous étions, avec ma sœur, d'immenses amateurs de ce jeu. J'ai dû y jouer, en tout, plus de cinq cents fois : le mercredi et le samedi étaient obligatoires, le mardi et le jeudi soir pouvaient servir. Cela se passait sûrement à cet âge malhabile et pourtant plein d'aise qui s'écoule de l'enfance à l'adolescence (et que les cervelles maigres appellent maintenant « préadolescence », quand cet âge est en tous points contraire à ce qui vient après), mettons de dix à quinze ans. Je me disais cela, dont plus tard j'aurais la confirmation : tout était dans le Monopoly, absolument tout ; et les conceptions que plus tard j'aurais de la vie, et celles que j'aurais aimé avoir, et mes caractères humains, et mes illusions rapides, et mes lentes désillusions. Le plateau était devant nous, les billets en tas décroissants, parfaitement alignés, 150 000 francs, les pions se tenaient au départ de leur course : depuis toujours, ma sœur avait droit à l'automobile, et je me contentais du chapeau. Ce qui la faisait rire, car le chapeau était le pion boiteux par excellence, entouré d'un gros bateau, d'un cheval cabré, d'une locomotive, d'un avion et de cette auto donc, et, le chapeau étant réputé pour sa lenteur et sa placidité, son manque de nerf, il fallait qu'un instant, dans la tête grégaire de ma sœur pourtant seule, j'hérite de son manque de nerf, de sa placidité, de sa lenteur, et que j'y trouve même un certain goût : j'ai fini par aimer ce vieux chapeau, à ne plus pouvoir m'en passer ; l'étalon et le Boeing pouvaient aller se repeigner. Comme nous avions depuis longtemps perdu les notices, les discussions sur les règles du jeu duraient des heures et entraînaient des abandons fracassants, des vols groupés de billets qui tombaient au sol en virevoltant, des jets d'hôtels et de maisons qui n'étaient pas sans évoquer des destructions atomiques. Les mêmes points étaient sans cesse réévalués : les différentes sorties de prison, ce qui concernait les « doubles », les hypothèques finales, désespérées.

Mais le vrai bonheur qu'il y avait à jouer au Monopoly n'était ni dans la caisse de communauté, ni dans le prix de beauté, ni en prison ; la grande aventure, c'était les familles de rues. Les huit composaient un tableau parfait. Les petites rues roses malpropres du début, que j'imaginais barbouillées de pochtrons et de merdes de chiens, et que je voyais beaucoup plus noires, plus moyenâgeuses qu'elles n'étaient en réalité, étaient la propriété de ma sœur : elle trouvait ça spirituel d'acheter ces rues misérables, ça faisait « petit truc drôle ». Je signale en passant que je n'ai jamais vu quelqu'un gagner quoi que ce soit grâce à ces deux rues à rigoles et ordures ; et leur inutilité n'était pas ignorée de ma sœur : simplement elle aimait, comme moi, l'intelligence et les bibelots. Venaient ensuite les rues bleu pâle, naïves, qui n'étaient pas vraiment dévolues, que l'on s'appropriait selon la circonstance. Elles avaient de jolis noms, Courcelles, Vaugirard, République, grappes de ballons accrochées au kiosque, et selon l'idée fausse qui d'ailleurs m'accompagna jusqu'à mon arrivée à Paris, à savoir que les groupes de rues correspondaient à des quartiers précis, j'imaginais derrière ces cases bleues de gentilles avenues à squares, longues, promeneuses, sous des ciels de beurre frais. Suivaient les violettes, qui brillaient d'inutilité :

sans doute celles que nous achetâmes le moins ; c'est sans doute celles, dans l'histoire du jeu, qui furent le moins prisées. Leur personnalité était mince, leur couleur banale, leurs noms étrangers au jeu. « Neuilly » « la Villette ». On n'avait plus l'impression d'être à Paris mais dans les faubourgs. Et puis une timidité, un côté « moyen »… L'écrasante présence, aussi, sur la même ligne, des propriétés orange. Car arrivaient les orange – les fameuses, les désirées, les hystériques, les discutées, les décisives orange. Les noms, on le sentait, étaient d'importance. « Avenue Mozart ». « Boulevard Saint-Michel ». « Place Pigalle ». Ça s'imposait de soi-même. On devinait les rubans, les marbres, les sofas. Et tout dans ces vermillons pétillants… comme de lourdes tentures orangées. A Pigalle, les poufs, les coussins, les châles, les robes, tout un monde de tissu ; les cigarettes brunes ; les plafonds bruns ; les lampadaires vieux jaune. Et dans mon vieil esprit d'alors, le boulevard Saint-Michel brûlant se déroulait vers la place Pigalle chaude, et l'avenue Mozart tiédissait, en Versailles de dînette, dans l'alignement des terrasses. Ces trois cases, comme vous l'aurez compris, étaient un trésor fiévreux : nous nous l'arrachions à coups d'hypothèques, de triches, de marchandages ; celui qui les possédait n'était pas certain de gagner, mais le bas coût des constructions, et les tarifs presque similaires à ceux de la colonne suivante les rendaient précieuses, et quand, plus tard, j'ai rejoué à ce jeu, je savais, quand un de mes adversaires se jetait avec passion sur Mozart, Pigalle et Saint-Michel, que j'avais affaire à un connaisseur. On bifurquait ; passé le Parc gratuit et son enthousiasme furtif (avec la manie de recompter la somme du milieu dès qu'on en approchait – « 61 000 ! »), on arrivait dans la deuxième partie du plateau, la partie des gros sous, des financiers à chapeau et des avenues mythiques, qui commençait pourtant dans une douceur sobre : les rouges ronronnaient tranquillement, gonflées d'une pompe calme. « Matignon ». « Malesherbes ». « Henri-Martin ». On sentait là quelque chose de hiératique, d'officiel, de compact et d'extrêmement tranquille, « temps de paix ». Ces trois rues se plaçaient pour moi dans un quartier d'ambassades, avec des avenues en pistes d'aéroport et des palais blancs tout dégraissés, qu'entouraient des arbres hauts, très hauts, dressés parmi les pelouses. J'éprouvais envers les rouges une affection tendre, quand les autres les dédaignaient. J'ai parfois gagné grâce à elles ; et, jointes aux jaunes, elles formèrent longtemps mon couple favori, presque une « marque de fabrique ». (La marque de fabrique de ma sœur était bleu ciel – bleu foncé ; la mienne rouge – jaune ; il restait les deux familles délaissées, les violettes et les vertes, les rosées qui étaient une poussière, et donc les orange, qui basculaient d'un côté ou de l'autre. Les camps furent vite organisés, les affiliations trouvées, et nous n'en déviâmes pas.) Les jaunes arrivaient enfin, qui étaient mon dada, mon vrai amour. Un quartier que je croyais financier (la « Place de la Bourse », bien sûr, et j'imaginais Saint-Honoré et La Fayette d'acabits identiques), que je dessinais en enfilades de banques à porches moulés, d'enseignes énormes appartenant aux caisses, aux assurances, celles des notaires qui ressemblaient à des boucliers antiques, à des galettes sablées. Tout cela parcouru de bouches de métro dégoulinantes, et le palais de la Bourse, que j'avais déjà vu, planté au milieu. Ces jaunes étaient d'une couleur gaie, aimable, mais leurs noms hautains, pleins de majuscules, relevaient cette pâleur ; il y avait de la tenue, des chapeaux, et des rues en damier. On continuait. Le sifflet de l'agent pouvait interrompre l'élan vers les 20 000 francs désirés (ou les 40 000 formidables qui renflouaient si bien) ; sinon, on arrivait dans la dernière partie, et ma foi nous étions dans le monde. Je n'achetais presque jamais une de ces rues ; si cela arrivait, c'était les bleu foncé, en cas de force majeure. Avant, il fallait passer les vertes ; nos calculs, nos connaissances, nos intuitions nous le soufflaient à l'oreille : les vertes étaient une arnaque, une impensable arnaque. Alors oui, il y avait cette couleur d'été, et un côté feutré, moiré dans ces noms prononcés du bout de lèvres fines de chauffeur de taxi. « Breteuil ». « Foch ». « Capucines ». Mais financièrement, cela ne valait pas le coup ; l'achat était cher, les constructions coûtaient 20 000 francs, et il semblait qu'on arrivait toujours à les éviter, ces trois cases sans goût, que la prison, la caisse de communauté ou Saint-Lazare nous attiraient plus fortement. Nous abandonnâmes donc vite les vertes ; l'herbe put pousser sur les sols de Breteuil, les ronces grimper sur les Capucines, les murs de Foch s'écroulèrent. La fin était tout écrite : les bleu foncé en grande majesté, qu'on annonçait sublimes et tragiques. Ce n'est pas que je les détestais, mais enfin elles n'étaient pas si incroyables qu'on le racontait ; bien sûr, deux beaux hôtels chevauchant la Paix et les Champs-Elysées avaient de l'allure, mais pour les bâtir, il fallait s'en voir. Ces deux cases étaient deux grandes dames mondaines, embijoutées (la taxe de luxe et son diamant trônait au milieu), semées de perles et de couleurs huppées. Ma sœur les avait élues, et elle répétait, pour faire chic : « Avec les roses et les bleu foncé, je gagne à tous les coups », ce qui était très snob et très faux. Moi, je m'étais rabattu sur des valeurs plus cohérentes, moins extravagantes ; et ma sœur s'en moquait, car en prenant les rouges et les jaunes, « tu ne te mouilles pas ». Elle trouvait ça mesquin, pingre, un peu plat. Restaient les gares, que nous n'achetions jamais (la ritournelle entendue cent fois, que l'on gagne le Monopoly grâce aux gares, est un mensonge absolu), et les compagnies, qui étaient un petit complément sympathique, et trop négligé. Je les prenais, et complétais, pour ma sœur, « ton esprit de petit-bourgeois ». Au final, pourtant, il me semble que j'avais raison ; et j'ai souvent empoché les parties les plus brèves, deux heures de jeu, de beaux hôtels sur La Fayette et Pigalle, quatre maisons sur Henri-Martin : ruinée, énervée, « ta stratégie de petit-bourgeois ». Les plus belles parties, pourtant, étaient les plus longues ; elles commençaient à quatorze heures, et se terminaient à la nuit. Nous jouions sept, huit, neuf heures, le corps plein d'eau, le cerveau clignotant comme un flipper, puis, tout à coup, « Rendez-vous rue de la Paix ». Et les billets volaient.

*

Le sentiment du passé proche était peut-être né dans le ciel. C'était, au long de l'hiver et du printemps, un ciel comme avant. Ce bleu laiteux qui accueillait mes réveils à l'époque de… A quelle époque au juste ? Avant. Les ciels d'ailleurs avaient été si laids. Ceux de la province plate, squelettiques ; ceux de Bretagne gras, grossiers, coudes sur la table ; ceux du Sud minces, la peau desséchée, rocailleuse ; les ciels tristes et hâbleurs de la capitale. Au réveil j'étais jeune et libre, revenu des verdeurs grecques de mes rêveries, ces rêves qui ressemblaient à des balades. Face au mont Blanc, tellement flapi, tellement étrange et absurde, il y a le marteau du bonheur ; le clou enfoncé de la joie. Et nos joues, tellement lisses, pour le Seigneur là-haut.

En Touraine, ça allait mal. Maman ne se sentait plus vivre, elle ne sentait plus sa tête lourde, pesante, trop lourde et trop pesante, ses pieds déracinés, son cœur qui battait à peine, le tout qui donnait l'impression de tenir debout par la grâce de fils, comme sur les pantins. Ma mère était devenue un pantin. J'aime imaginer que certains jours, elle décidait qu'elle serait désinvolte, ou distraite, ou placide ; mais je n'arrive pas, avec tout mon bon cœur, à croire qu'elle y parvenait. Le cœur de la vérité était bien abîmé. Ici-bas, il était très tranquille.

S'empêtrant dans ses couvertures, le jour, la nuit, les jours qui étaient des nuits et les nuits qui étaient pareilles, je pensais qu'elle voyait au-dehors l'avenue de Grammont, triste et détestable, les longueurs de Grammont, le désert des Prébendes, la rue Nationale, ses trois cents chats qui lui pissaient dessus. Ici, dans le sommeil, les montagnes clignaient des yeux, se lançaient des clins d'œil et des œillades au-dessus de nos têtes, il y en a même qui se faisaient la cour ; moi, je n'osais pas faire la même chose.

*

Sur la petite prairie qui surplombe le viaduc, le chant plus clair, la montagne plus lisse, le ciel moins poudroyant. Parmi l'étalage vert qui dévale les pentes pour aller mourir en bas. Comme je revois, derrière les trublions, derrière la gangrène dérisoire de mes jours, derrière les reliefs de l'ignorance, derrière la nage du temps et des glaces qui ont fondu, derrière les petits clochers d'amour-propre, le regret splénétique et infirme, je me sens bancal, imparfait, modelé dans le dégoût poussé et grossi au gré des ciels poussiéreux, alcoolique et finissant dans les tout derniers frissons des jours, je ne me sens qu'à peine alors que mes pupilles se perdent dans les coups, les rayures, les impuretés qui se démènent devant mon regard dans le spectacle orange et terminal du viaduc.

Par la prairie, donc, le cœur plus frais, les sens plus sucrés, les évocations moins sèches. Ne vis-je plus que comme une relique, par-delà les demi-tonneaux, une réminiscence jaunie et dépassée, par-delà les triomphes toujours tus, jamais accomplis, érigés sans comprendre et effondrés sans gloire ? N'ai-je plus donc que ma mémoire, mon intériorité insignifiante, pour redire, comme en souffle, les enluminures, les dénigrements de la logique, les montagnes, tellement essoufflées qu'elles en semblent exsangues, et ce temps qui fouettait et fouettait encore, ma mémoire dedans comme l'église éphémère dans ses pierres mais éternelle dans son esprit, l'église immortelle donc bâtie comme un embryon de félicité au milieu des pentes, des loups errants des songes, des grands glaciers rouges et blancs ? L'église dont demeureraient les cierges quand me voilà près de toutes les fins, les ailes foudroyées dans les barbelés, le treillis déchiré, les espérances formulées par le passé et les regrets brûlées, consumées, anéanties sur les bûchers.

J'aurais beau tenter d'accoster la montagne, Dieu loin, très loin de là, et de me nourrir profondément des horizons qui s'écoulent au derrière, dans les vertes prairies de l'absurde et du quoi que ce soit; loin d'y parvenir, je m'écorcherais aux roches, assoiffé devant le porche de ce qui aurait pu. Me répéter alors seulement que je faisais les beaux jours, à une époque pas si lointaine, du monde, et de moi-même. A la bonne heure, je méditais, à la bonne heure. Désormais qu'il ne fait plus beau, il faut inspirer fort par-dessous les glaces de l'hiver prolongé, au-dedans des semaines engourdies et figées parmi les fêtes et le bonheur bleu et clair qu'on partageait en apnée, pour retrouver les traces de boues si putrides, la respiration plus lourde et saccadée, l'air plus brûlant, plus moite, plus saccagé.

J'avais eu en moi tant de joie, d'ambition saine… Cela me revenait, et je me demandais comment, pendant tant d'années, j'avais pu l'oublier. J'étais cette longue bannière blanche et bleue, sur laquelle s'empilaient un sourire, un soleil, un vieux souvenir proche, qui se dépliait parmi les plombs de la touffeur, dans le bleu du ciel. Je me l'avouais : si tu es heureux, non pas diverti, mais véritablement heureux; détrompe-toi, profites-en : elle n'est jamais bien loin, la fin d'un beau jour.

Les arbres s'étaient rendus moins distincts, ils n'étaient plus taches d'encre mais pelures de gomme sur le grain grumeleux du canson des jours; le soleil laissait pendre des rayons délicieux de satisfaction, de bonhomie. Je m'élevais, c'était certain, tête et corps; il sembla presque qu'on pouvait boire le ciel et s'essuyer les lèvres sur les nuages, échapper aux jours, mais il n'y avait ni eau, ni cruche, ni serviette, peut-être même pas de tête ou de corps ; y avait-il encore des jours ? Je songeais un instant à d'anciens amis que j'avais eus, qui s'étaient dissipés comme au travers d'un tamis. Je revoyais des chevelures, des faces claires et détendues, mortes pour moi, qui avaient douze, qui avaient quinze, qui avaient vingt ans. J'avais l'impression nouvelle que ma mémoire la plus authentique ne constituait pas ma propriété, elle était vaste et ses pilotis, nombreux, portaient chacun une mémoire, et soulevaient un homme. Ces visages vivaient dans ma tête, très pâles, comme pour une promenade de l'après-printemps, molle et solaire. Maintenant, tout me devenait évident : l'éternité me montait à la tête. Elle me faisait mal. Et tous trois, l'éternité, moi, ma tête, avaient tant raison ; en vérité, c'est le moi qui est sans fin.

*

Le dernier jour, par affection ou ironie, François m'a donné un petit livre, « Un château dans la brume » (dans ma tête, je comparais souvent maman à un château, mais est-ce que je l'avais fait à l'oral ? Je ne sais plus). Sur la couverture se dessinait le château d'Aultes Rives, qui nous était cher à tous les deux ; j'en avais presque oublié, quoique étant passé devant des dizaines de fois, quoique y ayant célébré bien des fêtes (*many* fêtes, il disait pour rire), l'apparence. Je reconnaissais pourtant, dans tous les menus détails, tous les points lumineux, les halos fins, une représentation fidèle d'Aultes Rives, vaisseau aussi longuement élancé – aujourd'hui une école ridicule jusqu'au modernisme – que les falaises brûlées qui formaient son écrin, aussi abyssal, aussi touchant, que le collier de chapelles, d'autels, de lanternes encorbellées pleines de prières que le dessinateur avait inventées et qui enserraient la face mince, presque maigre, autrefois qualifiée de svelte, aujourd'hui émaciée jusqu'à la carcasse, de la bâtisse, toujours perdue dans Dieu sait quelles vapeurs, dans des nuages immobiles, quelque part dans la fumée. L'allée, d'abord, s'ouvrait toute blanche, dans une portion de ligne droite qui avait été tracée entre les murets, puis se séparait en deux anguilles mourantes mais encore doucement frétillantes : l'une glissait le long des vallées les plus profondes, l'autre suivait, en tortillant, les formes naturelles du boisement. Très vite, on comprenait que les véritables personnages du dessin n'étaient ni les figures disputailleuses des vieux merciers, cohéreurs, troubades… du premier plan (le Moyen Age de fantaisie était d'ailleurs raté), ni le château, mais bien les apparitions que révélaient les tourbillons brumeux. Des faces de fantômes, d'ectoplasmes, d'anges… mélancoliques. François, que je quittais et qui n'était pas si aimable, avait cette fois une tête d'ange (un ange dans la force de l'âge, avec de la bouteille), mais semblait vraiment, vraiment insensible à la mélancolie. « Au revoir ! » La main par la vitre, leurs reflets qui saluent sur la vitre aussi. « Au revoir ! »

*

Je ne me souviens pas du retour, hormis de m'être arrêté à Gien. J'étais déjà venu dans cette ville, dans les premiers temps. Nous étions passés, une fin d'été, en rentrant de Sacierges, à Gien. Mille neuf cent soixante-seize. Nous entamions la nuit; la lune était un croissant amandé, les nuages très blancs sur le ciel sombre. On les voyait comme en plein jour, mais ils avaient l'air plus proches, susceptibles de se renverser sur nous. Les cheminées de poteries, briqueteries, aciéries se dégageaient dans un bas de paysage. A droite la forêt. A gauche les maisons, et une odeur de dunes d'océan, puissante, indestructible, comme celle, des années avant, des grands boulevards à Paris. Les feuillages étaient gris et blancs dans la nuit; ils avaient l'air de boules et de guirlandes, sous la pluie.

La première fois que je suis passé à Gien, ça m'a fait une drôle d'impression, comme si je me promenais dans une maquette, un jeu qu'on offre à un anniversaire. Les maisons étaient des cubes, je me disais qu'il y avait beaucoup de garages pour les voitures, et peu de maisons; pas du tout de maisons, même. Gien, un gamin l'avait trouvée dans un papier d'emballage, « la ville que vous construisez vous-même », et il avait travaillé. On pouvait la construire soi-même, mais ce n'était pas aussi réussi qu'un puzzle. Plutôt une maquette en morceaux, un avion abandonné en cours de route. Je m'étonnais toujours qu'on ne voie pas des fils électriques pendouiller, rue Gambetta, rue Leclerc. Rue des boîtes, des caissons, des cageots. Les maisons, quoique hétéroclites, ont la perfection géométrique des pots de yaourt, des boîtes de cotons-tiges; même l'église est en similibrique, elle n'est pas une vraie voix de Dieu. Elle ressemble à un assemblage de Lego. Sur le parking de l'église, il y a une voiture rare, une américaine, une

Chrysler. J'ai eu, plus tard, un ami qui en possédait une identique.

« Cette ville, m'avait confié maman, qui savait les choses comme moi mais les disait plus bref et mieux, c'est du bricolage. » Oui, du bricolage, ou une structure gonflée à l'hélium ; un jour ou l'autre, tout va se dégonfler, et il restera par terre des chiffons. Depuis le terre-plein de l'église, la centrale de Dampierre est toute proche, quinze kilomètres, et on entrevoit la centrale de Belleville qui limite l'horizon, ses cheminées fumantes posées sur la forêt comme deux tasses de café brûlant sur la nappe. Je m'étais dit alors, dans mon esprit un peu nouveau, que ces grands tubes de deux cents mètres allaient finir par exploser, se dissoudre et envoyer dans les prés, les petites villes, sur le cours de la Loire, des morceaux démoniaques, électriques, couleur pierre ponce, des lambeaux de gratte-ciel sous des regards de vaches, des ombres d'arbre, des yeux d'hommes effrayés dans les faubourgs, par des fenêtres d'immeubles risibles, comme des chatières entrebâillées.

Je pensais, pourtant, devant cette vue que plus tard une autre viendrait rejoindre, dans mes vieux jours, aussi diligente, qui embrassait aussi lointainement, aussi grisement, aussi gymniquement la courbe de la Terre, je pensais que le carambolage de mes sommités intérieures, celui qui me faisait comme j'étais maintenant à seize ans, me paraissait bien supérieur, plus essentiel que l'éclatement des chaudrons nucléaires, ses trois mille cent morts par la campagne, et ce n'était ni par orgueil, ni par indifférence, ni par sécheresse, car si trop vite ma vie s'asséchа, mon cœur demeura humide, pluvieux (ce qui lui faisait des croûtes, des mauvaises odeurs, des champignons, et que n'aéraient que trop rarement les fenêtres ensoleillées de l'amour).

Je retrouvais l'avenue de Grammont, et me préparais à retrouver ma mère dans la mort. Mais, et j'en fus surpris, maman, dont j'avais conçu la mort dans ma tête, l'odeur, la vision, le vide qui en découleraient, était très vivante. Quand j'arrivai de mon long séjour, un très beau soir de juillet, elle jouait du piano. De dos, au fond du salon. Son visage souriait, encadré de cheveux en guerre; dans les cadres du mur les portraits de famille avaient conservé leur même expression et leur même âge, et les bibelots des étagères leur fixité tranquille, une fois encore, pendant que j'avais promené par le monde tant de changeantes, d'inutiles pensées.

Elle a rabattu la couverture du livret des paroles, et, m'ignorant avec une ostensible volonté, elle a planté ses prunelles dans le lustre, le très beau lustre rescapé de Saclay, assez dégoulinant de derniers reflets d'aube. Elle était digne et droite; hiératiquement, austèrement sublime; un peu fin de siècle; un peu fin de vie. Le soir sonnait sept heures; on entendait de nouveau le battage des rues, le flot des passants de l'avenue de Grammont. Les vieilles pierres de Tours bâillaient dans le soir grave et sérieux, et le soleil leur éternisait dessus. Maman n'avait pas fini de chercher des noises à son lustre, je sentis combien prononcer une parole, même perlée et ovale, comme une larme, eût été maladroit, fatal. De peur, je serrais mes dents et mes lèvres, et collais ma langue au palais. Elle s'est détachée du candélabre de jadis, son regard a coulé jusqu'aux plinthes du sol, parcourant l'intégralité de la paroi – elle l'a relevé d'un hochement, elle l'a dévié, pareil à une longue-vue, vers le nord, et elle l'a promené sur moi, je ne sais combien de temps – d'ailleurs, de tels ravins, ces gouffres dans le temps, à quelles horloges obéissent-ils ?

Le reste du soir s'est déformé en causeries, sourires, dîner, dans cet éternel retour du même auquel elle tenait plus qu'à la vie. C'est la dernière fois qu'elle m'est apparue. Le lendemain, à mon réveil, j'ai trouvé un lustre massacré sur le plancher, fracassé, tous ses diamants démantelés. Dans la cuisine, maman déjeunait avec un naturel clair. Je ne sais toujours pas ce qu'elle avait détruit ; la beauté, la musique, le passé, elle-même, en achevant un brave lustre au plafonnier. Son lustre d'antan ? Ce que j'ai vu mieux que tout, en revanche, c'est que dans son bol de thé, qu'elle se plaquait à la face, elle était en train de pleurer. Ça, c'est une certitude. Mais la vérité, hein…

*

La mort, dans sa salle d'embarquement, patienterait encore deux ans. Ce seraient deux longues années, parfois noires, parfois grises, balafrées, sales, englouties par la vitesse de plus en plus effroyable du temps, mais longues quand même, paresseuses dans leur crasse, traînantes dans leur apitoiement. A la fin elle s'habillait de plus en plus mal, je la trouvais à demi vivante, ensevelie sous les haillons, les nippes, les torchons, la bouche confite dans un océan de bave, et la douleur plus vaste, plus agressive, plus arquée.

Je crois pourtant qu'il faut que je la sauve. Elle valait mieux que nous. Par une de ses magies coutumières, inénarrables, plus j'en avais assez, plus je l'aimais – et je me demandais si sa mort définitive, après trois années de fond du trou qui avaient, sans doute, épuisé mes ressources de compassion, de bassesse, m'accablerait ou m'indifférerait, me ferait passer pour un méchant ou – pire – un insensible, alors qu'eux, qui sauraient s'émouvoir, vaquaient en se moquant de moi, moi qui ai légendé les sorts, eux doués, futiles, louveteaux, éphémères, pas plus soucieux d'elle que moi d'eux, de leur vie que j'aimais moins, connaissais moins que leurs visages, qui ne m'avaient jamais été. Nous ne vieillirions pas ensemble ; d'ailleurs, est-ce que j'allais vieillir ? Sa mort, c'est l'évidence, suspendrait le temps. 1991 pour toujours.

Elle savait tout, elle pensait tout, elle captait tout ; elle vous avalait et puis je l'adorais ; elle avait une place bénite dans un tréfonds de mon esprit, l'abyssale clairière, mon épouse au second degré, ma choseline claire aux philtres d'été, mon oileau d'onde. Des fois, elle me disait l'important c'était quoi – « l'amour », je disais timidement, et elle avait un petit sourire qui lui venait sur les lèvres, et il était là le trait profond de sa personne, et je peux vous dire que c'était une grande, très grande personne.

Elle pratiquait des rituels souvent étranges, dès lors qu'elle se souvenait qu'elle était agnostique et, qu'en temps qu'agnostique, elle s'était inventé, elle-même, toute seule, une religion, elle s'y adonnait dès qu'elle y repensait, et là, il fallait tenir bon, parce qu'elle allait dans le cabinet et vous étiez partis pour des heures et des heures de formules latines, grecques, étrusques, de mouvements étranges, d'incantations de désaxée, des folies complètement folles, dans le cabinet qui se remplissait de plantes, de vapeurs, de chaînons dorés. Alors son regard devenait curieux, roulant, semblable aux billes, quand elles tournent, rondes et translucides. C'était quelqu'un au doux parler, au doux langage, mais qui pensait avec une pointe. Elle était indomptée, n'ayant jamais subi l'aiguillon. Cela la mènerait à la ruine, ce n'est pas une image : sa vie n'était plus rien, presque plus rien, un manoir oublié dans un hameau de province. Je me souviens pourtant qu'elle avait voulu acheter une demeure en Russie, un endroit avec des bouleaux, des jeux de cartes et de l'apesanteur ; et ça, c'était à notre plus belle époque, oui, oui, à l'apogée des nôtres.

Quand j'y resonge, comme je revisite les heures déployées là-bas, dans un lieu qui n'a pas changé mais qui n'est plus du tout le même, des couleurs se superposent à mes pupilles, comme quand on ferme les yeux et qu'on distingue des feux d'artifice multicolores, des croisillons ciel et noir, les brûlures des brasiers. Souvent ce sont des pellicules de gris, de bleu poussiéreux, de rose fatigué, quelquefois un sépia particulier, aussi léger et déplaisant qu'une fumée de cigarette.

Sur le mur droit, des arquebuses, des arbalètes, des mousquets tout usés. Des fusils et d'antiques carabines. Pour les fournir, avec de jolies formes et des couleurs de faïencerie, les sacs de plombs, les pulvérins, et celles qui répondaient au substantif si poétique et juteux : poires à poudre. Au mur opposé, au plafond aussi, des trompes ; des cors avec des prénoms formidables, d'Orléans, Dauphine, Dampierre, de chasse. Ces noms sentaient la poudre, et celle des vieux visages, et celle des morts d'avant.

Elle avait traversé sa vie comme un géant, mais ses bottes étaient pleines d'absences. Elle avait eu son père (1896-1966) qui travaillait dans le thermalisme, déjà décadent, 1925-1950, et elle avait passé ses années de famille et son temps de poupée bringuebalée parmi les cahots, ça changeait tout le temps, Bourbon-l'Arc, Châtelguyon, Posay, Luxeuil, Bourbon-L., Divonne, et caetera ; elle en avait gardé des souvenirs, l'obsession du carrelage bleu-blanc, du bleu-blanc (chemisier, rideaux, voiture, ciels, etc.) et un goût jamais démenti pour une hypocondrie de connaisseuse. Sa mère s'était tuée en avalant du poison, dans un grand couloir thermal à arcades, et maman n'avait su le vrai de l'affaire que quinze ans après, à la mort de son père, comme si elle avait été une niaise qu'il eût fallu tenir dans un état d'enfance, et ici je dois préciser qu'on me fit bien souvent des choses semblables, des secrets cachés comme à un gamin, je rectifie : comme si nous avions été deux niais qu'il eût fallu tenir dans un état d'enfance, ce que nous étions peut-être. En tout cas, s'étant ennuyée vingt ans, régalée six, puis ennuyée à nouveau vingt, elle avait passé les treize dernières années de sa vie à racler ce qui restait, le fond de sauce et des tiroirs. Sa vie, en apparence et dans sa routine, avait peu changé, mais, pour elle (et après tout son sentiment importait plus que le nôtre), c'était torchons et serviettes : deux mondes. Je la regardais, à quelques mètres et un peu de côté, plonger la tête dans la commode, le placard, et même là je n'arrivais pas à me sentir supérieur, à enfin avoir mon tour d'emprise.

Quand j'y pense, je ne devrais pas paraphraser, parce qu'elle racontait tout cela très bien dans les feuillets qu'elle avait commencé à bleuir, un jour, quand elle s'était mise à écrire un livre à la pointe bic pour je ne sais plus quelles raisons. Il y avait de très belles pages, un peu humides à cause des fuites du toit. Elle avait appelé ça *Mémoires de l'imagination*. « J'ai passé mon enfance et mon adolescence dans des villes thermales et des sous-préfectures pluvieuses. On habitait parfois près d'un manège, souvent près d'un parc, toujours près d'un lac ou d'une rivière. J'entendais sans cesse un bruit d'eau. » Plus loin : « Lors des longs voyages qui me transportaient d'une maison l'autre, nous nous arrêtions des heures devant l'hôtel de ville d'où nous emménagions. Quatre, cinq, six… La loupiote du cadran me le disait. Je lisais des livres, Erckmann-Chatrian, les *Caroline*. Dans une 203 blanche, sous la pluie. » Diriez-vous que nous écrivons pareil ?

Quand elle invitait « ses amies de Paris » (elle disait ça en se moquant mais elle n'aurait pas aimé qu'on la chatouille sur son ancienne vie (« j'ai connu des gens *brillants* »)), nous buvions le thé. Si son favori, le même que celui de la reine d'Angleterre, jaune et noir supérieurs, comme cela elle pouvait certifier, sans exagération ou difformité, que pendant trente secondes cumulées, par jour, elle vivait comme elle, éprouvait un ressenti conforme, et cela l'emplissait d'aise, elle se frottait les mains, aux anges, à la liesse, et toute à ses saveurs de perruques – s'il faisait défaut, oh, pas bien large, mais défaut quand même, elle n'enrageait ni n'éclatait, mais elle nous gratifiait de sa moue de certains jours, ces jours le long desquels les croyances s'écornent, se plient, coulent et s'enfoncent dans la vase glacée. Alors, le baron perdait sa perruque, le notable son argent, et maman, yeux liquides, visage en pied-de-biche, la bonne humeur de sa journée.

Nous n'avons pourtant partagé aucune émotion forte, hormis sur la fin, quand elle regardait la mort avec des yeux de plus en plus ronds, un sourire de plus en plus amidonné, nous n'avons pas vécu de grands faits d'armes, de morceaux de bravoure, de Meccano immenses et infinis.

*

A l'été 90, la Loire connut une crue. L'eau à Tours, Atlantide du pauvre, était haute d'un mètre. Maman s'en amusait ; et c'est vrai que je sentais, comme elle, qu'il s'agissait d'étranges instants. Spéciaux. Pensait-elle comme moi, devant l'eau haute et claire, le soleil phosphorescent ? Pensait-elle aux mêmes choses ? Un deux juillet 90, par la fenêtre ouverte sur le jour rayonnant, ne sentait-elle pas, comme moi, l'appel de notre vie ancienne ? Cors de chasse, comme au cabinet, comme dans les bois de Saclay et Sacierges, comme en Sologne.

L'eau montait, dépassait sur les murs des quais les traits marquant d'autres crues, comme dans un verre mesureur. Dans mes songes, il y avait d'étranges images de lacs, de très grands lacs sous le soleil. Mais ce n'était pas des lacs, car le soleil semblait en être le bout, et ce n'était pas encore l'Océan. *Quand ça n'était pas encore le printemps.* Les basses plaines, les gentils maraîchages, les petits vergers, les immenses champs badauds ployaient sous la houppe des eaux profondes-ténébreuses, et éclatantes dans leur surface, au soleil. Le paysage était mollement inondé, avec enfin les rayons seuls, enfin la paix, enfin la lumière, et des clochers, des dizaines de réductions de clochers, ombrageux, dans les lointains du sud, où l'eau cessait, et ses rayons, où recommençait la forêt, qui menait à d'autres plaines, puis Sacierges derrière, enfoncée. Réellement Sacierges, au bout de l'horizon, au loin du plat sur lequel rien n'est posé. Que j'imagine, sans plus de fleurs, qui gît les jours tout au loin. Où ça ne sera plus jamais le printemps. J'étais devant ces tableaux remontés de l'eau enfouie comme devant un spectacle ou un paysage inouï, plus grand et beau que moi. J'avais en moi de très jolies images, qui hélas dédoraient ma vie. J'ouvrais la bouche, mes yeux se vidaient, des soupirs de méduses venaient de quelque part et finissaient sur mes lèvres. Des méduses comme celles qu'on aurait cru apercevoir, au fond du marigot, sous l'eau, quand il s'agissait des branches des arbres cloîtrés dans le fond, comme des méduses chargées de feuilles, ou des momies. Je me souvenais de naguère, quand j'avais flotté à la surface du marigot, quand ça n'était pas encore le printemps. Les nuages avaient la forme de nombres, et ces nombres étaient des années. Mon arrière-saison, en fin, était ensoleillée. Fallait-il encore que je prolonge les flammes de ces instants-là ? Peut-être était-ce alors que nous avions été chavirés, grisés, que la chamade nous avait alpagués. La pudeur, la négligence de ces instants devait être portée plus haut que tout le reste, même s'il ne resterait finalement plus qu'une mémoire, vaniteuse et ensoleillée comme une mémoire, méconnue, démolie par le monde, comme une mémoire. Nécessairement, toutes les grandes choses que vous avez vécues, que vous avez encensées, que vous avez suspendues au plafond du monde et de vos jours, disparaîtront jusqu'à n'être plus rien. Vous serez, en fin, suspendu au tranchant de la vie.

Repenser donc aux instants où nous avions pataugé au cœur du marigot stagnant, avec forcément les lots de regrets, mais aussi les mots qui s'étaient immobilisés dans l'air humide, et la lumière étonnante, comme celle des vieilles photographies. Le jour que je définissais le mieux avait vu un ciel très clair, le marigot brillait d'argent à outrance, la pureté emplissait le fluide et demeurerait d'airain. La plénitude, la multitude des jours, leur éternelle vacance, je ne la voyais plus comme la Voie lactée, mais proche, inéluctable et sereine, comme un vol d'avion dans le ciel d'été. Car les décennies qu'arrachaient ces instants n'avaient pas le ton mélancolique et pluvieux des petites distances du cœur, mais l'infinité terminale de l'azur quand il bat, l'amplitude éternelle du ciel qui ne voit jamais sa fin, qui dessine les années et les temps longs, qui évoque depuis toute sa hauteur la finalité.

Les images du marigot gravées parleraient d'elles-mêmes. Du marigot jusqu'au présent qui cassait mes pas, dix-sept fois, les années avaient vécu. Autour de moi, sur le présent insignifiant, la nuit avait laissé descendre des voiles très noirs. L'histoire, d'elle-même, parlerait. La campagne au-dessous était abolie. Restaient : l'eau, l'air, le soleil, vivre, et le silence. Plus je tombais dans la nuit, plus le souvenir se faisait précis, plus exact devenait le tableau que je dessinais de ces jours, plus alors, au sommet du vieil immeuble, je me disais que la vie était exceptionnellement courte. Il doit être terrible, avais-je évalué, de pouvoir, sur son lit de mort, revoir les premières mémoires de sa vie. Une boucle, une boucle… Rendez-vous compte, fermer le cercle de sa vie. Ses jours comme un taille-crayon, un air de musique, une boîte de chocolats. Alors que dans l'incertitude finale naît le temps, et plus encore que le temps, le sentiment des siècles et de l'histoire des jours que l'on a vécus, et qu'au fil de ses songes, pensées, sentiments, on a en fin oublié sans s'en rendre compte. Dans le dernier envol par toute la hauteur du temps et de l'espace, il faut savourer l'infinité des jours, la multitude, oublier presque que nous nous trouvons là terminés et cloués pour l'éternité, impuissants face aux décisions, pour ne plus penser qu'à la fuite du départ jusqu'à la fin que l'on ne peut maîtriser, pour se restreindre à éprouver le sentiment du temps qui nous domine, et qui ne nous permet pas, par bienveillance, de menacer, par l'effet de notre mémoire, l'éternité. « La vie est si courte, si courte que je ne m'en souviens plus. »

Les jours dithyrambiques fusillés, tout cela avait sombré dans l'oubli. Ces jours n'appartenaient donc plus à personne, si ce n'est au pont, à la forêt, au fleuve ; ils n'apparaîtraient plus à la surface, décédés de l'aire des souvenirs, de l'ère des jours. Le passé n'était plus la mémoire des vieilles gens aux noms imprononçables, le souvenir de cités florissantes, les titres fracassants des journaux empilés, la photographie noire, son sel éteint et piqué. Le passé c'était mieux que ça. Le passé c'était le ciel.

Fin d'un beau jour (Orléans)

(2002-2006)

« Je rêve d'une vie affectueuse et tendre
Où sur un lourd sofa correctement assis
Je verrai près de moi venir quelques amis
Hommes et femmes pour me parler et m'entendre. »

Francis Ponge

D'avril 9. à avril 0., je vis quelques derniers amis, et beaucoup mon frère qui était devenu capitaine de navire. (Moi aussi, j'avais beaucoup aimé les bateaux, j'y avais même travaillé, avant d'emménager à Brest. Maintenant, c'était déchirure ; mais les yeux amaigris de la nuit qui découvraient les côtes gentilles, à l'époque ça m'avait plu, et j'avais rencontré des gens : toujours l'amour, toujours l'entichement. (J'ai été sur des bateaux, et j'ai été jeune, et j'ai eu de l'enthousiasme, et j'aimais bien les magasins de pacotilles et de bêtises dans les *ferries* anglais, les cartes postales immondes et hors de prix, les gadgets qui indiquaient un futur déboîté ; tout ça, plus simplement, n'a pas d'importance si on veut me comprendre, mais si on aime m'écouter, pourquoi pas : je ne suis qu'un petit violon dans les pièces noires, mais je suis tout de même un petit violon. Dans ces *ferries* où les gens avaient des yeux de grosses pendules, il m'arrivait de parler aux passagers ; chaque passager dont je me souvenais m'arrachait un souvenir adouci : un passager, un regret, six soupirs. Je travaillais, je tenais la caisse de ces magasins de toc qui naissaient, ou bien je jouais au barman du café, toute la nuit ; c'était le temps où j'habitais Dieppe. Je regrettais ne pas habiter une autre ville : j'étais, à vingt et un ans, à la pointe de mon énergie, et mon visage n'avait plus son imprécision adolescente, et n'était pas encore parti dans cette direction imprévue, glaciale, fixe qui me caractériserait plus tard. « Tu as le visage arrêté », me disait maman dans la chambrette à Tours ; et je voyais bien cela dans les glaces sans scrupules : mes traits étaient lourds, la peau n'avait plus envie de faire la belle, laissait tomber, *giving up*. On me disait que j'avais vingt-huit ans ; mais est-ce que je devais le croire ? Dieppe : je voulais vivre quelque chose dont je n'aurais connu que les contours, je croyais pouvoir jeter les épluchures de mes vieilles vies à la poubelle ; j'avais une crise d'angélisme brève, après plusieurs années d'un cynisme blasé.))

J'avais passé plusieurs années inexistantes, mille neuf cent quatre-vingt-treize, mille neuf cent quatre-vingt-quinze ; tout cela n'était pas douloureux, mais n'avait plus de sens. Je me levais, je mangeais, je voyais des gens, je *travaillais*, je sortais, je faisais des promenades, mais il n'y avait que ça, les levers, les gens, les promenades, les repas, il n'y avait qu'une seule couche, une seule épaisseur. Il n'y avait plus rien *derrière* ; discuter c'était discuter, entendre son pas sur les pavés mouillés c'était entendre son pas sur les pavés mouillés, songer c'était songer ; vivre c'était vivre ; il n'y avait que la mort qui avait encore tous ses édredons et la vie grelottait, frileuse, sous son petit drap mité. S'accumulant au reste, les verres de mes lunettes à contours d'écaille étaient roussis. Elles, avaient un double foyer. Et l'avant-nuit violacée, olive, comme dans le passage d'octobre à novembre.

Je trouvais que les gens étaient de plus en plus bêtes, les années de plus en plus caduques, et j'étais parmi ça comme un dinosaure maussade. Je réfléchissais beaucoup à l'âge des gens, à leur naissance, ne me reconnaissais pas dans ceux de ma « génération » ; tout le monde s'était mis à parler, dans un français atroce, d'ordinateurs et de vide. Il y avait ces grands mots carnassiers, lisses, déliquescents, qui en effaçaient en quelques années des tas d'autres et encore plus de nuances, rien n'était plus ni gentil, ni bon, ni aimable, ni charmant, il y avait la niaiserie qui gagnait tout, on me regardait bizarrement quand je parlais de mon père. Je me demandais si je finirais par être atteint du même mal que lui, qui n'avait jamais pu recomposer le temps de sa vie, si je serais aussi atteint par cette espèce de manie qui lui prenait, quand nous parlions du passé, de confondre les années 40 et 60, 50 et 70 ; il fallait toujours qu'il commence : « en 1945… », sur quoi se corrigeait : « non, non… 1965 » ; à la fin je le corrigeais moi-même, et puis je l'ai laissé faire, et il ne s'en rendait même plus compte. Je l'entendais dire « 49 » et je savais qu'il parlait de 1969. C'est comme quand il disait « *L'Observateur* », confondait *Le Petit Parisien* et *Le Parisien libéré*, continuait à dire « Radio

Luxembourg », « Paris Inter ». A ces moments-là, une tristesse malicieuse me traversait, qu'il ne percevait pas, du moins à mon sens. « A tes dix ans, en 1950… » Quand il parlait de moi, la tristesse l'emportait de beaucoup sur la malice, je n'existais plus tellement.

J'avais de plus en plus souvent la sensation d'avoir déjà vécu certains moments que je traversais, et cette sensation me plaisait. Au bout d'un temps, il me sembla même vivre certains moments eux-mêmes répétés. Des échos se répondaient, se croisaient, et le point initial, les premiers moments, *la dernière pluie*, s'éloignait de plus en plus. J'avais volontiers donné dans la nostalgie péremptoire, le péremptoire sanglant la nostalgie. A un moment, il y avait une vulgarité à ne jamais regarder par-derrière. Ils étaient si peu certains de ce qu'ils allaient y trouver ? Ils couraient, essoufflés, poursuivis. Longtemps, j'avais pensé comme cela. « Cours, le vieux monde est derrière toi. » Je le trouvais magnifique.

Mais quand je discutais, lisais les journaux, regardais la télévision qui n'arrivait décidément pas à se séparer de moi, je me rendais compte, avec un certain désespoir, que la nostalgie revenait à la mode ; on disait « c'était mieux avant » en riant mais on savait bien que c'était sérieux, on parlait des « années 60 », des « années 70 », des « années 80 » avec un certain regret. « Ça me rappelle les années 80 », m'avait dit un vieil ami de l'époque des études. Personnellement, je n'avais pas d'opinion ; quand les gens distinguaient « les années 60 », « les années 70 », « les années 80 » comme des blocs temporels clos, avec leurs caractéristiques, leur état d'esprit, je ne comprenais pas trop. Je ne me souvenais pas d'avoir traversé une période distincte qui s'appelait « les années 80 », j'avais des souvenirs de la gare de l'Est dans le soleil d'hiver, de la rade de Brest, de Lyon enneigé, mais j'étais certain que ces endroits n'avaient pas changé, qu'ils étaient les mêmes qu'il y a vingt ou trente ans, et que c'était moi, au vrai, c'était moi qui avais changé ; et encore un peu plus, même.

Je ne voulais pas que la nostalgie se galvaude, c'était mon sentiment unique, le mien propre, et je ne souhaitais pas la prêter. Il y en avait des moments d'intense ; dans la campagne d'hiver, sèche et nue comme un immense cadavre, le soleil haut-pâle, monde sans espoir, aux contours précis, incolore, inodore, peut-être plus beau que la vie. La voie secondaire (une de ces voies fabuleuses limitées à 110 kilomètres-heure, plus rapides qu'une nationale, plus contemplatives qu'une autoroute) était la beauté au cœur des purins, le fantasme des espaces stellaires, l'élévation manquée, dans un monde ravagé où il fallait savoir fleurir de côté. Je n'avais pas à chercher, fouiller dans mes souvenirs, tout me revenait : des images fortes qui remontent, d'or, un mot, un visage. Au creux du tarmac des années écoulées, le cœur, le verbe, je les sentais se réveiller à nouveau, renaître. Au plein jour crayonneux. Les parenthèses de l'enfance, il me faut les resserrer à nouveau, même si c'est à contrecœur, et revenir dans un monde actuel, auquel je demande, inlassablement, une suite. Plongé à jamais dans un bain d'instant présent. Les souvenirs ont raté leurs adieux.

Passer sur la province française milieusarde. Si vous saviez les pathologies qui grignotent la province française… Paris, à côté, c'est un jeu d'enfants, du théâtre. Du petit-lait de gâteau de thé. On désespère beaucoup mieux en province ; à Paris, on distrait sa solitude ; en province, on se l'attache jusqu'à sa rouille, sa damnation. On se fait chanter sa reddition. Et quand je dis la province, je ne parle même pas de celle qui fait fantasmer, frissonner les Parisiens, avec ses landes, ses grands massifs débloqués, ses crêtes et ses aiguilles, et ses inextinguibles murs, où la folie nous en assure : je ne suis pas celle que vous pensez ; non, la vraie belle province égrotante et toquée, où l'insignifiance règne, le quelconque, les hommes hantés, la terre des creux et des filigranes, la minceur de sens du monde, du voile de ténèbres qui nous cache sa cause et ses directions, encore moins épais ici qu'ailleurs, parfois percé par la volatilité d'un ciel, la sublime horreur d'une montagne.

Je ne crois pas que la province la plus fêlée soit celle qu'on vous a racontée, dans les bibliothèques à tréteaux. De toute façon, elle ne peut pas s'accommoder d'un petit ton professoral ; moi, j'ai avalé tout mon monde, et je n'ai pas de sentiments. C'est fou, ce don que les hommes ont pour s'empoisonner la vie. Ils se collent entre le mur et le linoléum, et, épinglant une araignée, un rat, un serpent, ils se cognent, se désespèrent, se dévident. Des misérables, je vous dis, des incapables. Moi, je dis qu'eux, ils vous ont abusés sur les mystères de la brousse, le sillon des légendes et les pilonnages d'effroyables hivers et étés, sur des arcs-en-ciel phosphorescents et mythiques et tout un tas d'autres sottises, panthéistes, éhontées. Moi, je ne goberai rien du tout, car je suis sûr qu'ils ont menti, qu'ils vous ont barbouillé un trompe-l'œil dans la croûte, la déchéance rétive de votre cerveau, votre marasme personnel de tout un chacun.

Je m'étais fixé enfin, avec un peu de retard sur le siècle, à Orléans, Cloître-de-la-Coquille (j'avais toujours eu le chic pour habiter dans des rues aux noms incroyables, rue de la Harpe-aux-Ecureuils, rue du Pain-de-Seigle, rue Castor, allée des Deux-Soupirs, mais ce Cloître-de-la-Coquille les écrasait de fantasque et de solennité), pour me définitivement couler sous mon passé qui s'était posé là comme un oiseau, car on m'avait donné l'adresse de plusieurs personnes que j'avais connues jadis et qui vivaient encore ici. Parmi elles,

21, allée des Blanches. Orléans.
17, venelle Prunier. Orléans.
5, impasse Crucifix. Orléans.
118, boulevard du Gallon. Olivet.

Au-delà, qui m'assaillaient, des noms de rues plus étranges encore que feu les stations de métro de mon adolescence. Orléans en était pleine. Dans des recoins aux portes basses, aux rues squelettiques qui bordent les bâtiments publics, autour du théâtre par exemple, ou dans le quartier d'anciennes fabriques de vinaigre qui dominait les quais. Je passais du temps dans les gares, les brasseries, chez une vieille tante que je connaissais, et j'allais, trois fois par semaine, jouer du piano à l'institut. Je sentais que ma vie perdait de sa consistance, qu'elle s'émiettait comme une biscotte ; je me trouvais aussi déplaisant, aussi inutile que ces miettes de pain qui restent sur la table, longtemps après le déjeuner. Je fus pris d'un brusque accès d'empathie pour ces miettes, je songeais à leur souffrance inaudible, à leur immobilité morose. Qui, quand je serais mort, penserait à elles ?

Presque arrivé au terminus, je n'avais plus que deux craintes, qui, c'est heureux, ne se réaliseraient pas : souffrir, devenir fou. Le malheur était varié, enthousiasmant, romanesque ; mais si j'avais souffert ou que ma tête se fût décrochée, je crois que je n'aurais pas résisté : je serais allé, timide face à la mort, des cailloux dans les poches, sombrer dans le canal, car la Loire avait trop de courant et de cailloux, et que j'attendais la fin comme quelque chose de voluptueux, de ouaté. Il fallait que rien n'arrive, parce que ni la souffrance ni la folie ne s'emparèrent de mon esprit, parce qu'aussi, je crois, j'avais, malgré mes trente ans d'habitude, encore un peu peur de la mort. Jamais, jamais je ne me mis à loucher à gogol infini.

…, et, plus loin encore, au bout des traverses, ce que je poussais à appeler des « excursions » mais qui étaient alors innommées : elles datent de mes premiers vieux jours, me paraissent antérieures à toute parole ou conscience, se limitent à des riens minuscules qui n'ont sans doute jamais existé ; mais ils se sont accrochés si fort à moi que je finis par les croire : l'écorce des troncs, le bois noir qui fait une ombre noire, les cailloux-osselets dans la rue vide, et les rues, les rues, l'infinité des rues, noires, toutes noires, l'infinité des rues noires, me viennent-ils de ce voyage lointain que j'ai toujours su avoir fait, dans une vie postérieure et méconnue, ou bien n'ont-ils jamais été que dans un livre, un rêve, une histoire qu'on me raconta ?

*

Je n'ai pas oublié cette vieille femme, croisée dans un bar ferroviaire ; j'ai toujours aimé les bars ferroviaires, leur empressement morose, leurs conversations pratiques, leur murs jaune éteint. On avait commencé à parler de bêtises, et puis elle avait entrepris, l'haleine chargée de passé, de me raconter sa vie, et ce qui l'avait aveuglée, opportunément disait-elle (« sans aveuglement, on devient lucide, et c'est terrible », elle avait soufflé ça comme pleine de peines), des illusions heureuses, la jeunesse, la famille, l'amour, la politique, l'alcool. Et revenue de tout, arrivée à rien, elle me disait qu'elle n'était pas sereine, pas joyeuse, qu'il n'y avait plus ce film entre elle et le monde. Elle était dans la vie nue. Je me souviens qu'on avait pris un verre, deux verres, des glacés, j'avais deux heures devant moi, elle une et demie, nous parlions comme des amis de toujours, d'emblée j'avais remarqué la mise, moi qui ne suis pourtant pas physionomiste, l'imper, les bottines, le serre-tête, la maigreur. Je me souviens qu'à un moment elle avait dit : « Et vous ? », et j'avais levé la tête vers le haut, avec un mouvement de la main gauche et une moue basse des lèvres, et quand j'étais revenu de mon périple en hauteur je l'avais regardée, et je me souviens qu'elle souriait d'un sourire compréhensif, malheureux.

Je n'ai pas oublié les périodes noires, roses, grises, orange.

Je n'ai pas oublié le soleil culbuté qui se cachait et se découvrait sans cesse, l'amour qui avait été un calmant, une sucrerie, un châtiment, une agape, la jeunesse qui était finie, la vie qui se raccourcissait devant moi et la collision qui approchait, la voiture en face qui ne freinait pas, qui accélérait même, moi qui ne ralentissais pas non plus, l'accident imminent, tout proche.

Je n'ai pas oublié Angers. Je crois que j'y étais avec quelqu'un mais je me souviens surtout l'hôtel sur la place, une de ces places de quartier éparpillées autour du centre-ville comme des confettis, avec le café, le primeur, le buraliste, c'était le début des années quatre-vingt-dix. Je n'ai pas oublié la place, je n'ai pas oublié les grands murs blancs de l'hôtel, je n'ai pas oublié le square. Je n'ai pas oublié la statue. Une statue noire, haute, très frondeuse, et dans la nuit, cette statue…, l'Amiral me poursuivait. Je revivais, depuis Angers, dans le salmigondis des mois écoulés, au fin du fin des années-lumière, presque dix ans plus tôt, la préhistoire déjà, les cornacs brumés, l'odeur de Brest, salée, décoiffée, une odeur de sardine, de béton et de bifteck, l'Amiral vaillant dans les steppes d'ombre et de lumière, la sculpture esseulée, assombrie par la pluie. Nos conversations, les voix lunaires, moi le dos contre les murs nus monstrueux, toi comme un tableau dans la fenêtre ouverte ; l'Amiral, derrière, qui nous faisait des signes.

Et bien sûr l'important (Le voyage à Strasbourg, miel, tournesol, poussin.). (Les jours de Brest, le vent bavard, la pluie maladroite et l'air osseux.) (La vie.)

*

Et maintenant… Les premiers temps d'Orléans : c'était un bout de novembre, une pièce de gris, un morceau d'hiver avant l'hiver. Ce jour-là, comme la vie n'avait l'application, ni l'inclination réclamées, elle avait fini par laisser ses sujets en plan. Elle les avait abandonnés à la solitude d'un appartement bourgeois de moyenne province, à la nervosité anxieuse et obsessionnelle du silence, l'après-midi. L'ennui rongeait les meubles, mitait les corps, suçait les âmes, et, comme une grave maladie, on n'osait en parler. La vie avait planté dans leurs os cette javeline, cette fourche : un cancer. Nous nous emprisonnions, pour nous consoler, dans des fous rires pleins d'électricité, impuissants mais frénétiques, car nous étions seuls, dans le secret et la province, perclus de convulsions. Mais on nous avait dotés d'action, et nous savions combattre, et nous étions puissants. Rien ne s'était passé, et nous attendions tout.

***** années après : suivant un aller-retour qui saluait des banlieues aux gares neutres, je fus à Orléans, cloué à ma planchette. La vie d'ici s'intégrait mal au reste, molle, sans espoir ni vivacité, molle (les librairies (*Laly Brary*, 1976), la pâte d'amandes, du thé et quelques sentiments). Je passai ainsi, par le Cloître, les quais et les mails, dans une quiétude florale ; j'avais quarante-deux ans, l'impression d'en avoir soixante, je pouvais m'extasier devant la glycine : pathétique, pathétique, et je l'avais su très avant. Pour autant, je ne voyais plus quoi faire d'autre. Je déjeunais au Boulevard, comme d'habitude. Le Boulevard, sculpté et granuleux, figurait dans ce coin une folie insolite ; dans ce restaurant se pressait une foule normale midi et soir, plus moi, et je mangeais, des arêtes de poisson, des os de viande en sauce, des crèmes dures comme du bois. On dévisageait une brasserie parisienne posée là, sur les boulevards quelconques d'une ville anodine, se demandant comment tout cela avait pu pousser, les moulures, les étages, les tablées, l'enseigne, dans cette ville si ridicule que je ne prononce son nom qu'en ah ah, rigolant, ah ah ah Orléans ah ah ah ah. Je suis trop passé à Orléans, je connais trop cette ville et je la tolère, par habitude, par vieillissement.

Puis il faudrait se promener : les quais, la Loire étaient le tableau d'un peintre moyen, les bancs de sable soutenaient des bouquets de brindilles, qui dans cinq mois éblouiront, ou alors nous ne serons plus là. Parfois, me prenait l'impression d'être un idiot ; d'avoir été, surtout – et peut-être avais-je raison. Mais comme je discutais cinq minutes avec quelqu'un, j'étais persuadé du contraire, et de ma grande intelligence. « Le jour du crémier. La nuit prêtre drapé aux oraisons banales. Le soir, c'est bien. L'aube, c'est assez bien. La lune n'a aucune influence sur nos vies. Mourir comme on cale en voiture. Les rayons coulent dans la Loire, au lieu des bateaux. Dix-sept clochers. Dix-huit. Je ne sais pas à quoi cela tient, ni d'ailleurs comment tiennent les étoiles. »

Sur les quais, on avait construit le grand hall de la Charpenterie, énorme bocal transparent, épuré, sans but, que je n'aimais pas. Ma mère, qui avait vécu ici dans les années cinquante, m'avait parlé des halles d'alors, en bois, voûtées, qui avaient été construites après guerre et rasées vers 1967, 68 ; ensuite il y avait eu les champignons de béton, sur le terre-plein, que j'avais bien connus ; ils avaient été abattus, remplacés par la halle transparente. Ma mère regrettait les halles en bois, trouvait les champignons hideux ; je regrettais les champignons, trouvais la halle affreuse ; la génération qui me suivrait garderait le souvenir de cette halle transparente. C'était quelque chose qui ne pouvait pas faillir. Tout passait, les traits restaient les mêmes ; tout se renouvelait, les motifs demeuraient identiques ; les choses tournaient, oui, elles tournaient, bien sûr qu'elles tournaient : elles tournaient en rond.

*

Heureusement qu'il restait *les jardins*. Orléans est une ville où ils se cachent derrière des masques épais (gentilhommières briquées, bâtiments administratifs), il faut lors les découvrir, dans les creux de la ville, comme des champignons en forêt, noire. Le jardin de l'Evêché, derrière la Synagogue, ses pigeons maussades et ses tons gris. Le square Groslot, toits troués, fontaines sèches, plantes carnivores. La Vieille Intendance, en boucle de lacet. Les jardins, quelque chose qui ouvrait la vie, en voile blanc, une douceur qui n'était pas sans évoquer un dimanche soleilleux, en famille, au mois d'avril 1965 (avril 1995 pour les plus jeunes). Dans ce matin qui fut ma jeunesse, et qui pouvait prétendre aussi au leitmotiv.

Le jardin de Sacierges était un autoportrait de mon enfance ; si heureux qu'il nous faisait partager son bonheur, un jardin pas maquillé, pas fardé, très grisant, je m'y sentais comme au fond d'une baignoire, en vase clos et le ciel refermait le bouchon, le vert qui allait de l'amande à la pomme, le jaune de la gaufrette au crépuscule, les arbres qui pointaient comme des clochers d'église. Vous pénétriez par la courette, franchissiez le portail rouge de rouille et marchiez dans les allées, disiez un mot gentil à chaque fleur, caressiez les arbres comme on caresse un chien, vous mettiez à croire en Dieu.

Le jardin qui me touche le plus est l'Orangerie de Strasbourg. Les arbres noirs dans l'aube, sur la vapeur du ciel qui se levait immense, glacé dans l'hiver mais rendu brûlant par la lumière orangée, puissante, glacé sur la peau et brûlant dans l'œil ; les rues que nous avions prises pour gagner le parc, la ville qui faisait des rêves, l'air bleu ; et puis l'Orangerie, ses allées blanches, ses statues hautaines. Serait-ce tellement irréaliste d'imaginer que ce dimanche-là, j'imaginais guigner aussi ?

Le Jardin romain de Dieppe. La Pagode de Brest, sous l'eau qui fait des bulles. Le Parc thermal. Le square Penché.

*

Par hasard, je suis allé faire un tour rue de Bel-Air, un dimanche de mai. C'étaient déjà les beaux jours. Une cousine très lointaine devait habiter là. J'ai retrouvé la maison sans difficulté, les rues avaient très peu changé, on avait à peine construit une salle de sport ; c'était rassurant et inquiétant, cette petite ville engloutie, pétrifiée. Sur le boulevard, quelques automobiles, mais personne ne marchait dans les rues. J'étais seul dans la ville, et ce n'était pas si doux que cela cette solitude de printemps : c'était à la fois euphorisant, et triste. Les autres font un bon décor. De loin, c'est bien, les autres. Une fois entré dedans, ça cloche, ça bruine, ça burine, ça se distend ; mais, de loin, l'humanité est belle. Les contours sont très réussis. Hélas, le fond pèche.

Je ne pensais pas à cela et tournais rue de Bel-Air. Des idées tentaient de resurgir, mais quand je sonnais au portillon j'avais tout oublié. Une petite femme blonde d'une trentaine d'années que je n'avais jamais vue m'a ouvert, avec des cheveux collés contre le crâne, une peau d'un jaune égyptien et un air nuageux, éthéré. Béatrice, elle s'appelait Béatrice. Le jardin était plus petit que dans mon souvenir, la porte plus basse. Des piles de fleins débordaient du quicageon. Elle m'a proposé un café ; j'ai accepté (en vérité je déteste le café, j'en bois pour me donner une contenance, et ça marche – les gens font plus confiance à un buveur de café qu'à un buveur de thé, ou de limonade, ou de jus de fraise (c'est une sorte de marque de classe, le café) – et puis le café ça vous pose un homme, ça fait vieux routard de la vie – ils sont tout fiers au moment où ils en demandent mais je suis persuadé que la moitié n'aiment pas ça, car c'est un liquide absolument pisseux, poisseux, dégueulasse, je me demande si le café n'est pas un mensonge perpétué par certains, un Père Noël pour grandes personnes). Elle était comme son prénom, voulait du bien à tout, et à tous ; à elle, notamment. Elle parlait et ses paroles montaient, elle parlait vers le haut, et ses silences étaient frais et beaux comme des prières. Elle employait des expressions d'une désuétude polie, une petite laine, une orangeade, les bonnes manières. Semblait compatir en formules bleuâtres… « La vraie vie ressemble plus à un mauvais film qu'à un bon roman. » Ses sourires avalaient son visage. Mais peut-être était-elle hypocrite.

Je n'étais plus très sûr de savoir éprouver un jour encore une sensation, mais il y avait quelque chose d'agréable en province qu'on ne retrouvait pas à Paris ; être oublié un peu, emprunter les bas-côtés. Loin de tout, jamais l'émerveillement ne s'étiole. Paris est une ville superbe, mais sa beauté est trop évidente, trop ostentatoire, on va de merveille en merveille, c'est pesant. On finira par passer devant le Panthéon comme devant le fromager, car la beauté lasse, et Paris est une ville téléphonée, attendue, qui manque de surprise. Est-ce que c'était la surprise, le café dans les bols bleus, le chat bleu qui paressait, la paresse du printemps, mon hôte en porcelaine, avec quelque chose d'automnal dans la voix, d'évocateur dans le sourire (et maintenant de chaud dans le souvenir, de bouillotté). Elle me parlait avec cette affection platonique qu'ont les femmes pour certains hommes, incapables d'entretenir avec eux autre chose qu'une relation pure, désintéressée. Nous nous revîmes régulièrement, tout le printemps et l'été.

Pour la première fois depuis tant, la vie n'était pas surfaite, nous buvions des tasses et des tasses et on ressortait des livres des placards, je me souviens de sa lecture des poèmes de Basile-Elmouth du Saon (qu'on prononce du San), ceux du *Soleil invisible* notamment, et que des bêtises nous avaient menés au fou rire. (Nous nous emprisonnions, pour nous consoler, dans des fous rires pleins d'électricité, impuissants mais frénétiques, car nous étions seuls, dans le secret et la province, perclus de convulsions.) Je ne connaissais pas son âge mais pouvais le deviner, entre trente et quarante ans, et j'avais peine à croire qu'elle était née après moi (27 juin 1966, la maternité des Plantes,

Paris XIIe – j'avais vérifié), car j'avais toujours tenu les personnes nées après moi pour des pas capables, des pas notoires, des rogatons. Ayant connu sa vie, je ne m'en serais pas étonné : tout la poussait à ceci. Cela resterait secret. Maïs pas son nom gracieux, Béatrice Martinage, un grand vol d'oies sauvages, migrateur dans un ciel de soirée.

*

Un jour de fin juillet, dans la ville déserte et chaude, Béatrice m'avait donné le recueil de du Saon, et m'avait demandé de rester le soir : j'avais accepté, n'avais pas compris pourquoi, et finalement si. Ah oui ! Ça existait encore, ça ? Apparemment, oui. Quel dommage.

Nous lisions les beaux poèmes de du Saon, dans les trois recueils qu'elle possédait, *Le Soleil invisible, La Rêveuse Matière, Mourir l'été*. Il y en avait un que j'aimais beaucoup, « La Véranda ».

Dans la véranda bleue,
Aux myosotis,
J'attends la vieille Alice
Tandis qu'il pleut.

*

Un matin, j'ai pris conscience que je n'avais pas été amoureux depuis onze ans, que je ne le serais sans doute jamais plus. Je me sentais lourd et froid comme les pierres des cathédrales. J'avais quarante ans *seulement*, mais ma quarantaine n'était pas du tout sémillante, plutôt pâté en croûte. Mon cerveau et mon corps, sur un monde propre comme un papier, « emballez-moi le pâté en croûte », au fond du cabas on ne me verrait plus. Les levers étaient inquiétants, en grands parasols noirs qui planaient, qui s'ouvraient comme des palmes sur mes yeux encore acides de nuit. Avec des craintes, des pensers frémissants, des enthousiasmes brefs sur la largeur de mon encéphale bien peigné.

Dans le monde parfait il y avait la nymphe bleue de Saclay, Amphydryade des fritures, qui se moque. Il y avait un nuage de 1975, en négatif de photographie, qui ricane en secouant ses épaules. Il y avait ******, depuis le bain saliveux, carrelé, le dos rond de malheureuses petites collines.

Mais la « vie » c'était : les hommes menuement cervelés. Le temps gélatineux. Il y avait des années minutes (1987), des années années (1976), des années siècles (1973). Il y avait, à Marigny, ce panneau : « Champillou », et « Champillou » n'apparaissait sur aucune carte. Il y avait les chemins qui ne mènent nulle part.

Dans le monde il y avait le café en bois (Paris 72), la boucherie tachée (Saclay 68), le tabac flou (Sacierges 75-77), le marchand de cycles (où ?), le quincaillier (Brest 82-83), le coiffeur bleuâtre (Saclay 65-71), le pâtissier à l'angle (? 72), la poissonnerie scintillante (Paris 68), le vendeur de vieux livres (Tours 86-94), le marchand de charbon (Saclay jusqu'en 67), le tailleur (dans la ville qui jouxte Saclay jusqu'en 65), le bazar.

Je reprenais, tant d'années après, des livres de mes douze ans, *L'été fut agréable, Le Train Patate, Frisson des jours*. Bien après ma lecture du *Train Patate*, j'ai eu une grande surprise, une surprise immense et verticale, et ça me rappelait ces moments. On était en juin 2002 (on était en 10797 de la troisième ère). J'habitais Orléans. Le printemps déjà s'asséchait, sur de longues plages de sable et de bonheur. C'était le temps des métaux précieux. Nous étions allés, le soir, au restaurant, dans un petit village des alentours, au bord d'un canal, dans un décor d'eaux et d'arbres en fleurs. Les abricotiers avaient les seins très bien gonflés ; les prunes luisaient, joliment mielleuses. Les vergers s'endormaient dans un rayon de présérie. Tout était blanc et orange (vernal, doux). On sortait de table, on s'avançait vers l'écluse un peu plus loin. On traversait le canal par le petit pont, par les couronnes de fleurs, sous le ciel espiègle. Derrière le petit pont, la Loire s'étendait, comme un début de mer ; le soleil couvrait le méandre d'une lumière clémentine. On passait l'écluse. Je me suis arrêté. Sur le mur d'une vieille maison, il y avait une petite plaque de fer ; on y lisait, en lettres de jadis : « Ecluse de la Patache ». Quand j'étais petit, j'avais eu un ami qu'on appelait Patache. C'était à Sacierges. C'était curieux. J'ai eu, vous vous en doutez, un grincement au cœur.

Sur le banc, face au canal dont l'eau s'assombrissait, capucine, grenat, violette, nous attendions que la nuit tombe ; elle ne serait pas tombée que nous serions restés, éternellement face au canal enténébré. Nous avons ouvert les yeux, longé le canal par le chemin de halage. Les fleurs se poudraient, se couvraient de bijoux, se faisaient belles pour le bal de minuit. La nuit était aussi sombre et claire que certaines églises, et en plus il y avait les étoiles, les ponts fleuris sous la lune, la Loire que je croyais l'Océan. Là-bas, le temps où je disais « Patache » n'avait plus grand-chose de réel.

Nous sommes rentrés en voiture dans le début de la nuit. Et, en reprenant la route des prunes et des pêches, ondoyante sur la surface, l'horizon très noir et un petit peu jaune me semblait plein de passé.

J'avais attendu qu'advienne un miracle, que le temps vienne dans la voiture, comme à l'époque de Bolazec. Et rien n'eut lieu. Ainsi, souvent, j'avais attendu qu'il se passe quelque chose, j'avais baigné dans les espoirs torchés et les endormissements des étoiles, et il ne s'était rien passé. « Passer » est un verbe qui ne se conjugue qu'avec un seul mot. Rien, rien ne passe, rien ne se passe, sinon le temps. « Le temps passe », naturellement, c'est la plus belle phrase du monde. La plus laide c'est « le sens de la vie ». Le sens de la vie ! Celui qu'on lui donne, et qui se dérobe, qui est tout percé de craquelures, celui qu'on perd de vue lentement, très doucement, amoureusement, et qu'on découvre enfui un jour, une minute, comme la grande basilique au clocher piquant qu'on voit s'éloigner devant ses yeux, qu'on voit pour l'avant-dernière, pour la dernière fois, et qu'on abandonne à jamais dans le creux d'un virage.

*

Un soir, je partis assembler les dernières pièces du puzzle. Est-ce que déjà je traversais les temps non datés ? Ou est-ce qu'à menacer, torturer les années, je leur ferais avouer leur secret défendu et banal ? Leurs refrains faciles humainement chantés en chœur, je ne m'y suis jamais intéressé beaucoup ; j'ai toujours préféré les arrangements obliques, les couplets, la mélodie au rythme et plus encore la voix ; vivre, vivre *a capella*. Je partais voir ce qui restait de ma famille, qui avait décidé de se réunir là, en festoiement pour conclure : ma sœur était déjà morte, il restait une vingtaine de personnes, agglutinées ce soir-là chez une tante pas revue depuis longtemps, et à qui, en discutant, comme elle me demandait ce que je faisais, j'avais répondu d'un air benoît : « Rien du tout. » Une panoplie de faux sourires était ma seule, dernière révolte.

Je fus là-bas comme en rêve. C'étaient des gens que je n'avais pas vus depuis plus de dix ans, mais rien ne me sembla changé. J'étais tout flottant, tout transitoire, quand on m'appela au téléphone déjà demi-liquide. J'étais délivré des ordures de derrière, des pensées traînardes en balluchons, de tout l'arsenal des sentiments contrariés. J'étais parti par Paris. Meaux. La Ferté-sous-Jouarre. Montmirail. Châlons-en-Champagne qui était en raphia, en liqueurs, en colles, en usines, en grandes empreintes gothiques et apeurantes. L'heur malheureux où tout s'éteint !

La montagne de Reims. Reims. Le massif de Saint-Thierry, conciliabules rondouillards, sages rebondis dans la plaine couchée. Et la petite ville où je vais graviter, cinq mille deux cents âmes, soixante-douze qui fonctionnent. D'habitude : la rue d'Armes, la place d'Armes, la supérette, les lotissements, les avenues et leurs immeubles bas-gris, le petit ruisseau du flanc de ville qui essaye à tout prix de s'enfuir mais qui n'y arrive pas. Il flotte, excusez-moi du peu, comme un parfum de Général dans la contrée. Et les cassis ont la beauté féroce. Mais là…

Après Meaux, après le Sinaï, j'ai été contraint à mettre pied à terre, à descendre sur le plancher des vaches, à monter au jeu. Que je vous explique : en gare, un mal de chien. Une journée de la mi-juillet. Villefranche au soleil. Villefranche dans la cuvette. Villefranche de Roro. Ma cravate large. Et, dans le ciel, la belle bleue, label bleu.

La gare ! La gare ! Il fallait le voir pour y croire.

Le train faisait le mort sur son rail. La gare de Villefranche se composait de trois quais, d'un hangar aux dimensions réduites et d'un hall tout à fait dérisoire, où, bien entendu, les guichets étaient clos, derrière les grillages rabattus. J'étais sorti, j'avais suivi les rails, et une tante, patibulaire, pataude, patraque, m'avait reconnu : « Oh ! c'est toi le dernier », ce qui pouvait donner lieu à une exégèse colossale. Je l'avais suivie. Nous marchions en bord de ville ; le cuir de son sac, le verre de ses lunettes, ses vêtements : tout cuisait, rien ne permettait d'entrevoir la possibilité d'un sauvetage.

On était là, dans le centre-ville de cette ville de cinq mille habitants, un peu perdus sous le soleil, pas vraiment assurés, rassurés sur nous-mêmes, un peu dubitatifs, pas très certains de notre identité, pas très sûrs que la vie n'était pas un grand rêve immobile, et que là, dans cinq secondes, tout n'allait pas se déchirer comme un carton, et ce serait fini.

On était là, à moitié désespérés de la touffeur du monde ; à moitié souriants de la tristesse qui émanait de tout ; la ville, les vieilles, les platanes, les pots de fleurs ; tout cela qui nous vrombissait dans la tête, qui établissait entre nous et le monde un film de plus en plus épais, opaque, hermétique, de plus en plus infranchissable, qui nous transplantait loin du monde, qui nous faisait songer à une réalité différente, qui accablait nos vies de petitesse ; exister, oh là là, exister.

La demeure : on n'avait jamais vu, de mémoire romanesque, des robes aussi pourpres, des rubans aussi violets ; dans chaque salle il y avait, formant des cercles concentrés autour des chaires, des portraits de dames et d'hommes comme on ne les imaginait même pas dans les histoires, avec des faces carnassières et belliqueuses, des airs d'un temps révolu auxquels la peinture semblait incapable de rendre vie, pire ! elle exagérait la décrépitude – pourtant déjà nette – des portraits, et leur archaïsme naïf.

Les grands panneaux coufiehs, les verres vides ou encore à demi pleins de poire ou de figue, l'odeur d'alcools lourds et virils, le bois dépoli, les armoires moites, les plafonds poussin, rendaient, malgré les plaisirs lointains qu'on avait pu y tirer, l'endroit tout à fait désagréable, moins par une forme d'austérité qu'il se plaisait à donner, dans ses tapis obscurs, les frontons dégraissés des portes, que par l'impression permanente que tout allait s'effriter, s'effondrer, s'anéantir en pans et en lambeaux. Ça sentait fort le cigare ; d'ailleurs des restes de tabac grené se décomposaient dans les cendriers. Dans l'encablure d'une fenêtre ouverte, deux poufs grenat souffraient de l'animation incessante d'une paire de postérieurs : celui de la comtesse et celui d'une amie. Elles se trémoussaient, et les changements de position de leurs cuisses froissaient l'apparence des apparats de leurs fesses. « Ça, c'est la cocaïne. » Une voix ridicule s'était élevée. On ne parlait pas chiffons. « Moi, je connais bien cela. Ça te donne le teint écru, ça… » « Bonjour… » « Ah ! Bonjour. Tu es le dernier. »

Dans le hall, elle s'effondra sur un tabouret. Le silence gonflait. Un instant, nous étions seuls. Jusqu'à ce qu'une de mes sœurs arrive (je crois Philippine). Elle était rouillée. Puis un de mes frères : lui aussi rouillé. Mon cousin : rouillé. Mon petit frère : rouillé. Ma grosse cousine : rouillée. Ma tante : rouillée. Ma grand-tante : morte. Le monde, il fallait le voir pour y croire, avait continué sans nous. Alors, alors nous baroudâmes en souvenirs crémeux. Il le fallait, car la vieille maison des plaines où nous nous serrions, où il m'arriva plus d'une fois de croiser un inconnu, se riait de nous, et désormais je savais que toute ma famille avait penché comme moi, que peu étaient restés arrimés ; nos vies tout entières absorbées dans la méditation de notre ruine passée, et ruine rassemblait tout : les pierres, les sous, les morts, les souvenirs.

Il fallait que nous redissions cent fois les instants vécus, que je me rendisse compte que je n'étais pas le seul à me baigner de souvenirs allusifs, le soir, avant de plonger. Elle me parlait de la cueillette des poires ; il me parlait du bureau de poste de Saint-Léger d'Entrecôte-sous-Rome ; elle me parlait de l'arrivée à Sacierges ; il me parlait des miroirs hauts comme des arbres ; elle me parlait des acrobates du 25 juillet ; il me parlait des gravures enfouies de la grotte ; elle me parlait des chansons ; il me parlait de la brillantine qui faisait miroiter les lacs ; elle me parlait des duchesses dans les livres ; il me parlait du Grand Atlas noir où nous avions découvert des villes secrètes (Ruzomberok, Athlone, Chisinau) ; elle me parlait des agates qui s'étaient brisées ; ils me parlaient de la maison, de ses pourtours, de la campagne, de ses pourtours, du ciel, de ses pourtours.

Edmonde, née peu avant moi, fin 58, et dont le visage clair dominait les yeux déchaînés, mangeait des biscuits au chou trempés dans une sauce aigre, et me parlait des « Pantouflards ». Je ne savais plus de quoi il s'agissait ; elle m'en parla. Je m'en souvins. A l'oreille, la voix blanche, je me disais ceci : « Te souviens-tu des Pantouflards ?... » Ils furent une grande chose lorsque j'avais dix ans. Et marqueraient, immanquablement, l'imaginaire d'alors. A la sortie de la maison que nous habitions à Saclay, quand on prenait la route de Paris, se trouvaient deux maisons parallèles, aux volets sales et déchirés. De l'une d'elles dépassaient trois tuyaux ondulés terminés par un bourrage de coton noir. Et ils étaient les "Pantouflards". Alors, à chaque fois que devant eux nous passions en voiture, comme nous leur disions "bonjour", l'air désespéré de mon père je m'en fichais. Puis, quand nous avons voyagé ailleurs, nous nous sommes mis à rencontrer d'autres tuyaux rembourrés qui, nous nous en rendîmes compte en découvrant les *Pantouflards de la brasserie*, formaient, au juste, une grande famille insoupçonnée. Il y avait les *Pantouflards parisiens*, les *Pantouflards auvergnats*, les *Pantouflards catholiques*, les *Pantouflards bretons*, les *Pantouflards du métro* (ils n'existent plus). Il me semble bien extraordinaire qu'alors, je fus capable de bâtir une montagne de trois tuyaux rouillés et que cette même personne, qui est moi, ne fut pas capable de déceler du globe, plus tard, la magie d'une cloche à fromage. Les imaginaires demeureraient, mais terrés en dedans, profonds, sans lumière, sans visage. (Et les beautés noires, blanches, grises, mélancolies bleues, vertes, jaunes de mes années adultes ne seraient, auprès des Pantouflards, de la valise bleue, du pont de Vierzon ou de Cross (75), Krauss (73), Oulches (76), que de vagues visions où domineraient l'ennui, l'insignifiance, l'irréalité.) »

Des phrases : « Il arrêtait d'être méchant pour devenir terrassier », « Un levraut se tenait de plain-pied sous un groseillier et bayait aux corneilles : l'aurais-tu cru, mon ami, que mon père fût là peint ? », « oui bah oui bah tant mieux pour eux ». Je me souvenais des palais aux vertes fenêtres enchevêtrées, des mordorures ; quand, sous l'égide de la brune coupole brune de l'envie, moi qui ai servi le roi des Cimetières a fléchi.

Fructueux, le temps, fructueux. *Enfin*, c'est comme avant. Les temps se mélangent, disparus.

Il y a de quoi se briser la tête contre ses murs, face aux échecs devant le temps, qui s'agglutinent comme il grossit, solide, dur, ventru.

Il n'y a pas d'arcs-en-ciel dans la vie. Pas de réussites. Seulement un brouillard bleu.

C'était une de ces soirées où, dans un jardinet qui se souvient et devient le centre d'un monde, enfui et dans le sublime, le passé prend la forme d'un grand drap de fantôme, malléable et fou. Ah ! ces sourires. Gâtés, liquides, de nonne, de toquée, de vieille soupière. A vivre c'était éreintant. « A table !… »

Il fallait aussi que je parle de moi. Je préférais pourtant distraire les attentions sur les flutas dans les bocaux, le visage de formosan battu de mon oncle, sur les passacailles que nous dansâmes, sur le pekoe qu'on but, le peppermint. Avant, nous avions mangé du veau au concombre, une alouette au beurre, un fricandeau saucé au fribourg. Puis, après le repas (j'étais coureur et tendre, je buvais du vin doux, je regardais l'étoile ; un soir j'aurais mille ans), j'ai pris le galoubet qui se tenait penché dans ma poche intérieure et j'ai joué quelques airs, au bon vouloir du soir. « Le Songe halitueux », « La Paix du soir », « Le Dormeur au loin », « La Passerinette ». Ça sentait les égayements sous les arbres, les chuchotis sous les arbres, les deuils dans le bois mort. Ça sentait l'oubli et la mémoire qui, jusqu'au bout, baigneraient dans les mêmes eaux évasives de rêve, de crainte, de délices et de rêve encore.

Et puis moi… Mes intérieurs déroulés, lampions, fanions, papiers colorés, sur la table basse… Car Tours, Brest, les demi-tonneaux, Tours à nouveau… les années avaient succédé aux années, les villes aux villes, les places et les rues s'étaient suivies, et mes espoirs n'en voyaient pas le bout. Les lieux, les places, les taches d'encre du ciel, et les vélins des collines.

Je me disais que nous avions tous la même vie ; mais certains étaient hommes comme ils seraient cailloux, d'autres hommes comme ils seraient hommes, d'autres, encore, hommes comme s'ils avaient été dieux. Il aurait fallu s'en foutre, mais pas s'en foutre sur tous les toits, « je m'en fous », « je m'en fous », s'en foutre pour de vrai. *Ne pas y penser.*

Je me trouvais condamné très haut dans les ciels formidables, gris, gris, gris, gris, gris, gris, gris, un peu noirs, gris, gris, gris, gris, gris, gris, un peu blancs, gris,

gris, gris, gris, gris, un peu bleus, gris, gris, gris, gris, gris. Un peu verts.

Reims, à nouveau, la cathédrale dans la nuit noire. La montagne de Reims, comme une couverture orange qui paraît noire et qu'on jette au-dessus de nous, dans les draps, dans la nuit. Châlons, boue silencieuse, à la louche. Toutes les autres villes. Et Paris, le flux éternel des périphériques. La Terre, c'est l'évidence, n'avait pas fini de tourner. Six jours après cette fête, celle qui nous avait réunis mourut. Ça ne faisait jamais qu'un enterrement de plus.

Je partis pour Coucy.

Ces départs furieux, entêtés, j'en avais beaucoup vécu. Partir pour Coucy, se dessouder de son socle ; j'étais reparti à Tours, depuis Lyon, seize ans plus tôt. J'étais venu à Lyon en train, en étais parti en voiture, dans sa voiture qui remontait vers Paris et me déposait à Orléans, d'où je prendrais le train. Je me souviens la route nationale, les régions laides traversées, les villages souillés, crochus, à se tirer une balle dans la tête.

Et maintenant que j'avais pris la route une fois de plus, tous ces voyages, ces moments silencieux partagés avec moi-même sur les rails, les routes, me revenaient au cœur. Je me rappelais le retour de Lyon. C'était l'automne 1986. Et, sur cette époque triste, le souvenir de ce Lyon-Tours s'étendait affreux, un ami m'avait emmené dans sa voiture jusqu'à Orléans, et j'avais dû y prendre le train, avec l'appréhension double de retrouver la micheline d'il y a un an et la ville d'il y a six, huit, douze, quinze. Le train : le même que dix mois plus tôt, train d'octobre qui perçait le duvet arrêté et verdâtre de cette arrière-saison glauque, sans souffle… Partis de Lyon direction Roanne, je me souviens que nous roulions fenêtres grandes ouvertes, qu'on avait froid mais sinon on se sentait enfermés, emprisonnés dans la carcasse de la Renault 20, d'un blanc cassé morbide, mais même cela ne nous apaisait pas, je n'avais pas l'impression d'être en plein air, parce que l'air poissait, trop collant, trop décoloré quand le mot plein air, vigoureux, lumineux, m'évoquait de grands chemins légers et libres ; nos cheveux volaient au vent comme les herbes du bord de la chaussée.

L'égrènement des maisons, des gens, inlassable. Tarare. Saint-Symphorien-de-Lay. Roanne. Et cætera. Les villes terreuses, invivables, ignorées, où l'on vit en dedans soi, à la petite semaine ; ces déchets, scories du Massif central, sur des plateaux d'industries, de brunissures ; tout un monde qu'on n'imagine pas, la minceur de sens de la vie, l'existence privée de but et de perspectives, la laideur, l'étriqué, les visages en carton bouilli. Derrière les rideaux en fer rouillés, les jardinets de béton, on entend des phrases petites : « on fait aller », « à la bonne heure », « l'espoir fait vivre », « je dis ça je dis rien », « ça ne mange pas de pain ». C'était vivre.

On arriva à Orléans dans la fin d'après-midi, la ville croupissait au bord du fleuve ; j'ai pensé que je n'y vivrais plus jamais, que je ne pourrais plus jamais y vivre. Il pleuvait acidement. L'eau s'écroulait sur les trottoirs, léchait les façades froncées, engloutissait les places endormies ; elle grossissait une Loire qui semblait plus lasse, plus résignée qu'elle n'avait jamais semblé. On était passés par-dessus, les toits brillaient méchamment sous l'averse qui, depuis deux heures, baignait la ville, et Orléans pataugeait, macérait, alambic putride, les maisons bric et broc qu'on ne se serait pas étonné de voir fondre, se dissoudre, glisser sur la pente, rejoindre la Loire et couler vers l'océan, et enfin la rive serait propre, le passé désinfecté. Je n'en pouvais plus de tous ces humains, rien que ces humains, ces vies, personne dans Orléans plus menaçante encore, je les imaginais terrés chez eux, charnellement malheureux, et au premier soleil les portes s'ouvriraient comme une seule, et on verrait cette populace se presser dans la ville, les épaules féminines dévêtues, squelettiques comme celles des chats de gouttière, infect festival de subjectivités qui arpentait le monde, tous, tous je peux plus les voir, je peux plus les voir.

Depuis le pont, je distinguais les vipères des quais, le gros boa du fleuve. Les ruelles du vieux centre, la déglutition de la pluie qui y tambourinait, les odeurs de criée. Les mails, les marronniers, les érables, la lessive des feuilles. Les buildings au milieu de la ville, les travaux de la place centrale, qui avait été un terrain vague pendant trente ans et deviendrait un étouffoir bétonné, braillard, noyé de chloroforme et l'argent qui sonnait. Et la gare, d'une couleur jamais vue ailleurs, grisâtre, translucide, ténébreuse. Le train qui s'époumonait sous la pluie. Les gens qui montaient dans les wagons par grappes, qui se faisaient des signes amoureux, fatigués. Orléans-Tours. Un an après. Rien n'avait changé et je regrettais la neige, maudissais la pluie, noire sur les paysages. J'avais le désir d'un couchant, orangé, souveneur, tranquillement triste, et par-dessus j'aurais pleuré. Mais là même pas. Pas de couchant. Même pas de larmes. Les larmes, ce petit bonheur dans le malheur, ne venaient pas. Et Saint-Pierre-des-Corps. Et Tours. Et l'eau des fontaines blanche, et l'eau de la pluie noire. Grammont, lisse et visqueuse. Le bois de la porte de l'immeuble, vermoulu de pluie, tout proche de se désunir. J'ai retrouvé ma mère, le grand appartement, le jardin des Prébendes, l'avenue de Grammont ; et j'ai senti que rien ne changerait jamais, un petit jamais certes, mais jamais quand même ; j'ai eu l'impression que tout était éternel, mais c'était un éternel triste.

*

Cette fois c'était moi qui conduisais la voiture, la Visa marron de l'ancien temps, et le soleil n'existait pas. Alors, comme je roulais vers Saint-Quentin dans l'Aisne, ce département disproportionné, de la Bourgogne à la Belgique, comme je roulais sur la nationale rapide (la nationale volante, 1969), que je glissais, naviguais en apnée à la surface des champs, il y avait, revenue dans l'air, cette impression d'éternité, et aussi, dans cette éternité, le lumineux, l'inchangé et le triste, l'émerveillement devant le ciel, le sentiment qu'à quelques pas se trouait un autre monde, durable et vrai, un peu différent, un peu déférent. Le sentiment que l'éternité n'était qu'à quelques pas et qu'il aurait suffi, pour y accéder, dans la lumière de ma mémoire plus crue, plus trompeuse, du grand détail : la clé, la porte, le mot. Mais mes désirs demeuraient incompréhensibles comme les graffitis des palissades, tandis qu'une dernière chose pourrait me sauver, qu'il fallait se résoudre à appeler comme les autres, quand je n'aimais que mes formulations propres.

Je me souviens qu'il y a eu un autre moment très triste. C'était un peu après Paris, où j'avais peut-être manqué une vie qui m'attendait encore, à se plaindre, encartonnée toujours. Dans la Visa, dans le baquet qui fait face à la place du mort, à un moment donné, comme la voiture tournait, dessous la paperasse, les mouchoirs sales, les emballages de biscuits, les guides, les brochures, les dépliants, tout un monticule que la vie avait amassé là, 1989-2006, il y a eu, dans un coin, un vieux plan de Brest qui est apparu, comme une salutation d'un ami antérieur, qui s'est extirpé de la masse nouvelle des choses ; on aurait dit un vieux soleil à la couche. Je souris mal, défiguré, quand je ne m'attendais qu'à un sourire usé. Ainsi il arrivait que, songeant à une époque, vous laissiez aller vos émois, et, désarçonné, vous aperceviez que la plénitude du temps s'est muée en une simple et ostensible nostalgie, que le souvenir heureux est un regret plaintif, et, choses considérées sous cet angle différent, vous perdez le fil de votre cadence intime et n'avez plus comme raccroc que les évidences du présent maudit. Alors un instant, un instant à peine, j'ai repensé Brest, Siam, le cimetière, l'Amiral, les faubourgs, les bistroquets, notre vie là-bas ; et puis tout ça est tombé dans l'oubli.

Moi ou la fin de tout

(2006-2009)

J'arrivai à Coucy un soir de la mi-juin. Je m'installai comme prévu dans le château qui dominait les plaines, couvert de lierre et d'histoires anciennes.

*

Finalement, je passai trois années à la terrasse, écrivant sous le soleil et sur les longs plateaux de l'Aisne. Le miroir de l'entrée, mesquin et sournois, bien davantage encore que celui du cagibi de l'Amiral, qui avait quant à lui acquis à mes yeux la proximité des souvenirs lointains, en plus de vérités éternelles, me rajoutait des rides quand je passais devant. La nuit je gagnais la chambre, poussais les poignées, les loquets rouge marronnier, mangeais deux ou trois chocolats, gros, carrés comme des constructions soviétiques. Dehors, la nuit était un grand œil fixe ; tous les jours maintenant je me couchais ravi, songeant naïvement aux années magnifiques, et après songer, après redire, c'était au moment où le passé devenait le plus intense, le plus vivant, le plus dur aussi, que je désertais ma cervelle, et que je m'endormais.

Et je retrouvais mes habitudes de petit enfant, à nouveau je me repliais le soir comme quand j'avais huit ans, en chien de fusil m'avait dit ma mère (et j'avais longtemps vu le chien de chasse couché sur lui-même, dans les bois de Sologne), en grandissant je m'étais déplié, à treize ans je dormais sur le ventre, la tête enfouie sous la couverture, à dix-sept sur le côté (car j'imaginais qu'il y avait quelqu'un à côté de moi, que je le regardais), à dix-neuf aussi (sauf qu'il y avait vraiment quelqu'un, c'était un peu mieux, ce n'était pas beaucoup mieux), après je m'étais mis à dormir sur le dos, étalé comme de la pâte à tarte, et puis enfin je m'étais rassemblé, recroquevillé peu à peu, et maintenant ça y était, j'avais retrouvé le chien de fusil, les touffes de bruyère et la Sologne au crépuscule : le circuit était terminé, le manège ralentissait, j'avais raté le pompon, il fallait descendre.

Des souvenirs se détachent, fulgurants d'éloignement ; ils sont de petites lampes ponctuées, faiblardes, dans le noir. Ils brillent d'une lumière jaunasse, exsangue. Ma mémoire était pleine de lumière, mais d'une lumière malheureuse, comme les phares des anciennes voitures françaises, tristounes petits fauves perçant les nuits.

Les années, mes vieilles amies, me quittaient elles aussi. Elles partaient sur le courant de la mer : je voyais les jours s'éloigner lentement, les images clignoter au loin, avec les perspectives fausses que leur donne la distance ; journellement des halos gris, nuitamment de maigres lumières, sur la longue mer pâle des mémoires minuscules. Et, de manière impériale, parmi les terribles certitudes de ce qui n'est pas humain, tout coulerait autour de moi, avant qu'une dernière fois je ne tombe mon bleu, et puisse m'imaginer à la mort, à la fin, en vacances, la gorge et les yeux clairs.

Je relisais des livres, Del Varfan, Vaiakovsski, Velours, du Saon. J'avais réuni ses œuvres complètes, je n'en étais pas peu fier. Je lisais, dans *Conversations de Lucie Marmelade avec Bénédicte Mauvais-Temps* (repris en 1965 dans *Les Riches Heures de la vie*) :

Cette fois j'ai laissé ma place
Aux beaux Narcisses.
Je vis en 1926,
Dans un palace.

Dans *Les Fraises* :

On croit au Pont Mirabeau,
Aux dieux, aux tutus.

L'incomparable fin de « Fin de Grenade » :

Allons jusqu'à Grenade, traversons la nuit noire.

*

En écrivant sur cet étroit bureau à glissières surgissaient, décorés de poussière, des pans de ma vie tombés à l'abandon. Le souvenir s'associait à d'autres ; et était-ce par l'effet trompeur du temps, ou retrouvais-je alors ce qui avait été ? Les vacances de Sacierges m'étaient familières, à force ; celles de Chalosse inessentielles, inessentielles donc plus troublantes, plus propices à la mélancolie. Celle, hallucinée, des librairies d'ancien, des magasins coloniaux, des collèges en juillet. La Sologne bleue, le spectacle des hommes, l'immense introspection. La nuit rouge brûlait là-haut.

Les impressions du passé (vingt-trois ans ? Vingt et un ans ? Dix-sept ans ? alors) revenaient – impressions, vraiment, décalques –, et, avec elles, le souvenir des lumières temporelles, les nuages, la chaleur, la netteté de l'air d'enfance, quelques phrases, des photographies, des femmes, beaucoup de femmes, quelques hommes parfois mais surtout les femmes, et puis les animaux ; une pleine armoire de souvenirs jaunis. Je me souvenais Sacierges, Saclay, ma vie ensuite. Je me souvenais brumaille, déception, abandon. Je me souvenais la Chalosse. Quatre étés de suite, les quatre premiers des années soixante-dix, j'avais été là-bas, avec mes seuls frères et sœurs, chez un morceau de la famille qui habitait un petit village, qu'ils avaient colonisé, la moitié de la famille dans ce coin de province, une espèce de toile fraternelle qu'ils auraient tissée autour. 70. 71. 72. 73. Et à repenser à cela, ce pan de la vie qui n'était ouvert que pour saigner maintenant, c'était ciels, choses, moments, qui ne revenaient jamais, comme certains souvenirs, par efforts, mais brusques éclairs, associations d'idées, détours, et, le plus souvent, sans qu'on sache pourquoi, le long de jours où on pressent qu'il ne se passera rien. Dans le ciel noyé de bleu, de silence, je les vis. D'abord, il m'avait semblé distinguer un nuage lointain, très enfoncé dans les couches du ciel, masqué sous trop de gouache : une ombre blanche dans un brouillard azur. Puis, quand je m'étais aperçu que la forme perdurait, ne s'estompant pas, j'avais pris le chemin pour la reconnaître. Oh ! rien n'avait été facile, rien ne m'avait sauté aux yeux, comme ces gâteaux mous qui surgissent d'on ne sait trop où en pleine mémoire ; « l'effort, l'effort ».

Et maintenant les souvenirs dégouttaient, comme l'eau accrochée au toit après la pluie. Evidemment, il fallait, il aurait fallu, il avait fallu que je me souvienne des arbres, gouttes d'encre, sombres et étroits sur la ligne de l'horizon, qui n'était qu'un buvard depuis la place de......, la vue sur la forêt des Landes, un nom qui aimantait, forêt des Landes, gigantisme des bois, odeurs vernies, véloces, musquées, transpiration des pins, et surtout le cahier à la jaquette couleur lentilles, avec dessus, écrite bleu sur vert, l'étendue du ciel. Et devant la forêt qui d'ici semblait sans fin et sans but, la plénitude, l'électricité vitale et de grandes vasques de solitude, de plénitude me montaient au nez, à la tête, la citadelle était prise, je cédais, et devant moi la forêt, et derrière moi ma vie qui, j'avais l'impression, regardais le paysage par-dessus mon épaule, et devant les kilomètres de vert nos regards accordés. Le souvenir m'avait envahi, persécuté, martyrisé, anobli, fréquenté. Le souvenir, enfin, avait disparu, désincarné.

La dame rousse – dont tout compte fait je ne dirai que ceci : je ne l'ai pas tellement aimée – je l'avais rebaptisée dans mon imagination, et c'était sans doute le résidu d'autre chose, une histoire que j'avais vécue enfant, à cinq, six ans peut-être, maintenant j'en avais onze, et cette histoire me paraît si lointaine que je me demande si je l'ai vécue pour de vrai, si énigmatique qu'elle semble venue d'un autre temps, aux mœurs même différentes. Cela se passait à l'école où j'étudiais à…., sans doute lors du cours préparatoire (cette histoire met en scène des *grands*, de grands enfants du cours moyen qui avaient dans ma tête l'apparence de géants, assez jeunes, mais on le sait tout est relatif à l'enfance). Peut-être qu'elle, vécue avec yeux d'adulte deviendrait sans attrait, subjectivité, construction, passé ; et je n'avais que cinq ou six ans, je devais étudier au cours préparatoire, dans la petite école de Saclay, qui ressemblait à une école de campagne, des professeurs en blouse, des encriers, des plumes, une cour en mâchefer, en tartan, en cendrée – je vous donne les trois, j'ai oublié. En tartan, en mâchefer, en cendrée, j'hypothèse parce que je ne me souviens pas. Alors je spécule. Je mets un point d'honneur à être le fidèle roquet du réel, son premier serviteur. Servir le réel, une très très belle mission.

Je me souvenais d'un autre passé encore. Un passé plus lointain, plus enfoui, moins vertical. Un second passé. Mais pas des haies, une atmosphère orange, pailletée, poussiéreuse. L'herbe du stade qui verdoie, le soleil qui poudroie. Souvenir, mon souvenir, ne vois-tu rien venir ? « Je ne vois que… » CQFD. Mais quels repères, quelles dates, quelles mémoires d'alors ? Quels attachements ? Quelles précisions ? Quels moments ? Les moments parfois.

Une autre fois, très tôt le matin. Ma famille devait aimer cela. Une famille bourgeoise qui aimait ça. Incroyable, incroyable, et peut-être c'était de l'emprisonnement. Pour mon père, pour ma mère, je devais devenir soit écrivain, soit rentier, soit sportif. Ce que je suis devenu… Ma mère l'a vu, mon père pas. Les morts loupent pas mal de choses ; pour se venger, ils ont un droit majeur, inaliénable : se retourner dans leur tombe quand ils ne sont pas contents. Imaginez comme ça doit vrombir sous un cimetière, plein de petites hélices humaines mortes et qui tournent, qui creusent toujours le même lopin. Mon père, à Colombes dans la Panhard. Un départ vers Paris, au loin. Il y avait une place qui s'appelait place Leclerc. Tout ça, c'était un 18 juin. Ou une fin de janvier, un début de février. Un soir.

Mes notes me disent *(Lyon, mai 1986)* qu'il me reste à évoquer la vision élimée, de la côte atlantique. Combien de temps y avait-on passé ? Celui-là était fermé et ténébreux comme un vieux journal catastrophé titrant sur l'entrée en guerre. Pour contourner les stations balnéaires, nous prenions une route détournée, un raccourci, qui piquait droit entre les grands pins. On y roulait vite, la nuit. Longtemps, dans un souvenir un peu solaire, j'ai gardé le nom de cette route en mémoire. Aujourd'hui, je l'ai oublié. Elle s'appelait la route… ? Je ne sais plus.

*

Ecrire me démangeait d'années. Je sortais peu, car chaque excursion était intenable, le ciel était telle année, la rue tel moment, une voiture me rappelait ceci, une enseigne cela, un vêtement autre chose, une fontaine au soleil m'emmenait il y a quinze ans, un jardin public sous la pluie il y a vingt et je franchissais trente années quand je prenais la voiture le dimanche après-midi, par les forêts. J'avais un jour dix-neuf ans, un jour trente-deux, un jour quatorze, un jour j'avais cinq ans et je dormais dans les bras de ma mère, et bientôt de nouveau j'allais dormir, et là il n'y aurait plus aucun souvenir, puisqu'il n'y aurait plus de vie du tout.

D'autres jours ont passé, qui n'étaient rien pour moi. 2007 ? 2008 ? Qu'est-ce que ça voulait dire ? Ces années n'avaient aucune humanité. C'était des années martiennes. Y avait-il des hommes comme moi ? Qui passaient leurs enfances à Sacierges ? Qui rêvaient sur la rade de Brest ? Qui s'endormaient dans l'existence ? Qui songeaient aux vacances de la vie ? Sans doute, oui ; il y en aurait disséminés dans les villes (à sangloter dans les squares, à marmotter dans de vieilles maisons, des jeunes hommes parfois beaux et toujours tristes, qui se plaignaient de la fadeur exsangue des jours, se demandaient ce que leur voulait le monde), ils seraient là, traverseraient les forêts grisâtres à dix-sept heures d'octobre, s'enfuiraient dans les perspectives du soleil, commenceraient à s'amuser avec tout ça, passé, temps, regret, souvenir. C'était suffisant.

Il y a la fin d'un beau jour, et puis la belle fin d'un jour. La belle fin d'un jour, c'est très différent. Au terme d'une existence sans durée, on ressent fort l'apogée finissant, la courbe du fluide grimpe et s'élance pour gagner une cime terminale. La belle fin d'un jour, c'est une consécration. La fin d'un beau jour n'a rien à voir. Des gens encadrés, balisés, aux existences tragiques, font naître à l'intérieur d'eux des mondes très vastes et reculer très loin les limites de l'ignorance ; ils grattent sans cesse la surface de leur être, déchiquettent les mondes bâtis d'un soupir, et repartent à l'attaque, dans des sommités internes mais immenses, des blocs de pierre que les autres ne cessent de poser à travers eux, afin qu'ils périssent. Ils se débattent, construisent des univers complets, logiques ou obscurs, dont le sublime réside dans l'absurdité, crèvent d'ennui dans une réalité qu'ils voient divaguer devant leurs yeux et se mêler à des embellissements multiples. Les routes claires de leur conscience ne restent jamais bien longtemps lisses, elles sont encombrées de cailloux, de gravats, et des falaises immenses qui accréditeraient à jamais leurs mensonges penchent au-dessus des voies de la vérité. Ce sont des mythomanes. Et des suicidaires potentiels, qui parviennent néanmoins à rester en vie, car les édifices qu'ils ont bâtis à travers eux reviennent à leur conscience lorsqu'ils imaginent la mort, car le vide intérieur qu'oblige le suicide se trouve battu à chaque fois, abattu à perpétuité, par des constructions impeccables qui leur assurent l'instinct d'exister face aux terreurs de la vie. Ils ne se sentent même pas inutiles, pas plus qu'ils ne le disent du monde. Rien ne valait plus que ce qui venait de se dérober sous leurs yeux ; que ce qui n'était jamais advenu, en fait. Les promesses et les murmures se turent absolument.

*

Ma vie, longtemps bâtie sur quelques points stables, s'effilochait ; désormais le monde était trop vaste, trop compliqué, je ne reconnaissais plus rien et les routes s'emmêlaient sans cesse. Je ne trouvais pas la sortie et me disais de plus en plus souvent que la sortie serait la mort. Je mourrais dans le labyrinthe, mon cadavre enfermé.

Il n'y avait plus ces pierres tutélaires qui jetaient sur la vie des éclairages faciles et fixes, ces grands chênes, ces totems au milieu des forêts : l'obscurité était profonde, dans le noir méprisant et touffu des dolmens, tout se ressemblait et tout ressemblait à tout. Ç'avait été des choses rassurantes, une cour d'immeuble ici, un corps dénudé là. Une fenêtre noire, grise, citron. Un pommier tassé, ses moignons dans l'hiver. La plaque du boulevard Heurteloup, marine et blanche. Une auto éternelle. Les autos éternelles et leur pouvoir particulier de soupir. Elles inspiraient plus, et mieux, que tant d'autres ; très peu vous rendaient aussi anxieux, ridicule, heureux ou nostalgique qu'une voiture ; assez peu d'hommes, aussi. Je les aimais depuis toujours, et surtout celles qui me rappelaient avant. J'aimais leurs yeux tristes, pas maquillés, leur bouche basse, leur grand front transparent, leurs fonctionnements et leurs formes aussi divers, aussi complexes et presque aussi beaux que ceux des êtres humains. Telle avait le nez retroussé, telle autre de grosses joues ; celle-ci était potelée, celle-là mince ; il y avait là des hommes, des femmes, et des jeunes filles, des enfants ; des races et des âges, des visages, des naissances, des morts, des gloires et des anonymats, de la grâce et de la laideur : toute une vie parallèle, supérieure à celle des hommes.

Je sentais de plus en plus fort que les années que mon corps avait vécues n'étaient pas les années que je sentais être les miennes, les années de ma tête. Mon songe combattait la matière. Il me paraissait improbable d'avoir pu vivre en *1997*, en *2001*, en *2009*. Les dernières années que je sentais être miennes, avoir empoignées et pas traversées, étaient sans doute les premières années 1980. Mais il est aussi certain que les années d'avant ma naissance étaient plus incluses dans ce que j'aurais appelé « ma vie » que n'importe quel an 2000. J'étais allé chercher des lacs profonds que j'avais découverts en rêvant, imaginant le passé ; ma famille, mes parents, leur histoire. C'est ainsi que sur ma tombe, au lieu d'écrire bêtement « 1960-20.. », j'avais toujours souhaité qu'on inscrive : « 1945-1981 », par respect pour le temps. Qu'on me respecte, moi, je n'en avais rien à cirer : je préférais me dédier à ces nobles causes plutôt qu'à la reconnaissance de mon piteux être, ses édifications malhabiles et instantanées, apparues une seconde pour la beauté du geste. Courant la Bretagne, j'étais un jour entré dans une grotte longue et basse aux vitraux violets ; de vigoureux bas-reliefs, d'un autre âge (lequel ?), soutenaient un chemin de croix noir et cireux. J'avais ouvert la porte du fond, et j'étais au milieu des étoiles. Je crus qu'elles seraient bonnes, mais les étoiles, qui sont les fables dans le cosmos, se moquaient, plaisantaient, se riaient de moi, et au-dessus, la vie riait aussi, et par-dessus, le temps se gaussait de tout cela. Nous n'étions, à leurs yeux, que d'horribles papillons du dimanche.

*

Je tentais, sur des papiers quadrillés, d'étranges chimies sentimentales. Sur le cahier à spirale :

Le suivi Contres. Prelaigue. Rue Lelong. Sous-les-plaines-noires. Boulevard Pasteur. Le Pas Roubinous. La Gendarmerie. Neulosse. La Naue. Artas. Agnès

Blire-Chocca. Maxime Urie. François de Cyze. Marie-Hélène Paine. Cathy Lourson. Paul Bonhomme. Elodie Duthothem. Guillaume De Hiox. Lise Yss. Et l'inestimable et oublié Brice Krauss-Dubourg-Mantel (dont je ne vous ai pas parlé et dont vous ne saurez rien). 1967. Le printemps 1974. L'automne 1989. 1984. Mars 1980. Mars 1979. Noël 1973. Le 22 mars 1971. Le 29 juillet 1969. Le 18 juin 1974.

Et voilà le résumé de ma vie, que seul je peux comprendre. Il n'y a que des lieux, des gens, des dates (avec une entorse pour Brice, mais ç'aurait été injuste, car il faut qu'il respire encore – ah l'inestimable et estimé Brice etc., dont je ne vous ai pas etc.). Tout ça n'a pas de valeur. Car vraiment, que sont ces lieux ? Que sont ces gens ? Que sont ces dates ? Que furent mes jours ? Et enfin, quand le temps trinquera sur ma carcasse, le rideau, après 18 000 jours, se refermera ; mais la salle sera vide, il n'y aura plus personne pour applaudir. Passé mes jours dans ce théâtre extraordinaire, avec des changements de décor époustouflants. On était dans le noir, et tout à coup : ouverture des rideaux ! rouges ! Oh là là ! La pièce se passe, l'ennui grimpe puis s'établit, puis dure, et dure, on sent que ça va se clore, et tout à coup : rideau fermé ! Adieu la vie ! Ah, ça : qu'on m'en reparle, de cette fameuse vie… de cette fameuse Terre… A tous les coups je me suis trompé de direction, j'ai mal lu la carte. En tout cas quel détour !

Et, quand les griffures du temps finissent par vous avoir colorié de sang, alors, vous abandonnez le monde, vous êtes en retard et vous serez toujours en retard puisque vous ne reviendrez jamais. Je rendais ma copie, un peu déçu. Il y avait des passages brillants qui tournaient à vide. Pas mal de remplissage. D'incompréhensibles oublis. Pourtant je connaissais ma leçon. Un début rimé, quelques gentils versets, des sonnets d'amour, une longue prose gluante, la page blanche pour finir : sa paresse, son dédain.

Je savais désormais que c'était ça la vie, cette longueur bizarre et courte, ces moments oubliés, ces journées dans le vide, ces histoires qu'on entend et qu'on ne retient pas. C'était la certitude d'avoir passé des milliers de jours avec soi, avec d'autres parfois mais toujours avec soi-même, c'étaient les désirs qui avaient été dévastateurs et qui n'étaient plus qu'une année, quelquefois un lieu, parfois un vague visage. C'était ne plus se souvenir de grand-chose et c'était rassurant d'oublier, on avait l'impression d'avoir duré longtemps, l'existence acquérait quelque chose d'infini, de mystérieux, de profond : on avait vécu.

Le ciel était bleu tous les jours, comme une increvable ironie.

Un peu avant la fin, j'ai retracé mes amours (qui font rire, qui font crier, la belle affaire). Je me rappelais un soir mes seize ans, le début où je commençais à regarder les garçons. Ils s'étaient mis à me plaire, je commençais à apprécier ce qu'ils recelaient de câlinerie, de fierté, de caprice, sans savoir où je m'enfonçais (le dieu nain de l'amour, moqueur et amusé, referma la porte derrière moi. Il faisait noir.), enfin des garçons jusqu'à un certain âge, parce qu'eux aussi changeaient, parce que réellement tout changeait, et cela si clair, si honnête pour les autres, si naturel, m'était invivable, quand je m'étais rendu compte que ma mère allait avoir cinquante ans (la veille de son anniversaire) je m'étais dit qu'il fallait que j'arrête d'accorder autant d'importance au mouvement des choses, qu'il se ferait bien sans moi, mais je n'avais pas réussi. Alors, ah, les garçons. Pas de signes avant-coureurs. J'avais beau moissonner mes quinze premières années je ne retrouvais rien, pas un regard détourné, pas un tripotage oublié, pas même une de ces amitiés brutales, pathétiques, solaires, un peu trop exclusives et pleines d'admiration pour ne pas sembler suspectes. Mais plus je me répétais ces mots, plus je pensais à ces épisodes que j'aurais pu vivre, plus je me disais que les événements n'étaient jamais que la forme de la vie, la couleur, le cadre. Les femmes avaient occupé dans ma vie une place limitée, à partir de quinze-seize ans elles s'étaient réduites à des détails, des troisièmes rôles ; je les plaçais en dessous de pas mal de choses, de certaines soirées de juin, des voyages en voiture, d'une heure et demie avant le coucher de soleil, des plaisirs exsangues de la mémoire que je cache au milieu d'une énumération de peur qu'ils n'attaquent, des Bugatti Trolley-Phaéton et des Malles-Break Hamahor, de la solitude qui me comprit si peu, de ce salon que je regretterais toute ma vie, le salon de Saclay, seule pièce chaude de la maison.

Ne resterait désormais plus que moi, moi au milieu des courants d'air ; allez, un petit coup de tempête et tu seras balayé ; tu cesseras d'encombrer le monde. J'essayais d'atteindre une plénitude blanche mais n'y parvenais pas, passais des journées sur les terrasses, celle de devant qui donnait sur l'ouest, celle de derrière sur l'est ; je regardais des heures durant, les grands horizons arrêtés. Vers l'ouest, où les brumes s'entassaient, où les éclats jouaient comme du verre, je croyais apercevoir Saclay abandonnée, Brest accoudée sur la rade et Bolazec dans son trou chenu, Orléans minuscule, Tours glaciale, Sacierges muette, Dieppe où il ne s'était rien passé. Vers l'est, j'apercevais les bleus cieux de Strasbourg, les glaciers de Maurienne, Besançon et ses geôles, Lyon et ses façades de prison. Ces lieux souriaient, méchants vents, méchants aimants, indissociables de mon cœur.

*

Les couleurs disparurent. Et pendant les dernières minutes, il n'y eut plus que du blanc, le blanc du ciel, et je peux vous dire que même quand vous allez mourir d'ici à cinq minutes un grand ciel blanc, vide, comme éclairé d'en dessous par des ampoules d'un jaune pâle, tacheté seulement comme par de la salissure, des erreurs de lumière, le grand ciel blanc, immobile, silencieux, ma pensée sans cesse ramenée, fixée au ciel, par-dessus le soleil noir qui boudait, unique image posée. Et dans ma tête aussi soudain ce fut blanc, décoloré, ce fut vide, ce fut clair, ce fut tiède, doux, dormant, ce fut invariable et désert, intense jamais et blanc toujours, avec autour de moi ce décor bizarre, seulement deux compagnons, et maintenant qu'ils allaient mourir pour moi, puisque j'allais mourir, ils avaient perdu leur couleur, ôté les panoplies et l'un s'était assombri, l'autre blanchi, si bien qu'on ne les reconnaissait plus.

Et puis toujours devant les yeux comme une évidence la blancheur insoutenable du ciel, comme une certitude le pan de blanc ; maintenant chaque pensée était un souvenir, chaque mouvement une réminiscence, chaque sensation un passé.

J'ai revu la lumière du ciel blanche encore électrique toujours, une dernière fois la lumière, une dernière fois le ciel, une dernière fois la lumière, le soleil, la lumière, le rayon… l'œil.

Et dans cette maison, dans cette Aisne qui sous le vent ne battait plus, qui s'était fatiguée, ces longs champs granulés qui captivaient, ces forêts qui faisaient des lacs noirs plus foncés, là enfin je surveillais ma vie, je dominais mes jours. Je ne sais combien de temps je suis resté, à faire tourner devant mes yeux le grand huit, les descentes où je hurlais, les plaines, les accalmies, les bosses, à me poser des questions simples et fondamentales, à représenter en moi le monde, à percevoir, toute proche, la vibration du bonheur, et puis que je vivais. Et j'ai senti que ma vie pourrait bien être les ciels. Finalement, ma vie, ça pourrait bien être cela. Tous les ciels. Rien que les ciels. Les ciels bleus. Les ciels parfois. Moitié du monde trop souvent tue. Encore j'ai levé les yeux. Le ciel était blanc, blanc pétaradant, paradant, blanc fixe et dur qui vous creusait les yeux comme une insomnie, qui éblouissait votre visage, qui appuyait sa paume sur les champs, les prés, les champs, les prés, les champs, les prés…

Et maintenant que c'en était fini, maintenant que j'allais mourir, puisque j'allais mourir, le sens s'était complètement dérobé ; seules restaient les images, les représentations, les photographies, seuls restaient les lieux. Le monde entier sublime et gratuit, il n'y avait plus qu'une longue étalade de vie, pas forcément belle, pas forcément heureuse, mais forcément vivante. Et cela suffisait à me rendre joyeux.

Et dans ma tête ce fut un grand amas de personnes, de temps, d'époques, de lieux, je voyais des visages oubliés, toisais des lieux sortis de ma mémoire, et tout cela, la vie, la vie en somme, s'est mis à tourbillonner lestement dans le grand ciel blanc de juillet. Tout cela s'est enfermé sur lui-même, qui faisait un grand ouragan noir dans le ciel toujours blanc, tournait, vrillait, se tordait, transpirait la vie, transpirait encore la vie et c'était une joie infinie de voir ma vie qui une dernière fois tapissait le monde, une dernière fois je posais mes schémas intérieurs sur ces paysages, une dernière fois je pensais à eux, une dernière fois ils étaient quelque chose d'unique et de mortel dans ma mémoire, mais désormais mortel n'était plus un mot anodin, éloigné, jeté au hasard des phrases, désormais mortel c'était tout de suite, et j'ai pensé que tout cela allait mourir et d'un seul coup l'ouragan a cessé, le ciel est redevenu le grand ciel lisse, immuable et superbe des jours d'été, mais blanc, j'ai planté mes yeux dedans une dernière fois comme un couteau dans de la chair, une dernière fois je me suis dit que j'étais en vie, je me rendais compte à quel point j'avais eu de la chance de vivre, à quel point ce que je n'avais pas fait, les regrets étaient le contraire de ce que je vivais, vivre me suffisait, vivre était suffisant, et mourir, puisque vivre avait été si beau, si accompli, ne comptait même plus, n'était plus ni douloureux ni déchirant. Les gesticulations de l'ouragan avaient pris fin. J'avais percé des yeux, une bonne fois pour toutes, la toile bleu et blanc du géant. Et je sentais quelque chose de profond qui voyageait en moi, il y a eu un carambolage, beaucoup de secousses, une métamorphose légère. J'avais l'impression d'être liquide, transparent, infini ; j'avais l'impression d'être un ciel. Je ne me voyais plus, je ne me sentais plus. Je ne savais plus ce que j'étais ; j'étais le temps ; tout était rentré dans l'ordre, le blanc.

L'enterrement

(2009)

Ça finit à Coucy. Coucy-le-Château-Auffrique. Dans l'Aisne, aux derniers renseignements, en Picardie. Donc, ça s'est terminé là-bas, dans la beauté de son pétrin. Le ciel n'était pas bleu, pas roux, pas gris, mais noir, un grand noir de représailles. Et les gens, et le bourg, et la vie, tout le monde pleurait. Partout, on lacrymait dans des pleurs de fins de bal. Je suis remonté dans la limousine. Et j'ai pris la route en direction du cimetière. Le ciel était d'un sombre menaçant, assez beau, très remonté en tout cas, ires et vilenies. Le cimetière était là, tout était là en fait, et le cimetière avec la barrière pierreuse, sans issue. Tous arrivaient lentement, s'entassaient autour des morts, priaient, sanglotaient, se noircissaient. Les femmes ajustaient leurs lunettes de deuil, les hommes portaient les joues fanées, les fronts affectés, bouillis, recuits d'affectation. Quelle drôle de place pour la mort quand même, qu'est-ce que c'est cocasse. On aurait pu les envoyer loin des villes, bains de campagne pour les cadavres délaissés, alors que non, on les blottit contre soi, on les laisse portés sur le dos du village, on les colle à l'église, on les attache, on les arrime ; ah, un jour nous serons comme eux, mais pour l'instant on a trente-deux ans. Disent-ils. Moi je crois qu'ils se moquent.

La cérémonie, le protocole, tout ça a commencé. Les gens ne parlaient plus, on entendait des oiseaux au loin, le grondement d'autos aussi, sur la route nationale, et, s'élevant au-dessus de ces bruits parasites, la voix du prêtre qui lançait dignement, à gauche, à droite, au bon vouloir, à la volée, des injonctions d'église, des souhaits divins, des formalités mortuaires. C'était un homme vieux, petit, râblé, cossu, moustache de guingois. Il y avait du monde. J'ai quand même été un peu surpris, car après tout, celui sur lequel je viens à l'instant de jeter une poignée de terre (il y avait un caillou caché dedans), celui que le prêtre arrose de volontés, je l'avais toujours connu bien seul, mais nous étions au moins cent. Il y en avait tout un tas que je ne connaissais pas, certains avec un air d'étrangers, d'autres qui semblaient sortir pour la première fois depuis dix ans, des gens d'un démodé impossible, plus pathétique que risible, et plus touchant que pathétique. Ces personnes qui l'avaient connu et que je ne connaissais pas diffractaient la lumière que je portais sur lui. Plus que jamais il devenait fuyant, égaré, insaisissable, ce qu'il n'aurait pas aimé que je dise.

Il y avait la famille, celle du Sud, de Nîmes et d'Arles, que je connaissais mal, il y avait une galerie d'oncles et de tantes, avec leurs têtes typiques d'oncles et de tantes, si bien que je me demandais s'ils avaient été un jour autre chose que ça, s'ils n'avaient pas pénétré sur la scène de la vie qu'avec ces simples rôles, oncles et tantes, mais je ne leur faisais pas de reproches : moi, voyez-vous, j'ai toujours été figurant. Je fus tout de même frappé que personne ne fût venu de Brest, dont il parlait tout le temps, pas d'amis là-bas et un Paul Bonhomme aux fraises depuis pas mal d'années.

Certains me disaient que sa mort les avait surpris ; ils devaient dire ça sans y croire, pour le rôle. Ou bien mal le connaître. J'avais été étonné qu'il ne fût pas mort plus tôt ; et à chaque nouvelle année j'avais, mettons entre le premier et le dix janvier, toujours une pensée pour lui, et je me disais : formidable, il prend une année de plus. C'était tellement évident qu'il n'avait plus rien à faire chez nous, ici-bas, qu'il me semblait inouï qu'il accepte de rester, mais il le faisait, aimable, comme ces personnes timides qui acceptent de s'ennuyer longtemps aux réveillons, alors que le repas est consommé et que les conversations s'étiolent, mais qu'enfin il faut rester.

Je l'avais revu la dernière fois l'hiver précédent. Son visage avait encore fait des siennes, et, comme toujours, il regardait ses vieilles photos d'adolescent et ne se reconnaissait pas. Moi non plus à vrai dire. Il avait vieilli à une allure considérable. Les rides, les craquelures, les contrariétés, qui avaient été rejetées au large, dont il avait, le plus longtemps possible, repoussé l'orage, s'étaient abattues sur lui d'un coup, dix ou vingt années sinueuses. L'orage, écarté loin d'ici vers les rivages, jusqu'ici ne rayait que les paysages côtiers sans rien érafler d'autre encore ; eh bien lui, elle, la bourrasque, avait quitté son littoral, gagné les terres centrales, les seaux d'huile brûlante renvoyés à l'état de chimères, les cœurs vaillants boutés avec trop de facilité, et la flaque s'était déversée là où il fallait, quand il le fallait, puisque c'était bien ainsi que le monde tournait.

Les gens commençaient à s'impatienter. Certains se balançaient d'avant en arrière ; d'autres bâillaient. Le prêtre a prononcé quelques phrases de portée générale sur les passages de mort dans l'existence, et puis ça a été fini. Je me suis retrouvé tout seul dans le cimetière, avec le prêtre qui rangeait des papiers. Il m'a fait un petit signe que je n'ai pas compris. J'ai tourné le dos à la mort emphatique, et je suis sorti.

Je n'avais pas envie d'en finir. Je me suis à nouveau promené dans le village, sans but particulier, marchant au hasard des rues, des routes roses ou alors c'était dans mes rêves. Le ciel était normal, le soleil normal, la terre normale. J'aimais bien ces couleurs pastel. Tout chantait de frêles, belles gigues. Il y avait, excusez-moi du peu, dans l'air comme un parfum de mimosas, de myosotis. J'étais à Coucy, je croupissais à Coucy, mais je croupissais bien. Allongé sur le transat des jours.

*

Ça finit à Coucy. Coucy-le-Château-Auffrique. Dans l'Aisne, aux derniers renseignements, en Picardie. On m'avait appelé par le téléphone. On m'avait prévenu : « Votre ami vient de mourir. » J'avais accouru. A Coucy, j'étais allé à l'enterrement. Je m'étais baladé dans les rues. J'avais rendu un dernier hommage à mon ami, je m'étais rendu dans sa dernière maison. Pas la toute dernière, non, la dernière maison terrestre. Et j'avais trouvé la maison à souvenirs vide, entièrement vide, avec juste l'odeur persistante de la mort, une odeur d'airain.

Sa femme, sa veuve, que je ne connaissais pas, que peut-être personne ne connaissait et qui portait déjà sur elle les habits de la solitude, qui sont des habits à rides, courroucés, malpolis, m'a proposé du thé. On l'a bu. On a un peu discuté. On a mis les choses en place, au point, au cordeau, dans nos mémoires et dans nos certitudes.

Quand tout a été en ordre, dans ma mémoire et dans ma vie, je me suis levé, je suis sorti de la maison. J'ai gagné le jardin. Le ciel était dégagé, le soleil coquet, les nuages rares. Je me suis assis sur les banquettes, sous la tonnelle. Je m'y suis caché. Et j'ai attendu que la vie vienne me chercher.

Orléans. Octobre 2007 - octobre 2008.

Le Livre de Poche s'engage pour l'environnement en réduisant l'empreinte carbone de ses livres. Celle de cet exemplaire est de : 350 g éq. CO_2
Rendez-vous sur www.livredepoche-durable.fr

PAPIER À BASE DE FIBRES CERTIFIÉES

Composition réalisée par DATAGRAFIX

Achevé d'imprimer en août 2012 en France par
CPI BRODARD ET TAUPIN
La Flèche (Sarthe)
N° d'impression : 69682
Dépôt légal 1re publication : août 2012
LIBRAIRIE GÉNÉRALE FRANÇAISE
31, rue de Fleurus – 75278 Paris Cedex 06

31/6457/1